AF304374

Das Schreiben und Lesen nahm von Kindheit an den Löwenanteil von **Barbara Büchners** Zeit und Interesse in Anspruch.
So war ihr Berufswunsch früh klar definiert: Autorin für
historische Kriminal- und Mystery-Romane. Der Weg
dorthin führte sie über 17 Jahre im Journalismus („Arbeiter-
Zeitung"), die ihr sehr wertvoll waren, dann von 1985 bis
heute in die Rolle einer freischaffenden Schriftstellerin. Seit
kurzem arbeitet Büchner literarisch für ein Museum. Thema:
Historische Kriminalfälle.

BARBARA BÜCHNER

TÖDLICHE
VILLA VERBENA

Ein Toskana-Krimi

Überarbeitete Neuausgabe September 2023

Copyright © 2023 dp Verlag, ein Imprint der
dp DIGITAL PUBLISHERS GmbH
Made in Stuttgart with ♥
Alle Rechte vorbehalten

Tödliche Villa Verbena

ISBN 978-3-98778-746-1
E-Book-ISBN 978-3-98778-584-9

Copyright © 2019, dp Verlag, ein Imprint der
dp DIGITAL PUBLISHERS GmbH
Dies ist eine überarbeitete Neuausgabe des bereits 2019
bei dp Verlag, ein Imprint der dp DIGITAL PUBLISHERS
GmbH erschienenen Titels Tod in der Villa Verbena
(ISBN: 978-3-96087-776-9).

Covergestaltung: Fenja Wächter
Umschlaggestaltung: ARTC.ore Design
Unter Verwendung von Abbildungen von
stock.adobe.com: © evannovostro, © sborisov,
© JFL Photography
shutterstock.com: © Evannovostro
Lektorat: Daniela Höhne
Satz: dp DIGITAL PUBLISHERS GmbH
Druck und Bindung: Books on Demand GmbH, Norderstedt

Reise durch die Nacht

Juliane Emser schlief bereits, als der Intercity den Hauptbahnhof von Florenz verließ. Der Schlaf war plötzlich gekommen, bleiern, ein Sturz in völlige Erschlaffung nach der Nervenanspannung der letzten Wochen, wie ein erschöpfter Kletterer ins Seil stürzt. Die 22-jährige Sportstudentin war in sich zusammengesackt wie eine Greisin. Nichts an ihr erinnerte mehr an die kraftvolle Frau, die – mehr apart als schön, eher klein und kompakt, viel mehr Athletin als Model, aber Muskel für Muskel perfekt – Thema einer ganzen Serie großformatiger Fotos gewesen war. An die Wand des Abteils gelehnt, schwankte sie hin und her, während die kraftlosen Hände den Mantel festhielten, der sie von der Brust bis zu den Knien bedeckte.

Fort von hier, nur fort von hier, nur fort von hier, sangen die Räder auf den Schienen. Gelbe Lichtflecken glitten über sie hin, während der Zug die Vororte von Florenz passierte. Weichen quietschten. In den Gängen herrschte noch Unruhe, als Reisende ihre Koffer auf der Suche nach einem bequemeren Sitzplatz hin und her schleppten. Aber die zugezogenen Vorhänge wirkten: Niemand drängte sich in Julianes Abteil.

Sie schlief und träumte und wäre glücklicher gewesen, wenn sie nicht geträumt hätte, denn die Bilder und Geräusche der vergangenen Tage drängten sich ihrem erschöpften Hirn auf, das nicht die Kraft hatte, sich dagegen zu wehren. Die heitere, liebenswürdige Landschaft der Toskana, Siedlungsland der antiken Etrusker und Römer, Schauplatz mittelalterlicher Fehden um Macht und Wohlstand, Wiege der Renaissance und der italienischen Sprache. Das Arbeitszimmer der Dottoressa, erfüllt von einem zugleich stechenden und süß erregenden Apothekengeruch, Spiegelbilder in den glänzend polierten Oberflächen der altväterlich schwarzen Möbel, die bronzene Eule oben auf dem Giftschrank. Das nächtliche Heulen der Hunde. Das Ölgemälde der Contessa mit ihrem bleichen Lächeln. Die Kommissarin Fabrizia Orlandini, die neben Juliane durch die Weinberge lief, langbeinig, mit schmalen Hüften wie ein Mann und den feuchten, südländischen Augen, in denen Feuer leuchtete. Jens Thiele mit seinem duftenden Haar und dem kleinen, festen, strammen Körper, der so gut zu ihrem eigenen passte.

Juliane bewegte sich unruhig. Noch waren die Bilder ihrer Träume harmlos und sonnig, aber wie eine Schlange unter Blättern kroch das Gefühl durch sie hindurch, welches sie schon am ersten Tag ergriffen hatte, dem Tag der Nachricht: Dass jede unbedachte Bewegung den Mechanismus einer Falle auslösen könnte, die tödlich über ihr zuschnappte.

Die Nachricht hatte in der Mitteilung eines italienischen Rechtsanwalts an die Anwältin der Familie Emser bestanden. Der am 8. Juni verstorbene Diplomkaufmann Guido Wewelmann hatte seiner Nichte Juliane

die Villa Verbena in der Toskana hinterlassen, in der er
die letzten zwanzig Jahre gelebt hatte, mitsamt dem
Landgut Le Querce und einem Weinkeller voll flüssiger
Kostbarkeiten. Dazu kamen die Kunstschätze in der
Villa, zu denen antike Möbel, ein paar Dutzend Ölgemälde und ein Kelch aus dem Frühmittelalter gehörten, der unter dem Namen Papstkelch bekannt war,
weil er angeblich aus dem Besitz eines Pontifex
stammte – was Julianes Anwältin allerdings für eine
zweckdienliche Sage hielt, um den Wert des Kelchs in
die Höhe zu treiben. Auf jedem Fall war das Erbe von
sehr beträchtlichem Wert.

Juliane hatte es nicht fassen können. „Das ist absurd!",
hatte sie ihrer Freundin Gretchen anvertraut, mit der
sie die Studentenwohnung in der Nähe der Münchener
Universität teilte. „Onkel Guido hätte mich nicht einmal erkannt, wenn er mir auf der Straße begegnet
wäre, so lange haben wir uns nicht mehr gesehen. Das
letzte Mal war beim Begräbnis meines Vaters. Da war
ich dreizehn. Ich erinnere mich nur mehr, dass er
enorm groß und dick war und eine dichte weiße Haar-
mähne hatte, und dass ich ihn nicht mochte. Er hatte
etwas Fettiges an sich – als würde ein schmieriger Film
auf der Hand zurückbleiben, wenn man ihn berührte."

„Bist du seine einzige Verwandte?"

„Keine Rede! Er hat drei Kinder, die etwa in meinem
Alter sein müssen. Zwei leibliche Kinder, Adam und
Dorothea, und eine Adoptivtochter, Emilia."

„Kennst du sie?"

„Nein. Wir standen nicht so gut miteinander, dass wir
viel Kontakt gehabt hätten – ich meine, Mutter konnte
Onkel Guido nicht ausstehen. Sie war froh, als er eine

Italienerin heiratete und aus unserem Blickfeld verschwand."

„War er ihr Bruder?"

„Nein, der meines Vaters. Sein älterer Bruder. Beträchtlich älter."

Gretchen, die nichts so liebte wie persönliche Tragödien – sofern sie andere Leute betrafen –, erkundigte sich neugierig: „Woran ist er eigentlich gestorben?"

„Davon steht nichts in dem Brief. Wahrscheinlich ein Herzinfarkt oder Schlaganfall. Er war der Typ, der viel zu gern aß – und vor allem trank. Edle Weine waren seine Leidenschaft. Das war mit ein Grund, warum er seinen Wohnsitz in die Toskana verlegte. Er kaufte ein ziemlich heruntergekommenes Weingut aus dem Besitz einer ortsansässigen Familie, heuerte einen hochkarätigen Kellermeister an und machte es zu einem Geheimtipp unter Kennern."

„Deshalb bist du jetzt Erbin eines berühmten Weinkellers."

„Ich kann es immer noch nicht fassen", hatte sie Gretchen erklärt. „Ich habe das Gefühl, alles wird sich als Irrtum oder als schlechter Scherz herausstellen. Mutter behauptete immer, Guido sei verrückt, also ist es vielleicht nur eine seiner Verrücktheiten. Auf jeden Fall muss ich hin und mir die Lage vor Ort ansehen – und das bei meinem Italienisch. Außer *Buongiorno* bringe ich kaum etwas zustande."

„Aber deine Verwandten sprechen doch sicher Deutsch."

„Ja, natürlich. Und die Toskana ist seit dem 19. Jahrhundert Touristengebiet, steht im Reiseführer – wenn man in der Hauptreisesaison durch die Hauptstraßen der größeren und kleineren Touristenorte geht, wimmelt es dort von Fremden. Von japanischen Gruppen über Familien aus allen Teilen Europas bis zu amerikanischen Kulturreisenden ist so ziemlich alles dabei. Aber Dormiani ist ein Nest, das die Touristen noch nicht entdeckt haben, und mir gefällt der Gedanke nicht, hinter den sieben Bergen in einem fremden Land festzusitzen, in dem ich mit niemandem außer meinen Verwandten reden kann. Dass sie mich nicht gerade mit offenen Armen empfangen werden, ist doch wohl klar, oder? Nicht, nachdem mein Onkel sie aufs Pflichtteil gesetzt und den Löwenanteil seines Vermögens mir hinterlassen hat.“

Gretchen hatte ihr zugestimmt, dass unter diesen Umständen der Empfang eher kühl ausfallen würde.

***

Juliane schreckte auf, als die Tür des Abteils mit einem Lärm, der sich im Halbschlaf wie Donnergrollen anhörte, beiseite gerollt und der schmutzig gelbe Vorhang aufgezogen wurde. Grelles, unfreundliches Licht flammte auf. Ein Mann in Uniform verlangte *Biglietto*. Sie reichte ihm die Fahrkarte, fröstelnd vom Schock des plötzlichen Erwachens. Sie musste entsetzlich aussehen, denn der Schaffner warf einen Blick in ihr Gesicht unter dem kurzen, verschwitzten dunklen Haar, dann auf den Mantel, mit dem sie sich trotz der warmen Nacht zugedeckt hatte, und fragte in holprigem Deutsch: „Ist die Signora krank?“

Sie rang sich ein Lächeln ab. „Nein, nur müde. Sehr müde." Da sie nicht wusste, wie weit seine Deutschkenntnisse reichten, legte sie die gefalteten Hände unters Ohr und deutete mimisch totale Erschöpfung an.

Der Mann – der vielleicht befürchtet hatte, Umstände mit einem kranken Fahrgast zu bekommen – lächelte erleichtert. Fürsorglich und geschäftstüchtig zugleich schlug er vor: „Will die Signora ein Bett im Schlafwagen nehmen? Er ist nicht ausgebucht, wir haben noch mehrere Plätze frei."

„Nein. Nein, danke."

Er wünschte ihr *Buonanotte*. Dann schloss er die Tür hinter sich und drehte das Licht ab.

Juliane seufzte erleichtert. Jetzt standen die Chancen gut, dass sie den Rest der Nacht in Frieden gelassen wurde. Das hätte ihr gerade noch gefehlt, in das stickige, stockfinstere Abteil eines Schlafwagens verpackt zu werden, in dem die Passagiere in ihren sargähnlichen Kojen übereinandergestapelt lagen wie Tote in einem Kolumbarium! Kein Licht, keine Luft, die qualvolle Beschränkung des Körpers ... Bei dem bloßen Gedanken überlief sie ein Schauder und ihre Kopfhaut zog sich prickelnd zusammen. Sie musste bewusst einige Entspannungsübungen vornehmen, um wieder locker zu werden. Sie wünschte sich nichts weiter als Ruhe und Wärme und Dunkelheit ... und die beruhigende Gewissheit, dass sie sich mit jedem Tacka-Tack, Tacka-Tack der Eisenräder auf den Schienen weiter von Dormiani entfernte. Morgen war sie wieder in München, bei ihrer Mutter, bei Gretchen, bei ihren Freunden von der Universität, und sie würde eine ganze Weile lang kein Italienisch hören, keinen Wein trinken und keine Hunde sehen können, ohne dass sich ihr Magen verkrampfte.

Die Augen geschlossen, kroch sie in ihrem Winkel in sich zusammen und überließ sich den Erinnerungen, die in der Dunkelheit kamen und gingen. Da war das milde Spätnachmittagslicht, das die Villa Verbena umfloss, die klaren Konturen des alten Gebäudes – als ob es gerade zu regnen aufgehört hätte – und alles durchtränkend, alles erfüllend das *Bouquet Garni* von Salbei, Gräsern und unzähligen Gewürzen, das auf dem lauen Wind schwebte. Dormiani war eine magische Welt, erbaut aus Düften, aus dem Geruch von Holzfeuerrauch, von Balkonblumen und Robinienblüten, gebratenem Fleisch und starkem Kaffee. Auch das Haus war voll von Gerüchen: Bohnerwachs, kostbare Stoffe und der schwache, stickige medizinische Geruch, der Dorothea umgab. Dorothea, die in so kurzer Zeit so viel verloren – und gewonnen – hatte. Auch wenn sich das anerzogene Gefühl dagegen sträubte, die Tatsache zur Kenntnis zu nehmen, so hatte doch weder Dorothea noch sonst jemand um Onkel Guido getrauert. Hinter geschlossenen Fensterläden und versperrten Türen hatte alle Welt sich gefreut, dass er tot war und für immer in seiner pompösen Marmorgruft auf dem Friedhof von Dormiani lag. Wahrscheinlich hatten die Einwohner Kerzen gestiftet, dicke honiggelbe Kerzen der Dankbarkeit für alle Dämonen und Heiligen, die an Guidos Tod mitgewirkt haben mochten.

Der Regen, der seit Florenz in den Wolken lauerte, brach los, prasselte auf das Dach des dahinjagenden Zuges und überzog die Fenster mit einer schmierig glänzenden Schicht. Juliane kehrte in Gedanken zurück zur

Hinfahrt. Da hatte es auch geregnet, im Inntal sogar so heftig gehagelt, das die Wiesen links und rechts der Gleise schlohweiß waren. Sie erinnerte sich an das Gespräch mit Gretchen, die, mit beflissener Hilfsbereitschaft Koffer und Regenschirm schleppend, ihre Freundin zum Nachtzug begleitet hatte. Ein Gespräch über einer Tasse Kaffee in einer der gesichtslosen, viel zu hell erleuchteten Plexiglas-Imbissstuben im Hauptbahnhof zwischen Koffern und Lautsprecherdurchsagen.

„Warum nimmst du nicht jemanden mit?", hatte Gretchen gefragt.

„Und wen? Ich habe keine Verwandten, die ich mitnehmen könnte, außer meiner Mutter, die sich weigert, mit mir nach Dormiani zu fahren. Sie will von der ganzen Erbschaft nichts wissen. Am liebsten wäre es ihr, wenn ich sie rundheraus ausschlagen würde. Sie stellt sich auf den Standpunkt, sie würde es nicht annehmen, wenn Guido ihr ganz Italien samt dem Vatikan vererbt hätte."

„Klingt, als wären sie spinnefeind."

„Sind sie auch. Mutter meint, er hätte einen schlechten Einfluss auf meinen Vater gehabt. Als junger Mann war mein Onkel so besessen von seiner Spiel- und Wettleidenschaft, dass er mit dem Teufel Karten gespielt hätte, und das hat anscheinend auf Vater abgefärbt. Sie hatten viel Streit deswegen, und nach Vaters Tod hat Mutter den Kontakt zu ihrem Schwager diskret einschlafen lassen."

Dann war es an der Zeit gewesen, den Zug zu besteigen. Das übliche Gedränge mit Koffern und Taschen folgte, bis sie in ihrem Abteil eingerichtet war. Blechern hallende Lautsprecherdurchsagen. Ein letztes Winken.

Der Intercity rollte aus dem Münchner Hauptbahnhof en route nach Florenz. Als sie den Schutz der Halle verließen, prasselte Regen wie aus Eimern auf die Dächer der Wagons. Juliane wischte ein Loch in die dunstbeschlagene Scheibe und blickte hinaus auf das glitzernde Schienengewirr, über dem die Hitze des vergangenen Tages als Dampf aufstieg. Das Abteil füllte sich mit einem widerwärtigen Geruch nach nassem Gummi, der von draußen hereinwehte. Sie stand hastig auf und schob das Fenster hoch, bis es einrastete.

Bis Florenz wollte sie mit dem Zug fahren. Dort würde Adam sie abholen und mit dem Auto in die Montalbano-Hügel zur Villa Verbena bringen. Die nächste größere Stadt hieß Prato und war, glaubte man ihrer Homepage im Internet, architektonisch nicht uninteressant. Es gab dort eine gut erhaltene mittelalterliche Stadtmauer, einen sehenswerten Dom und eine Trutzburg, das vom Stauferkaiser Friedrich II. errichte Castello dell'Imperatore. Aber sie würden sich nicht lange genug aufhalten, um die baulichen Schönheiten zu bewundern. Schließlich war ihre Reise geschäftlicher Natur, und enterbte Verwandte würden wohl kaum viel Wert darauf legen, ihr den Aufenthalt angenehm zu machen. Die E-Mails, die zwischen ihnen hin und her gegangen waren, hatten sich kurz, knapp und businesslike mit den nötigen Arrangements für ihren Besuch befasst. Auf ihre höflichen Beileidskundgebungen war keine Reaktion gekommen.

Dr. Gabriele Morensky, ihre Anwältin, hatte ihr geraten, einen Kompromiss auszuhandeln – besser gesagt, von den Anwälten aushandeln zu lassen. Was wollte sie überhaupt mit einem Haus in der Toskana? Und mit einem Weingut, sie, deren Weinkenntnisse sich auf *rot* und *weiß* beschränkten? Wer brauchte in Dormiani eine Sportlehrerin? Nein, sie würde Adam und ihren Kusinen sofort sagen, dass sie eine finanzielle Regelung suchte. Das würde das böse Blut beschwichtigen.

Adam. Er hatte auf dem Hauptbahnhof von Florenz auf sie gewartet, wie es abgemacht war. Florenz hatte sich im strömenden Regen von seiner hässlichsten Seite gezeigt. Kein vornehmer, ehrwürdiger, geschichtsschwangerer Ort, sondern eine düstere Lokalität, deren Kirchtürme in feuchten Schleiern verschwunden waren. Juliane hatte schlecht geschlafen und kletterte verdrießlich aus dem Zug. Ihr Körper war daran gewöhnt, dass seine Bedürfnisse an erster Stelle standen, dass das Wohlbefinden von Muskeln und Organen allem anderen vorgezogen wurde, und nahm es übel, dass er nicht zur gewohnten Zeit im gewohnten Bett gewesen war. Julianes Magen verknotete sich bei dem Gedanken, dass auf dem Bahnsteig vermutlich ein schlecht gelaunter, von Groll erfüllter Vetter Adam stand, der sie mit Vorwürfen und Verdächtigungen empfangen würde – vielleicht eine jüngere Ausgabe seines fetten, hängebackigen Vaters.

Aber dann war er plötzlich da gewesen, ein hochgewachsener junger Mann vom Typus des Calvin-Klein-Models, in einem Regenmantel, mit lockigem, schwarzem Haar, Dreitagebart, klaren Zügen, einer weichen, angenehm klingenden Stimme. Nur die engstehenden grünen Augen störten das Idealbild männlicher Schönheit ein wenig. An seinem Ärmel steckte eine Trauerschleife aus schwarzem Seidenkrepp. Er begrüßte Juliane nicht gerade mit überschwänglicher Zuneigung, aber immerhin mit geschäftsmäßiger Freundlichkeit. „Gib mir deinen Koffer. Du brauchst jetzt sicher einen starken Kaffee und ein Croissant, nicht wahr? Mein Wagen steht draußen. In Dormiani ist besseres Wetter als hier, nur ein leichter Sprühregen. Wahrscheinlich kommt bald wieder die Sonne heraus."

Sie merkte, dass er ihren Körper mit dem Blick des Kenners betrachtete. Nicht lüstern, sondern mit einer ästhetischen Leidenschaft, wie er sie einer Marmorstatue gegenüber empfinden mochte. Es gefiel ihr, so betrachtet zu werden. Unwillkürlich warf sie sich, als sein Blick über sie hinwegglitt, in Positur. Sie hatte viel Zeit und Mühe auf ihren Körper verwandt; er war ihr wichtig, nicht nur als ein Mittel, um Bewunderung zu ernten, sondern noch auf eine andere und viel bedeutsamere Weise. Dieses lebende Kunstwerk aus optimal funktionierenden Muskeln, Sehnen und Organen war ein Schutzschild, das ihr die Gefahren des Lebens vom Leib hielt. Sie war so sehr Körper, dass nur wenige Menschen auf den Gedanken kamen, sich für ihre Seele zu interessieren. Das verringerte die Gefahr, dass dieses verwundete, verängstigte und wütende Gebilde in ihr noch weiter beschädigt wurde.

Als Adam eine Bemerkung machte, dass man ihr das Sportstudium auf eine höchst reizvolle Weise ansähe, gab sie keine Antwort, sondern lächelte nur. Sie vermutete, dass er sie für dumm hielt. Die meisten Menschen waren der Meinung, dass in einem so prächtigen Körper nur ein verkümmerter Verstand wohnen könne – als würden die Vorzüge des Leibes automatisch denen des Geistes abgezogen. Julianes Interessen waren beschränkt, das stimmte, das wusste sie selbst auch. Die meisten waren Planeten, die sich um die Sonne ihrer kunstvollen Körpergestaltung drehten: Ein Schuss Medizin – Anatomie und Ernährungslehre –, ein paar mehr oder minder esoterische Anleitungen zur Pflege der Seele, wie sie im Gefolge ähnlicher Anleitungen zur Pflege des Körpers zwangsläufig auftauchten, ein wenig Kunstinteresse, das vor allem das Interesse an der Darstellung idealer Frauengestalten umfasste. Sie hatte Tiere gern, liebte die Natur und empfand eine unklare Sehnsucht nach einem Jenseits, in dem die Kräfte des Lebens harmonischer und sinnvoller wirkten als auf der Erde. Wie so viele sportliche Menschen hatte sie nur ein sehr geringes Interesse an Sex. Ihr Körper war sich selbst genug. Aber dass ihre Interessen beschränkt waren, hieß nicht, dass dasselbe auf ihre Intelligenz zutraf. Sie konnte sehr scharf denken. Nur war es in ihrer einfachen, leicht überschaubaren Welt bislang nur selten notwendig gewesen, diese Fähigkeit einzusetzen.

Adam trug ihren Koffer und ihre Reisetasche zu einem Café – mit seiner Plexiglasverschalung und den frostig glänzenden Lampen sah es ganz genauso aus wie die Cafés auf dem Münchner Hauptbahnhof –, bestellte ein kleines Frühstück für sie und einen Grappa für sich und setzte sich dann zu ihr auf die rote Kunstlederbank. „Es hat sich nicht viel verändert seit deinem letzten Besuch", sagte er lächelnd. „Du wirst alles so wiederfinden wie damals."

Sie starrte ihn an, unsicher, ob sie richtig verstanden hatte. „Meinem letzten Besuch? Ich war noch nie in Dormiani."

Seine Augen weiteten sich erstaunt. „Aber doch. Es ist zwar schon enorm lange her, aber wir erinnern uns ganz genau. Du warst etwa fünf Jahre alt, als Onkel Benno – dein Vater, meine ich – mit dir zu Besuch gekommen ist. Denk nach, du erinnerst dich sicher.“

„Nein, absolut nicht.“ War das ein komplizierter Scherz? Oder eine Falle? Der absurde Gedanke ging ihr durch den Kopf, dass er vielleicht daran zweifelte, ob sie die richtige Juliane Emser war und sie zu dekuvrieren versuchte, indem er Erinnerungen fälschte und prüfte, ob sie die Fälschung entdecken würde. Sie lachte nervös auf und legte ihren Pass auf den wackligen Kunststofftisch. „Hör zu, du kannst dich gerne überzeugen, dass ich wirklich die bin, für die ich mich ausgebe. Hier bitte. Mein Pass mit Foto, ausgestellt von der Polizeidirektion München.“

Adam warf nur einen flüchtigen Blick auf das Dokument. „Ich habe keinen Zweifel daran, dass du wirklich unsere Kusine Juliane bist.“ Er trank seinen Grappa aus und orderte einen zweiten.

Der Gedanke streifte sie flüchtig, dass zwei Grappas ein bisschen viel waren, um sich danach noch ans Steuer zu setzen, aber sie schob ihn beiseite, gefesselt von Adams merkwürdigen Behauptungen. „Warum versuchst du mich dann reinzulegen, indem du Dinge behauptest, die gar nicht geschehen sind? Ich war nie in Dormiani zu Besuch, das weiß ich ganz sicher.“

„Doch, das warst du“, beharrte er. „Damals, als du so krank warst. Wie könnten wir das vergessen? Wir waren zwar damals auch nur kleine Kinder, aber an den Schrecken und die Aufregung erinnern wir uns noch ganz genau. Die Dottoressa wurde geholt und im ganzen Haus liefen die Leute durcheinander, die ganze Nacht lang. Ich weiß nicht mehr, woran du erkrankt warst, aber es muss etwas ziemlich Dramatisches gewesen sein." Er zögerte, dann fügte er lahm hinzu: „Vielleicht ist es dir deswegen entfallen, weil du krank warst."

Sie schüttelte den Kopf. Absurd! Sie war ganz sicher nie in Dormiani gewesen. Das wusste sie genau, und zwar nicht nur deshalb, weil sich in ihrer eigenen Erinnerung keine Aufzeichnung dieses Besuches fand, sondern auch von dritter Seite. Noch vor zwei Tagen hatte sie mit ihrer Mutter über die bevorstehende Reise gesprochen, und sie hatte noch deutlich im Ohr, wie diese gesagt hatte: „Ich habe es immer abgelehnt mit dir dorthin zu fahren, obwohl Benno seinen Bruder hin und wieder besuchte. Je weniger wir mit den Wewelmanns zu tun hatten, desto besser. Ich habe es bislang geschafft, dich von dort fernzuhalten, warum willst du jetzt unbedingt hin? Lass Dr. Morensky die Sache erledigen."

Adam beharrte auf seinem Standpunkt. „Ich kann mich mit hundertprozentiger Sicherheit erinnern, dass du zu Besuch warst."

Juliane zuckte verdrießlich die Achseln. Seine Hartnäckigkeit nervte sie. „Wahrscheinlich verwechselst du mich mit jemandem. Es ist so lange her. Und es ist ja im Grunde auch egal, nicht wahr?" Sie wollte so schnell wie möglich von dem leidigen Thema wegkommen, also drängte sie zum Aufbruch.

Als sie dann in seinem Mercedes auf der nebelverhangenen Autobahn 11, der Firenze-Mare, in Richtung

Prato fuhren, hatte Adam diskret über Dinge von allgemeinem Interesse gesprochen. Ihren zaghaften Versuch, zum Thema Erbschaft zu kommen, schnitt er höflich, aber entschieden ab. „Später, Juliane, wenn wir alle beisammen sind. Dann brauchen wir nicht alles zu wiederholen."

Stattdessen erzählte er ihr von der Villa Verbena, in der er mit seinen beiden Schwestern, der leiblichen und der adoptierten, aufgewachsen war. Die Villa, erfuhr Juliane, war ein ehemaliger Sommersitz einer adeligen Familie, wie es viele in der Toskana gab. Im 14. Jahrhundert war es unter den italienischen Adeligen Mode geworden, aufs Land zu ziehen und sich dort Sommerpaläste zu errichten. Im Laufe der Zeit wurden einige dieser Residenzen immer prächtiger und gehörten heute zu den Sehenswürdigkeiten des Landes. Man zeigte den Fremden mit patriotischem Stolz die Villa Bottini in Lucca, sowie die Villa Mansi bei Segromigno in Monte, die Villa Torrigiani bei Camigliano und die Villa Reale in Marlia mit ihrem herrlichen Garten. Ein wenig südlich von Prato stand Poggio a Caiano, der vielleicht schönste der Medici-Landsitze mit seinem Renaissance-Park, und bei Artimino die Villa Artimino, auch *Villa der hundert Kamine* genannt. Die Villa Verbena war längst nicht so berühmt, aber immer noch ein schönes Exempel eines historischen Herrschaftshauses.

Dann sprach Adam von seinem verstorbenen Vater, zu dem er offenbar ein zwiespältiges Verhältnis gehabt hatte. Er malte ihr das Bild eines ungeheuer imposanten, aber keineswegs liebenswürdigen Menschen. „Vater war so eine Art Übermensch", erklärte er mit einem schiefen Lächeln, das besagte, dass er die Bezeichnung längst nicht so ironisch meinte, wie er tat. „Die Leute nannten ihn teils bewundernd, teils spöttisch *Il Príncipe*, den Fürsten. Sogar wir Kinder nannten ihn schließlich so. Er war ein Mensch der Renaissance, nicht des 21. Jahrhunderts. Ich denke manchmal, das war der eigentliche Grund, warum er in der Toskana leben wollte. Das hier ist der richtige Ort für Genies. Hast du gewusst, dass Dante Alighieri, Francesco Petrarca und Giovanni Boccaccio alle aus der Toskana stammten? Leonardo da Vinci wurde in Anchiano bei Florenz geboren, Michelangelo Buonarroti im heutigen Caprese, Michelangelo bei Arezzo, Giacomo Puccini in Lucca, und man könnte die Liste noch ellenlang fortsetzen. Vater hatte das Gefühl, dass er hier in der zu ihm passenden Gesellschaft war.“

Juliane dachte, dass der Onkel sich da etwas überschätzt haben mochte, aber sie sagte nur: „Dann war er ein sehr selbstbewusster Mann.“

„Das war er. Er war der geborene Potentat. Er sagte oft, er hätte besser ein Borgia werden sollen als ein Wewelmann.“

„Ich weiß nicht, ob das der Familie zur Ehre gereicht hätte.“

Adam lachte kurz und ungeduldig auf. „Das ist natürlich nicht so wörtlich zu nehmen. Aber er war kühn, raffiniert, einfallsreich, bestens informiert in allen Dingen, die ihn interessierten, absolut gleichgültig allem gegenüber, was ihn nicht interessierte, schlagkräftig und skrupellos in der Verfolgung seiner Ziele. Was er haben wollte, bekam er. Was er erreichen wollte, setzte er durch.“

„Klingt, als wäre er ein beinharter Egoist gewesen.“

„Ja, gewiss“, bestätigte Adam, ohne die Bemerkung als Beleidigung zu empfinden. „Nach dem Tod unserer Mutter wurde er sehr hart. Ich sagte ja, er war nicht der Mensch, den man gemeinhin als umgänglich oder liebenswürdig bezeichnet. Dafür war er ein paar Nummern zu groß. Wenn eine Bronzestatue von ihrem Sockel steigt und ein Café betritt, wird das auch nicht als anheimelnd empfunden. Er war die Gallionsfigur von Dormiani. Natürlich brachte ihn das in Konflikt mit dem zweiten lokalen Monument, der alten Contessa Luchini.“

„Contessa? Das heißt Gräfin, nicht wahr?“

„Ja, stimmt. Echter alter toskanischer Adel. Es ist merkwürdig, weißt du“, erklärte Adam, während er den Mercedes mit unverminderter Geschwindigkeit auf der Überholspur der Autobahn hielt. „Die Toskana ist politisch traditionell links gerichtet, aber wenn unsere Nachbarin durch Dormiani ging, hieß es untertänig: Guten Morgen, Signora Contessa, was steht zu Diensten, Signora Contessa? Dabei waren die meisten Bauern reicher als die Alte, die sich im Winter kaum die Heizung leisten konnte, weil sie jeden Cent in ihren Weinkeller steckte. Arrogant allerdings war sie immer noch. Du hättest sie sehen sollen, wie sie von ihrem Mäusenest ins Dorf hinabhumpelte, auf ihren Stock mit der Elfenbeinkrücke gestützt, immer gefolgt von zwei krummen alten Burschen, die ihr den Regenschirm und ihre Einkaufstasche nachschleppten. Wenn sie in den Supermarkt ging, sagte sie kein Wort, sondern deutete wortlos auf dies und das, und die Diener sprangen hin und legten es in den Einkaufswagen.

Sie war eine Institution. Wir dachten, sie würde nie sterben. Seit meiner Kindheit sah sie gleich aus – eine kleine, korpulente, alte Frau mit kurz geschnittenem, weißem Haar, ganz in Schwarz gekleidet und mit einem Gesicht wie ein Käuzchen. Als sie mit dreiundachtzig starb, lief ganz Dormiani hinter ihrem Sarg her."

Juliane lächelte. „Das finde ich rührend. Es erinnert mich irgendwie an das Begräbnis der alten königstreuen Lehrerin in *Don Camillo und Peppone*. Über den Sarg wurde die Fahne der Monarchisten gebreitet, der Pfarrer segnete ihn ein und die Kommunisten geleiteten ihn auf den Friedhof."

Er zuckte die Achseln mit einer Bewegung, die nicht recht erkennen ließ, ob sie spöttisch gemeint war. „Du wirst feststellen, dass unser Dorf noch sehr unbeleckt vom Fremdenverkehr ist, obwohl sich auch bei uns schon ein paar der typischen Aussteiger anzusiedeln versuchen. Unsere nächsten Nachbarn sind zwei kaputte Künstlertypen, die nackt in ihrem Pool schwimmen – splitternackt! Glücklicherweise gibt es nur wenige von der Sorte. Hin und wieder verirrt sich ein Touristenbus zu uns, aber jedenfalls ist es noch nicht so weit, dass wir einen McDonalds auf dem Marktplatz oder ein neonbeleuchtetes Sushi-Lokal auf der Piazzetta hinnehmen müssten."

„Das klingt so, als seid ihr Wewelmanns schon mehr Einheimische als Zugezogene?"

„Auf jeden Fall betrachten sie uns nicht mehr als Außenseiter – dazu hatte Vater viel zu viel mitzureden in den örtlichen Angelegenheiten. Sein Weingut ist das Beste von ganz Dormiani." Seine Stimme lebte auf, als sei er nach unumgänglicher langweiliger Konversation endlich auf ein Thema gekommen, über das zu sprechen ihn auch tatsächlich interessierte. In allen Einzelheiten erzählte er Juliane die Geschichte der Familie und ihrer Fattoria.

Guido Wewelmann, verheiratet mit einer Römerin aus vornehmer und schwerreicher Familie, war einer der vielen Nicht-Toskaner gewesen, die der Weinbau ins Land gelockt hatte, einer der Geschäftsleute, die hier ein Zwischending zwischen Aussteigertraum und Investitionsprojekt zu realisieren hofften. Dass die Toskana mit dem Weinbau so eng verbunden ist wie mit der Kunst, hatte Juliane gewusst, aber nun hörte sie die Namen der berühmten Rotweine, die aus der Sangiovese-Traube gekeltert werden: Chianti, Brunello di Montalcino, Vino Nobile di Montepulciano, Carmignano. Sie lächelte entschuldigend. „Ich trinke nur sehr, sehr selten – für Leistungssportler ist Alkohol Gift. Daher kenne ich mich mit Weinen überhaupt nicht aus. Es ist eine Wissenschaft, nicht wahr?"

Adam antwortete mit Begeisterung. „Mehr als eine Wissenschaft, Juliane. Eine Kunst. Eine Lebensaufgabe."

Juliane, in der seine freudige Erregung nicht den geringsten Widerhall fand, lächelte dennoch; sie war froh, dass er über ein so amikales Thema wie guten Wein redete. Die unerfreulichen Themen würden noch früh genug zur Sprache kommen. „Du hast die Begeisterung deines Vaters für den Weinbau geerbt", stellte sie fest. „Deine Schwestern auch?"

Er warf ihr einen pikierten Seitenblick zu, als haftete ihrer Bemerkung etwas Geschmackloses an. „Nein. Emilia ist zu einfältig dafür, und für Dorothea kommen landwirtschaftliche Interessen natürlich nicht infrage."

„Wieso *natürlich nicht*?"

Adam sah sie befremdet an. „Aber das musst du doch wissen? Erinnerst du dich nicht mehr? Dorothea ist schwerstbehindert. Sie ist ein Pflegefall. Keine Rede davon, dass sie ein Landgut leiten könnte. Außerdem ist das jetzt bereits eine hypothetische Frage, nicht wahr? *Du* hast schließlich die Villa Verbena und Le Querce geerbt, nicht wir." Plötzlich warf er mit einer spastischen Bewegung, in der sich alle seine mühsam zurückgehaltene Wut ausdrückte, den Kopf zurück, so heftig, dass der Wagen Sekunden lang zu schlingern drohte. Augenblicklich packten Adams Hände das Lenkrad fester, der Krampf, der ihn durchschauert hatte, löste sich. „Entschuldige", bemerkte er trocken.

Juliane schluckte noch an der Information, dass ihre Kusine Dorothea ein Pflegefall war. Keine Rede davon, dass sie ein Landgut leiten könnte, hatte Adam gesagt. Hieß das vielleicht, dass sie auch geistig behindert war? Sonderbare Bilder formten sich zu einem Film: Eine tief verschleierte Gestalt, die lautlos in ihrem elektrischen Rollstuhl von einem Zimmer ins andere glitt, geschlossene Jalousien, grünliches Sterbezimmer-Zwielicht, gnomenhafte Dienerschaft in schwarzen Kleidern und Kopftüchern.

Sie schüttelte die Spukbilder ab. Jetzt war es wichtig, Adam zu sagen, dass sie nicht gekommen war, um ihm sein geliebtes Le Querce wegzunehmen. Sie räusperte sich nervös. „Hör zu, ich möchte doch jetzt gleich darüber reden. Ich habe keine Ahnung, warum Onkel

Guido ausgerechnet mir sein Haus und sein Landgut hinterlassen hat, ich –"

„Oh", erwiderte Adam, immer noch in diesem spröden, trockenen Ton, der seine tobende innere Erregung durchschimmern ließ, „das kann ich dir schon sagen. Er wusste genau, wie sehr ich an Le Querce hänge und wie sehr meine Schwestern auf das Haus angewiesen sind, daher erpresste er uns bei jeder Gelegenheit damit, dass er sein Testament ändern und seinen Besitz anderen Leuten hinterlassen würde. Diesmal warst eben du die Auserwählte, aber es hätte genauso gut ein Heim für streunende Katzen in Napoli sein können – Hauptsache, er sah unsere hilflose Wut, unsere Tränen, unsere Angst und Frustration."

Sein Gesicht war kalkbleich geworden, während er diese Sätze hervorstieß, und plötzlich lenkte er von der Überholspur weg auf den Pannenstreifen und hielt den Wagen an. „Entschuldige", wiederholte er. „Ich muss ein paar Minuten Pause machen. Ich fühle mich nicht wohl."

Juliane war tief betroffen. Natürlich hatte sie damit gerechnet, dass ihre Verwandten das Testament übel aufnehmen würden, aber als sie Adams fahles Gesicht und seine brennenden Augen sah, erfüllten sie Mitleid und Entsetzen. Sie ergriff impulsiv seinen Arm. „Hör zu. Wir werden eine Regelung finden. Lass unsere Anwälte darüber sprechen. Ich fange mit einem Weingut ebenso wenig an wie mit einer Villa in der Toskana. Ihr könnt mich auszahlen oder beteiligen oder auf irgendeine andere Art entschädigen. Auf jeden Fall denke ich nicht daran, hier einzuziehen und das Gut zu übernehmen. Ich bin Sportstudentin und keine Winzerin."

Adam atmete wie ein Ertrinkender, der sich im letzten Augenblick an Land gerettet hat. „Das ist dein Ernst?"

„Aber ja. Ich bin hierhergekommen, damit wir darüber reden können, wie wir das Problem am besten lösen. Wenn wir zu einer Einigung kommen, kontaktieren wir unsere Anwälte und lassen die alle Einzelheiten regeln."

Er erholte sich langsam. „Das ist natürlich eine erfreuliche Überraschung", murmelte er mit einer immer noch unsicheren Stimme. „Wir haben uns Sorgen gemacht ... Es geht vor allem um Dorothea. Es wäre eine Katastrophe für sie, aus Dormiani wegzumüssen. Sie liebt jeden Krümel Erde hier. Ich möchte nicht, dass sie die letzten Jahre ihres Lebens in einem Pflegeheim in Florenz verdämmern muss. Hier ist sie so glücklich, wie ein Mensch in ihrem Zustand überhaupt sein kann. Und Emilia empfindet ähnlich. Sie hat Kontakte im Dorf geknüpft, die sie nicht missen möchte." Er lächelte verlegen. „Nein, keine Romanze, das würde nicht zu ihr passen, aber sie versteht sich sehr gut mit der Nichte des Pfarrers. Was mich betrifft, so hast du wahrscheinlich schon gemerkt, dass ich mich an jeden einzelnen Rebstock in Le Querce klammere."

Sie erwiderte das Lächeln. „Ja, das war nicht zu verkennen. Geht es dir jetzt besser?"

„Beträchtlich besser." Er atmete so tief durch, dass er zu husten begann – ein Zeichen dafür, wie verkrampft seine Brust gewesen war. „Die Tage seit der Testamentseröffnung waren qualvoll für uns, wie du dir vorstellen kannst. Vater hatte dieses Spiel immer wieder mit uns gespielt – uns aufs Pflichtteil gesetzt, den Besitz jemand anderem vermacht und erst nach Wochen sein Testament wieder geändert und uns erneut als Erben eingesetzt. Wer konnte wissen, dass er so plötzlich sterben würde? Wir konnten es alle nicht fassen."

„Was war es? Ein Schlaganfall?"

Adam beschäftigte sich unnötig ausgiebig damit den Wagen wieder zu starten. Obwohl er ein ausgezeichneter Fahrer war, stellte er sich so umständlich an wie ein blutiger Anfänger. „Ein Unfall", erwiderte er schließlich in einem Ton, der deutlich besagte: *Und das ist alles, was ich darüber sagen möchte.*

Juliane ließ sich nicht einschüchtern. „Was für eine Art Unfall?"

„Einer von seinen Hunden fiel ihn an", erwiderte er mürrisch. „Rabon, ein riesiger schwarzer Cane Corso. Es war sehr unvorsichtig von Vater, den Zwinger zu betreten; er wusste, wie scharf und unberechenbar der Hund war."

Juliane fröstelte. *Deshalb*, dachte sie, *hat er über den Tod seines Vaters nicht reden wollen. Ein schreckliches Ende.* Sie erinnerte sich an Fotos zerfleischter Gesichter und Körper, die sie in Illustrierten und im Fernsehen gesehen hatte. Onkel Guidos enorme Korpulenz stand ihr plötzlich mit Übelkeit erregender Klarheit vor Augen, diese schlaffen Massen von Fleisch und Fett, in die das Tier seine Reißzähne geschlagen hatte. Hastig wechselte sie das Thema. „Wie weit fahren wir?"

„Von Prato sind es noch neun Kilometer bis Dormiani, und dann noch eineinhalb bis zum Haus." Sichtlich erleichtert über den Themenwechsel, fuhr er eilig fort: „Du musst dir den Weinberg ansehen, dann wirst du verstehen, warum ich mein Herz daran gehängt habe. Er ist einfach wundervoll. Unsere nächste Ernte …"

Juliane hörte kaum zu, als er zu seinem Lieblingsthema zurückkehrte.

Das Gespräch hatte die Erinnerung an ihren Vater wachgerufen, und das war keine angenehme Erinnerung. Dabei hätte sie nicht einmal sagen können, was der Grund für diese Abneigung war. Es war nicht so, dass sie ihm wegen bestimmter Verhaltensweisen Vorwürfe gemacht hätte. Hätte sie eine Liste seiner schlechten Eigenschaften aufschreiben müssen, so wäre ihr nichts wirklich Gravierendes eingefallen. Sie grollte ihm nicht. Sie hatte einfach seit frühester Jugend eine kalte Abneigung gegen ihn empfunden, einen tiefgreifenden Widerwillen dagegen, in seiner Nähe zu sein, mit ihm zu sprechen oder sich in irgendeiner Weise mit ihm zu befassen.

Als sie mit Gretchen einmal darüber gesprochen hatte, hatte die ihr gesagt: „Ich glaube, du hast einfach instinktiv mitbekommen, was deine Mutter fühlte. Zu dem Zeitpunkt hat es ihr wahrscheinlich schon leidgetan, dass sie ihn jemals geheiratet hat. Natürlich hat sie dir nichts darüber gesagt, aber es lag in der Luft."

Juliane lächelte schief. „Nein, natürlich nicht." Ihre Mutter hielt es für eine ausgesprochen plebejische Angelegenheit, über seine Sorgen mit anderen zu sprechen. *Meine Probleme gehen mich etwas an und niemanden sonst*, hatte sie immer gesagt und im Stillen gelitten, geweint, geflucht und in ihrer Nachttischschublade voll Psychopharmaka Trost gesucht.

Ja, Gretchen, die sich gerne als Amateur-Psychiaterin betätigte, mochte durchaus recht gehabt haben.

Das Haus des Unge- heuers

Der Regen, der Florenz in Trauerschleier gehüllt hatte, hörte bereits auf der Höhe von Prato auf. Dort verließen sie die Autobahn und folgten der Landstraße. Der Himmel wurde zusehends heller. Die holprige Straße, die sich im Schatten von Platanen, Eichen und Edelkastanien entlang eines tiefen Grabens hinzog, wurde von einer alten, teilweise verfallenen Steinmauer flankiert. Moos, Gräser und blassrosa gefärbte Gänseblümchen wuchsen aus den Ritzen.

„Nun?", fragte Adam. „Kehrt jetzt die Erinnerung wieder?"

Sie schüttelte den Kopf. Zwar kam ihr die Landschaft vage bekannt vor, aber das hatte nichts zu besagen bei all den Reisemagazinen im Fernsehen und den Illustrierten voll doppelseitiger Fotos.

Einmal gab die Windung der Straße den Blick in eine Mulde frei, und Juliane entdeckte darin, umrahmt von Kastanienbäumen, ein herrschaftliches Haus, dessen früherer Glanz längst verblasst war. Selbst auf die Distanz sah man deutlich, dass es vernachlässigt, ja beinahe schon verfallen war. Türen und Fensterläden waren geschlossen. Dennoch strömte es einen Zauber aus, dem sie sich nicht entziehen konnte, einen geisterhaften Charme, wie ihn welkende und zerfallende Dinge oft an sich haben.

Auf ihre Frage hin erklärte ihr Adam, das sei die Villa San Sebastiano, das Haus der Contessa. „Wir wissen noch nicht recht, was wir damit anfangen sollen, es würde Unsummen verschlingen, es zu restaurieren."

„Wieso ist das eure Sache?", fragte sie verwundert. „Das wäre doch Sache ihrer Erben, oder?"

„Es gehört uns. Sie hat es Vater verkauft, kurz bevor sie vergangenen Dezember starb." Er fuhr sich mit dem Handrücken über die Augen und schüttelte den Kopf, als müsste er einen lästig ihn umsummenden Gedanken vertreiben. „Das heißt natürlich, es gehört *dir*. Es ist ein Teil deiner Erbschaft."

„Habe ich eigentlich die gesamten Colline di Montalbano geerbt?", fragte sie fassungslos.

Adam rang sich ein schwaches Lächeln ab. „Nein, so großartig ist es auch wieder nicht. Die Ländereien gehören dir, aber wertvoll sind nur der Weinberg und die Kellerei. Das Haus ist ein Mäusenest. Die Contessa und ihre beiden Diener bewohnten nur noch das Erdgeschoß, denn in den oberen Räumen tropfte der Regen durchs Dach. Was darin wertvoll ist, haben wir in die Villa Verbena hinübergeholt, bevor es noch weiter vergammelt. Das meiste davon steht in Vaters Arbeitszimmer."

Juliane warf einen Blick auf das krumme Gebäude zurück. Jetzt, wo sie wusste, was es war, schien es sie feindselig anzublicken wie ein alter Hund, der keinen neuen Besitzer mehr akzeptiert.

Die Straße schlängelte sich weiter bergauf. Schließlich sah sie oben auf halber Höhe der Hügel eine Reihe ziemlich vernachlässigter Häuser in einem Nest aus

Myrtengesträuch, Geißblatt, Lorbeerbüschen und Oleander. Sie stellte sich, ganz im Klischee verfangen, schwarz angezogene alte Menschen vor, die wie Eidechsen vor ihren Häusern in der Morgensonne sitzen und den Blick in die Ferne schweifen lassen, holpernde Leiterwagen und träg dahintrottende Esel. Umso überraschter war sie, als sie entdeckte, dass die Piazzetta von jungen Leuten in Jeans und bauchfreien Tops wimmelte und mit modernen Wagen vollgeparkt war. Sogar einen Bus gab es, um den ein Grüppchen Touristen herumstand – leicht an ihren kurzen Hosen und Sandalen sowie den umgehängten Kameras zu erkennen. Mit Strohhüten versuchten sie, dem Image des eleganten, lässigen Südländers zu entsprechen.

Adam deutete mit einer verächtlichen Kopfbewegung auf die Herde. „Weinbeißer. Die Busunternehmen lassen uns links liegen, aber Weinhandlungen organisieren gelegentlich Ausflüge zu den Weingütern. Wir geben uns allerdings nicht mit solchen Leuten ab. Wenn Vater Gäste einlud – und das tat er ziemlich oft –, dann waren das wirklich bedeutende Leute, solche mit einem dicken Geldsack. Für die gab er Feste, als wäre die Villa Verbena der Palast der Medicis. Natürlich nehmen uns die Bewohner von Prato das Übel, weil seine Gäste keinen Cent in dem schäbigen Nest ließen und die Dorfleute nicht einmal grüßten, wenn sie ihnen zufällig begegneten." Er fuhr rasch weiter, wobei er einige der Fremden mit Absicht zwang, auf die Seite zu springen. Das Manöver animierte zwei Hunde, die in einer Toreinfahrt gedöst hatten, aufzuspringen und in ein wildes Gebelfer auszubrechen wie zwei Wölfe, die eines Beutetiers ansichtig wurden. Der eine, der angekettet war, richtete sich auf die Hinterbeine auf und fletschte die Zähne, der zweite – in Freiheit – sprang bellend hinter dem Wagen her, gab die Verfolgungsjagd aber rasch wieder auf.

Adam schimpfte laut auf die Hunde und im selben Atemzug auf die Bustouristen. Juliane spürte, wie tief seine Verachtung für diese Menschen ging, von deren Vorliebe für exquisite Weine doch schließlich auch die Fattoria Le Querce lebte. Die hochmütige Neigung musste im Blut der Familie Wewelmann liegen, denn sie hatte sie auch an ihrem Vater Benno bemerkt, der sich auf eine ganz unzeitgemäße Weise über seine Mitmenschen erhaben fühlte. Er hatte sie verachtet, nicht nur die armen Schlucker, die Versager und Mittelmäßigen, sondern überhaupt alle Menschen außer sich selbst, als sei er eine Art von den Sternen herabgestiegenes Alien – Angehöriger einer älteren und höher entwickelten Rasse, die verächtlich auf das Gewimmel des Homo sapiens blickte und sagte: Der Schlechteste von uns steht noch himmelhoch über dem Besten von ihnen.

Sie machte jedoch keine Bemerkung darüber. Die Situation war prekär genug, auch ohne, dass sie ein Gespräch über die persönlichen Schwächen ihres Gastgebers anfing.

Sie passierten eben die langgestreckte Halle eines Supermarkts, der seine Ecke gefährlich weit in die Straßenkurve hinausschob, und mussten deshalb beinahe im Schritttempo fahren, als es zu einem Zwischenfall kam. Ein Mann, der ein paar Magazine am Kiosk gekauft hatte, drehte sich um, sah den Mercedes und machte einen so langbeinigen Schritt vorwärts, dass

Adam bremsen musste, um ihn nicht mit dem Kotflügel zu streifen. Der Unvorsichtige passte seiner äußeren Erscheinung nach noch viel weniger als die anderen Einwohner in das Bild von Dormiani, das Juliane sich gemacht hatte: Er war groß und knochig, hatte graues Haar, eine kräftig gebräunte Haut und hätte ganz gut Clint Eastwood doubeln können, zu einer Zeit, als der an die sechzig gewesen war. Alles an ihm, von den scharfen Zügen bis zu dem grob gestrickten Pullover und den Gummistiefeln erweckte den Eindruck deftiger, wenn auch schon angegrauter Männlichkeit. In dem Moment, in dem er sich umwandte, lag noch das Lachen der Unterhaltung auf seinem Gesicht, die er mit dem Inhaber des Kioskes gepflegt hatte – aber kaum sah er den Mercedes, zog eine Gewitterwolke über sein hageres Gesicht. Nicht nur Ärger malte sich darauf, nicht nur Zorn, sondern rasende Wut. Er ließ die Magazine fallen, hob beide Fäuste und wollte offensichtlich auf den schon wieder schneller werdenden Wagen zustürmen, als ihn zwei der umstehenden Männer packten, mit hartem Griff zurückzogen und ihm sichtlich gut zuredeten, seinen Zorn zu bezähmen. Er ließ sich auch wirklich daran hindern, dem Auto nachzulaufen, schrie ihnen aber Worte nach, die nur Beschimpfungen sein konnten – Beschimpfungen der gröbsten Art, wie seiner heiseren Stimme und seinem wutverzerrten Gesicht leicht zu entnehmen war.

Adam war sichtlich erschrocken über den Angriff, obwohl der Mann ihm, der geschützt im Wagen saß, nicht viel hätte antun können. Auf Julianes Frage hin murmelte er, das sei dieser verrückte Allessandri gewesen, der Kellermeister einer anderen Fattoria, un tipo

Strano – ein komischer Vogel, mit dem er Streit gehabt hätte. Dann gab er Gas und beeilte sich, das Dorf hinter sich zu lassen.

Juliane drehte sich halb um. Wieder einmal hatte das Klischee sie in die Irre geführt: In ihrer Vorstellung hatte ein Kellermeister ein rundliches, rotbackiges Männchen zu sein, dessen wässrigen Äuglein man das Nahverhältnis zu den Weinflaschen ansah, kein zäher, schlaksiger Cowboytyp wie dieser Allessandri. Worüber er wohl mit Adam gestritten hatte? Es musste etwas Ernstes gewesen sein, denn seine Züge waren von einer geradezu mordlüsternen Wut entstellt gewesen.

Die schmale Asphaltstraße führte zwischen niedrigen Steinmauern noch etwa eineinhalb Kilometer hügelaufwärts. Bald waren sie in dicht wachsende Vegetation eingetaucht. Juliane staunte, wie üppig und grün sich hier die Natur gab. Oft säumten riesige Farne den Weg, an anderer Stelle wiederum meterhohe Bambusse, was dem Wäldchen einen fast tropischen Charakter verlieh. Am auffälligsten fand Juliane einen zarten, betörenden Duft, der die Luft erfüllte. Sie rätselte lange über seinen Ursprung, ehe sie ihn den Robinienblüten zuordnen konnte. Die Baumkronen und die Wegränder waren ganz weiß von ihnen.

Dann lag auf der sanft gewölbten Hügelkuppe plötzlich die Villa Verbena vor ihnen. Das schmiedeeiserne Tor in der Gartenmauer war geschlossen. Adam stieg aus, sperrte es auf und schloss es sorgfältig wieder, nachdem sie hindurchgefahren waren.

Juliane atmete unwillkürlich tief durch. Das Haus, das am Ende einer von Bäumen flankierten Auffahrt sichtbar wurde, wirkte weitaus bescheidener, als sie es sich nach den Meldungen über Onkel Guidos Reichtum vorgestellt hatte. Ein schlichter, zwei Stockwerke hoher Quader stand vor ihr, aus Naturstein erbaut, dem nur die dunkelgrünen venezianischen Läden und die vielen roten Balkonblumen Farbtupfer aufsetzten. Der Swimmingpool, dessen Schmalseite hinter der Hausecke sichtbar wurde, störte. Seine blitzblaue Fläche brachte einen modernen Touch ins Spiel, der nicht wirklich zum Haus passte, ebenso wenig wie die Satellitenschüssel auf dem schrägen roten Ziegeldach. Alles erinnerte unbehaglich an die „traditionelle Einrichtung mit modernem Komfort", die die Reiseveranstalter in ihren Prospekten anpriesen.

Umso ausgefallener erschien ihr die Sandsteinfigur, die wie ein drohender Wächter neben der Zufahrt aufragte. Das massive, gelbgraue Bildwerk war offensichtlich sehr alt, denn da und dort hatte an exponierten Stellen der Stein zu bröckeln begonnen, graugrüne Flechten wuchsen in Flecken auf der Oberfläche, und außerdem war die Zeit längst vorbei, in der man an solchen Skurrilitäten Gefallen gefunden hatte. Was sollte es überhaupt darstellen? Von vorn betrachtet war es eine feiste Sphinx, barbusig und mit Löwentatzen, gezackte Drachenflügel auf dem Rücken gefaltet. Aber als sie daran vorbeifuhren, sah Juliane, dass es eine doppelte Sphinx war, wie ein Spiegelbild oder Siamesische Zwillinge, die am Steißbein zusammengewachsen waren. Wo die beiden Löwenhinterteile hätten zusammenstoßen sollen, verschmolzen sie zu einem furchigen, widerwärtigen Schlangenleib. Ein Kopf blickte nach Süden über das Tal hinweg, der andere nach Norden zum Haus. Die Augen waren halb geschlossen, beide Münder lächelten geheimnisvoll und hinterhältig.

Auf dem mit grünem Moos bewachsenen Sockel stand *Amphisbaena*.

„Wer ist Amphisbaena?", fragte sie Adam.

„Ein mythologisches Wesen – ein Drache mit einem Kopf an jedem Ende. Sie", er deutete auf die Steinfigur, „hat unserem Haus den Namen Casa del Mostro eingebracht, Haus des Ungeheuers. Du warst seinerzeit schwer beeindruckt davon."

Juliane starrte das steinerne Doppelgeschöpf an. Dann klickte plötzlich etwas in ihrem Kopf, und sie erinnerte sich, dass sie die bemooste Steinfigur und das Gebäude nicht zum ersten Mal sah. Aber es war keine Erinnerung an dreidimensionale Realität, sondern an ein Foto. Das nackte Haus! So hatte sie es genannt, als sie in einer Schachtel voll Fotos ein Bild davon entdeckt hatte. Wie lange war das her? Fünfzehn Jahre vielleicht oder noch länger? Aber jetzt war ihre Erinnerung ganz klar. Sie und ihre Mutter hatten eine Schachtel mit alten Fotos durchgesehen, und da war dieses dabei gewesen. Juliane hatte gelacht und gesagt: „Das ist aber ein komisches nacktes Haus!" Sie hatte noch kein Haus gesehen, das aus Natursteinen erbaut und nicht verputzt war.

Sie schüttelte hilflos den Kopf. „Ich weiß, dass ich das Fabelwesen einmal auf einem Foto gesehen habe, und das Haus auch, aber dass ich schon einmal dagewesen sein soll, ist mir völlig unbegreiflich." Der Gedanke, dass eine Erinnerung so spurlos entschwunden sein könnte, peinigte sie. Sie fühlte sich wie eine Schlafwandlerin, die plötzlich an einem fremden Ort erwacht und bei dem Gedanken an den Weg, den sie umnachtet zurückgelegt hat, erschauert. Wenn sie hier gewesen war, wieso konnte sie sich dann nicht daran erinnern? Normalerweise war ihr Gedächtnis klar und griffig, selbst weiter zurückliegende Erinnerungen ließen sich auf einen flüchtigen Anstoß hin wieder abrufen. Aber diese hier blieb verschwunden.

Sie wurde aus ihren Gedanken gerissen, als vom Lärm des Wagens angelockt ein schwarz-weißer Spitz aus dem Haus sauste, der laut bellend den Weg versperrte, und gleich darauf eine junge Frau in Jeans und einem T-Shirt mit dem Aufdruck *Nirvana* zur Tür herausgerannt kam. Ihr streichholzkurzes Haar leuchtete türkisgrün. „Pinocchio, vieni qui!", rief sie mit scharfer Stimme dem Tier zu. Im selben Augenblick begriff Juliane, dass das Kläffen kein freudiges Begrüßungsgebell war, sondern ein zorniges Keifen. Galt es ihr? Sie zögerte, auszusteigen. Bei Hofhunden wusste man nie, wann sie sich verpflichtet fühlten, einem Fremden an die Waden zu fahren, und die Zähne unter den drohend zurückgezogenen Lefzen des Spitzes sahen sehr scharf aus. Außerdem war da ein Schild am Tor gewesen: Attenti al Cane!, was auch mit geringen Sprachkenntnissen leicht als *Vorsicht vor dem Hund!* zu verstehen war.

Dann beobachtete sie erstaunt, wie Adam, der schon aussteigen wollte, sich wieder in den Wagen zurückzog, das Fenster herunterkurbelte und die Frau mit einem Strom zorniger Worte auf Italienisch bedachte, die sie veranlassten, den Spitz hastig am Halsband zu schnappen und mit ihm zu verschwinden. Offenbar war Adam derjenige, dem der Ärger des Vierbeiners galt. Sie erinnerte sich an die Dorfhunde, die dem Mercedes nachgebellt hatten. Adam Wewelmann schien einer der Pechvögel zu sein, die in Hunden eine geradezu rasende Antipathie erwecken und Gefahr laufen, von allem gebissen zu werden, was vier Pfoten und Zähne hat.

„Er mag dich wohl nicht?", fragte Juliane mitfühlend.

Er zuckte mit einer wütenden Bewegung die Achseln. „Dämlicher Köter. Ich habe Mariella hunderte Male gesagt, dass ich ihn nicht hierhaben will, und sie vergisst es jedes Mal wieder. Er flippt völlig aus, sobald er dem Haus nur in die Nähe kommt."

„Vielleicht verträgt er sich nicht mit den anderen Hunden?"

Adam sah sie verblüfft an. „Welchen anderen Hunden?" Dann fuhr er sich über die Stirn, als sei ihm etwas längst Vergessenes wieder eingefallen. „Ach so. Wir haben keine Hunde mehr. Nach dem schrecklichen Unfall wurden sie alle weggegeben." Er warf Juliane einen scharfen Blick zu. „Ich wäre dir sehr dankbar, wenn du das Thema *Hunde* während deines Aufenthalts hier nicht anschneidest. Die Erinnerung, du verstehst schon … für Emilia und Dorothea wäre es einfach zu schlimm."

Juliane versprach gehorsam, kein Wort über Hunde zu sagen. Vermutlich war Wewelmann senior Hunden ebenso unsympathisch gewesen wie sein Sohn, dessen bloße Erscheinung sogar einen Schoßhund zu hysterischen Wutanfällen reizte.

Adam stieg erst aus, nachdem er sich sorgfältig vergewissert hatte, dass der zornige Kläffer aus der Umgebung verschwunden war. Er nahm Julianes Koffer und schritt ihr voran zum Haus.

Jetzt, wo das Gebell des Hundes und der Lärm des Motors gleichermaßen verstummt waren, spürte sie die Stille. Kein Laut drang aus der Villa Verbena. Nur das Wispern des Windes in den Bäumen war zu hören, ein minimales Geräusch, das die Stille erst wirklich deutlich machte. Juliane atmete tief ein. Der vielfältige Duft, der für immer in ihrer Erinnerung mit Dormiani verbunden sein würde, stieg ihr zum ersten Mal in die Nase, kitzelte sie, zwang sie, zu niesen. Sie schritt inmitten der nach Gewürzsträußchen duftenden Stille über den Vorhof auf das schweigende Haus zu, und spürte plötzlich deutlich, dass sie beobachtet wurde. Jemand stand hinter den geschlossenen venezianischen Läden im ersten Stock und spähte durch die Ritzen zwischen den Lamellen zu ihr herunter, aufmerksam und feindselig. Dorothea? Emilia? Sie konnte es kaum erwarten, ihnen ebenfalls zu erklären, dass es keinen Grund für Feindseligkeiten gab, dass sie mit sich reden ließe, bereit wäre zu verhandeln – jedenfalls nicht die Absicht hatte, ihnen den geliebten Besitz zu entreißen.

Wieder einmal wurde ihr die unüberbrückbare Kluft zwischen ihrer Seele und ihrem Körper bewusst. Ihr hoch trainierter Körper war so stark wie der eines Mannes und um einiges geschmeidiger und schneller. Sie hatte keine Angst, nachts durch übel beleumundete dunkle Gassen zu streifen oder nach Mitternacht mit der U-Bahn zu fahren. Aber sie fürchtete sich vor bösen Blicken, verkniffenen Lippen, schrillen Stimmen. Sie hatte sich vor der Begegnung mit Adam gefürchtet, und sie fürchtete sich jetzt vor der Begegnung mit den beiden Frauen, die sie hassten. Eine heiße Welle der Wut stieg in ihr auf, als sie daran dachte, dass Onkel Guido ihr diesen Hass eingebrockt hatte. Er war schuld daran, dass sie sich bedroht und gefährdet fühlte, und er hatte ihr dieses Unbehagen nur deshalb angetan, damit er seine Kinder in Angst und Sorge um ihr Erbe zappeln lassen konnte. Hatte er das nicht bedacht? Oder hatte er es sehr wohl bedacht und sein Vergnügen daran gehabt, dass er mit seiner boshaften Verfügung auch noch der Beschenkten Ärger machte? In diesem Augenblick wurde ihr noch klarer, warum ihre Mutter zeitlebens eine so bittere Abneigung gegen ihren Schwager gehegt hatte.

„Komm, wir gehen hinein. Die Haushälterin macht uns einen kleinen Imbiss." Adam ergriff ihren Arm und steuerte sie energisch auf die Eingangstür zu.

Sie sah sich neugierig um, während sie die weitläufige Halle im Erdgeschoß betrat. Der Raum trug alle Züge, die der Reiseführer als typische Merkmale des traditionellen toskanischen Baustils anführte, vor allem die roten Terrakottafliesen auf dem Boden und eine Decke aus Holzbalken von offensichtlich ehrwürdigem Alter. Gegenüber der Eingangstür gähnte das Feuerloch eines gewaltigen, aus Ziegeln gemauerten Kamins mit ebenfalls gemauerten Sitzbänken davor, auf denen bunte Kissen lagen. Obwohl sie die Tochter eines Kunstsachverständigen war, hatte Juliane – nicht zuletzt aus Trotz – keinerlei Kenntnisse von Antiquitäten erworben. Sie hatte sich stets strikt geweigert, sich für irgendetwas zu interessieren, das ihren Vater begeisterte.

Nur ihr ästhetisches Gefühl sagte ihr, dass die spärlichen Möbel antik und kostbar waren. Sie wunderte sich, dass es so wenige Möbel waren, die zudem fast alle an der Wand aufgereiht standen, und dass kein Teppich auf den Terrakottafliesen lag. Die einzigen Möbel, die mitten im Raum standen, waren ein langer Esstisch und die dazugehörigen, steiflehnigen Stühle. Aber da lieferte Adam ihr auch schon die Erklärung.

„Wir haben das Erdgeschoß für Dorothea adaptiert, so, dass es praktisch ein einziger großer Raum ist." Er wies auf drei gemauerte, türlose Rundbögen, die an verschiedenen Stellen der Halle in weitere Räume führten. „Sie kann sich hier ungehindert bewegen und auch den Garten benutzen. Ich zeige ihn dir dann später, jetzt wirst du dich sicher einmal frisch machen wollen."

Im Hintergrund der Halle führte eine steile Holzstiege in die oberen Stockwerke. Oben mündete sie in einen sehr dunklen, schmucklosen Flur. Adam schritt den Flur entlang und öffnete dann eine der vielen Türen. „Ich hoffe, es gefällt dir."

Sie blickte hinein und stieß einen leisen, unwillkürlichen Schrei des Entzückens aus. Den Raum mit dem ockergelben Terrakottaboden beherrschte ein französisches Fenster, das sich in den Garten hinaus öffnete. Die Möbel waren alle im selben, zugleich zierlichen und spartanischen Stil aus dunklem Holz gedrechselt. Ein dreieckiges Regal stand im Winkel, ein Tisch mit mehreren Stühlen und einer Bank mitten im Raum, eine Kommode an der Wand. Yuccapalmen in tönernen Übertöpfen bildeten zusammen mit ein paar Bildern den einzigen Schmuck.

Juliane trat näher und betrachtete die Bilder. Es waren Drucke, die zu einer Serie gehörten und die bezaubernde Landschaft rund um Dormiani darstellten.

„Hier ist dein Schlafzimmer." Adam zog einen weißen Leinenvorhang vor einem der gemauerten Rundbögen beiseite.

Juliane blickte hinein und holte tief Atem. „Du meinst, ich soll tatsächlich hier wohnen?", fragte sie ungläubig.

Er sah sie verdutzt und etwas beleidigt an. „Ist es dir nicht gut genug?"

„Aber ganz im Gegenteil! Mein Gott, ich fühle mich wie in einem Museum!" Sie starrte atemlos das Bett mit dem seltsamen, einem Triptychon ähnelnden Betthaupt und der spiegelgleichen Verkleidung am Fußende an. Kostbare, komplizierte Holzeinlegearbeit schmückte die drei von Sprossen umrahmten Tafeln, die eher in ein Heiligtum gepasst hätten als in ein Schlafzimmer, denn die Holzmosaike stellten biblische Szenen dar: Der Prophet Jeremias in der Zisterne, Esau und Jakob mit dem Linsengericht, Abraham im Gespräch mit den Engeln. Eine schwere Brokatdecke in blassbunten Farben bedeckte die Schlafstätte, die aus einem längst vergangenen Jahrhundert stammen musste. Außer dem Bett befanden sich nur ein Stuhl und eine gewaltige, fast bis zur gewölbten Backsteindecke reichende Spiegelkommode im Raum. Kein Teppich auf den Terrakottafliesen, kein Vorhang am hohen Fenster. Den Blick nach drinnen verwehrten nur die grünen venezianischen Läden.

Adam lachte, als er Juliane so überwältigt sah. „Entschuldige – für uns hat die Einrichtung schon etwas an

Glanz verloren, nachdem wir sie jeden Tag sehen. Aber es freut mich, dass sie dir gefällt."

Die Frage drängte sich ihr auf, obwohl sie sie eigentlich nicht hatte stellen wollen. „Adam? Als ich damals zu Besuch war, habe ich da auch hier geschlafen? In diesem Zimmer?"

„Nein", erwiderte er prompt. „Du warst noch zu klein, um allein zu schlafen. Du hast bei deinem Vater im Erdgeschoß geschlafen, im Medici-Zimmer. Protziger Name für ein ganz gewöhnliches Zimmer, nur weil ein paar Porträts der Medicis darin hängen! Sie waren einmal die Herren der Toskana, wie du vielleicht aus dem Geschichtsunterricht wissen wirst." Er zog sich diskret zur Tür zurück. „Willst du dich jetzt frisch machen? Das Badezimmer ist nebenan. Wenn du in einer halben Stunde in die Halle hinunterkommst, hat die Haushälterin uns schon ein paar Happen zurechtgemacht."

„Ist diese Mariella mit den grünen Haaren eure Haushälterin?", fragte sie.

„Mariella? Oh, nein. Das fehlte mir gerade noch. Mariella ist die Nichte des Pfarrers und fühlt sich – zweifellos von ihrem Onkel angestiftet – verpflichtet, uns mit guten Taten zu belästigen. Sie macht aus christlicher Nächstenliebe Besuche bei Dorothea und der armen Emilia und langweilt beide zu Tode." Er schob den Koffer neben das Bett und wandte sich zum Gehen. „Also, bis später."

„Bis später", murmelte Juliane geistesabwesend. Ihre Gedanken beschäftigten sich noch mit dem Missklang in seiner Rede. Warum hatte er Emilia *arme Emilia* genannt? Wenn er Dorothea so bezeichnet hätte, wäre es geschmacklos, aber immerhin verständlich gewesen.

Warum war Emilia arm? Und Mariella mit ihrer türkisgrünen Igelfrisur hatte nicht so ausgesehen, als würde sie irgendjemanden langweilen. Juliane hatte sie zwar nur sehr kurz vor Augen gehabt, aber sie kannte diesen Typ: breiter Mund, leuchtende Augen, Sommersprossen auf der Nase, immer bereit zu einem freundlichen Wort oder einem aufmunternden Lachen. Das war kein frommes, staubtrockenes Fräulein, das die Elenden dieser Welt mit seiner Barmherzigkeit quälte. Wenn Mariellas Gesicht nicht in allen Punkten trog, dann war sie ein Sonnenschein in dem stillen Haus auf dem Hügel.

Sie verließ das Schlafzimmer, querte das davorliegende Zimmer und trat an das französische Fenster. Die Rückseite des Gebäudes war nicht rau und nackt wie die Vorderseite, sondern reichlich mit Mauerkatze bewachsen, die bis zu den Dachrinnen hinaufkletterte. Kurzer, kräftiger Rasen säumte die Fundamente des Hauses. Mit ein wenig Schwung hätte sie vom Fenster in den Swimmingpool springen können, so strategisch günstig lag er an der Rückseite des Hauses, eingerahmt von den allgegenwärtigen Terrakottafliesen – hier in altrosa – und einigen Palmentöpfen und Blumenschalen.

Trotz des Sonnenscheins war es nach dem morgendlichen Regen noch sehr kühl, um sich ins Wasser zu wagen, aber eine dunkelhaarige junge Frau schwamm im Pool. Sie war sehr schön – besser gesagt, wäre sehr schön gewesen, hätte ihr Madonnengesicht unter dem reichen ebenholzschwarzen Haar nicht diesen verhärmten und verkniffenen Ausdruck getragen. Juliane beobachtete mit dem Kennerblick der Sportlerin, wie sie ihren mageren Körper durch das Becken zog. Kein

Rhythmus war in den Bewegungen, nur eine wütende Energie, mit der sie durch das Wasser pflügte. Am Beckenrand angekommen, zog sie sich hoch und schwang sich in sitzender Haltung auf die Fliesen, angelte nach einem Bademantel, der dort wartete, und schlüpfte hastig hinein.

Juliane sog scharf die Luft ein. Die Frau hatte sich sehr beeilt, sich zu verhüllen, sobald sie den Schutz des Wassers verließ, aber sie war nicht schnell genug gewesen, um die Narben auf ihrem olivfarbenen Körper vor dem Blick der heimlichen Zeugin zu verbergen – scheußliche, großflächige Narben, die ihre rechte Seite von der Schulter bis zum Oberschenkel entstellten. Deshalb also die steifen Bewegungen, die verkrampften Schwimmstöße!

Juliane trat rasch vom Fenster zurück. Sie war nahe dran gewesen, der Frau einen Gruß zuzurufen, aber nachdem sie die Narben gesehen hatte, blieb ihr nichts übrig, als sich unauffällig ins Zimmer zurückzuziehen. War das Emilia? Und wie war sie an diese großflächigen Narben gekommen?

Sie empfand eine kindische Erleichterung, als sie feststellte, dass das Badezimmer – weiß, blau und gold – offensichtlich aus einem modernen Sanitärfachgeschäft in Florenz stammte. So elegant die antiken Möbel im Schlaf- und Wohnzimmer auch waren, Juliane konnte das Gefühl nicht abschütteln, dass jeden Moment ein Museumswärter auftauchen und ihr mit strenger Stimme zurufen würde: He, Sie da! Lassen Sie sofort die Finger von den Exponaten oder ich muss Sie aus dem Haus weisen!

Sie beeilte sich, ihren durch die Unbequemlichkeiten der Reise verärgerten Körper zu versöhnen, indem sie ihm ein ausgiebiges, luxuriöses Schaumbad gönnte, die Haare wusch und ihn von oben bis unten eincremte. Manchmal hatte sie das Gefühl, dass sie es gar nicht mit sich selbst zu tun hatte – ihrem ureigensten Selbst – sondern einer Art siamesischem Zwilling, der, auf ewig an sie gebunden, doch sein Eigenleben führte. Sie badete ihn, massierte ihm die Füße, cremte ihn ein, kämmte und bürstete sein kurzes, wuschelig geschnittenes Haar. Obwohl es ein weiblicher Körper war, war er in ihren Gedanken immer ein er.

Plötzlich kam ihr die Steinfigur der Amphisbaena mit ihrem Doppelleib in den Sinn, und obwohl sie allein war, überzog ein schwaches, prickelndes Rot ihre Wangen. Sie wusste, dass sie sich mit solchen Gedanken auf dünnes Eis begab. Es war besser, viel besser, nur an ihren Körper zu denken, daran, was er brauchte, was ihm guttat, welche Bewunderung er ihr einbrachte. Der Körper war sicher. Er war dasjenige Ende des Doppelgeschöpfes, das man in guter Gesellschaft vorzeigen konnte.

Juliane lehnte sich weit in dem Teakholzstuhl zurück, der zum Ausruhen nach dem Bad bereitstand, umfasste ihren nackten rechten Fuß und zog ihn an sich wie ein Baby, das seine Zehen in den Mund stecken will. Die Gelenke knackten verdrießlich, erinnerten sie daran, dass das übliche gesunde Frühstück und der morgendliche Waldlauf ausgefallen waren. Um ihn wieder freundlich zu stimmen, erzählte sie dem Zwilling, wie schön die Landschaft hier war, viel schöner als der Englische Garten, durch den sie in München jeden Morgen zu joggen pflegte. *Was glaubst du, um wie viel aufregender es sein wird, hier durch die Weinberge und Olivenhaine zu laufen! Wir fangen gleich morgen früh damit an.*

Ihr Körper gab sich widerwillig zufrieden, wie ein Kind, das man mit einem Versprechen auf einen Besuch im Tiergarten über einen Verlust hinwegtröstet. Jedenfalls knackte er nicht mehr so hölzern, als sie aufstand und ein paar Dehnungsübungen machte.

Sie zog sich an, kämmte das noch feuchte Haar zu einem Entenschwanz zusammen und stieg die Holztreppe hinunter.

Adam erwartete sie bereits. Er saß an dem langen Tisch, einen Teller mit Käse, Schinken und Olivenbrot und eine Flasche Wein vor sich. Mit einer etwas affektierten Handbewegung lud er sie ein, sich zu setzen und zuzugreifen. „Bedien dich. Der Wein ist ausgezeichnet – ein *Colline di Montalbano*, der aus den Hügeln hier stammt, allerdings nicht von unserer Fattoria."

„Nein, danke, keinen Wein zum Essen. Nur ein Mineralwasser." Juliane wehrte ab. „Wann werde ich Emilia und Dorothea kennenlernen?", fragte sie. Sie war ungeduldig geworden, konnte es nicht mehr erwarten, die Last loszuwerden. Und es würde ja auch für die beiden Frauen eine enorme Erleichterung bedeuten, zu hören, dass sie sich um ihren Verbleib im Vaterhaus keine Sorgen mehr zu machen brauchten.

„Sobald du gegessen hast. Sie sind im Garten, wir gehen zu ihnen hinaus." Er zögerte und spielte mit der Gabel, piekte einen Würfel Käse auf und ließ ihn wieder fallen. „Ich wollte dich zuerst darauf vorbereiten, dass Dorothea ... ungewöhnlich aussieht. Ich möchte Peinlichkeiten vermeiden."

„Hast du Angst, dass ich laut aufkreischend davonrenne, wenn ich eine behinderte Frau sehe?“, fragte sie ärgerlich.

Sein Gesicht blieb verschlossen. „Dorothea leidet an einer Krankheit, die sie zu einer sehr auffallenden Erscheinung macht. Hast du schon einmal von Osteogenesis imperfecta gehört – der Glasknochenkrankheit?“

„Ich glaube, ich habe das Wort schon gehört, weiß aber nichts Näheres. Ist das nicht diese seltene Krankheit, bei der die Betroffenen sehr spröde Knochen haben und deshalb häufig Knochenbrüche erleiden?“

„Ja. Das ist aber nicht alles. Es kommt überhaupt zu dramatischen Veränderungen am Skelett. Zwergwuchs. Verformungen von Armen, Beinen, Brust- und Schädelknochen und der Wirbelsäule. Überdehnbarkeit der Gelenke und Bänder. Verminderte Muskelspannung. Das Gesicht sieht eigentümlich kindhaft aus. Wenn Dorothea sich außer Haus begibt, wird sie meistens angestarrt.“

„Hat das Leiden ... Auswirkungen auf den Verstand?“

Er genoss es sichtlich, ihren tollpatschigen Versuch, taktvoll zu sein, brutal zu überfahren. „Sie ist nicht schwachsinnig, wenn du das meinst! Ganz im Gegenteil.“

Juliane schob ihren Teller von sich. „Schön. Ich bin vorbereitet. Ich möchte so bald wie möglich mit ihnen sprechen.“

„Dann komm.“

Adam stand auf und schritt ihr voraus durch einen Mauerbogen in einen zweiten, an der Rückseite des Hauses gelegenen Raum, der als Arbeitszimmer eingerichtet war, dann durch eine grüne Lamellentür in den

Garten. An einem Tisch unter einem Sonnenschirm saß Emilia, jetzt in einem formlosen, Blau auf Türkis getupften Sommerkleid, wie es alte Bäuerinnen trugen. Juliane begrüßte sie, was die junge Frau mit einem scheuen Lächeln und einem gemurmelten Gruß beantwortete. Dann wandte sie sich dem massiven elektrischen Rollstuhl zu, der neben dem Tisch stand. Die Gestalt darin – nicht größer als die eines sechsjährigen Kindes – verschwand beinahe in den Falten einer weichen Wolldecke.

Als Juliane sich ihr näherte, reckte sich ein seltsames Köpfchen aus der wärmenden Hülle. Blass und welk, hatte es etwas vom Gesicht einer Greisin an sich, gleichzeitig aber auch vom Gesicht eines Babys. Von schweren Lidern überwölbte Froschaugen blickten durch eine türkisgrün gerahmte Designerbrille, das glatte, feine, kurz geschnittene Haar leuchtete shocking pink. Juliane ging der Gedanke durch den Kopf, ob es Mariella gewesen war, die diese Frisur inspiriert hatte.

Sie spürte, dass ihr das Atmen schwerfiel. Sie hatte Adam nicht angelogen, es stimmte, dass es ihr nichts ausmachte verunstaltete Menschen zu sehen. Aber sie hatte scheußliche Angst davor, dass diese Menschen Probleme damit haben könnten, *sie* zu sehen. So absurd es auch war, hatte sie doch Schuldgefühle, als hätte sie ihren muskulösen Körper mit der Absicht so perfekt geformt und gestylt, ihnen höhnisch vor Augen zu führen, was ihnen das Leben vorenthalten hatte. Sie schritt langsam auf den Rollstuhl zu und wünschte, sie hätte nicht ausgerechnet die Leggings und die lose Bluse angezogen, die alle ihre physischen Vorzüge so aufdringlich betonten.

„Du bist also Juliane?" Dorotheas Stimme war kindlich hell, fast krähend. Sie schob die Decke beiseite und stützte sich auf, um besser zu sehen. Emilia sprang sofort auf, half ihr mit der Geschicklichkeit einer geübten Krankenschwester in eine bequeme Stellung. „Mein Gott, du hast eine Wahnsinnsfigur! Bist du Tänzerin? Oder Bodybuilderin?"

„Ich studiere Sport, das ist alles." Ihre Stimme klang rau vor Nervosität.

„Na, für *das ist alles* siehst du aber olympiareif aus, was sagst du, Emilia? Komm her, Kusine, lass dich begrüßen."

Eine zerbrechliche Hand reckte sich ihr entgegen. Sie griff vorsichtig danach und spürte, dass die Finger eigentümlich weich waren. Der Druck der Hand war sehr schwach. Sie beschloss, zumindest einen Teil ihrer Ängste einzugestehen, weil die ungeminderte Last allmählich unerträglich wurde. „Ich habe Angst, dass ich dir wehtue, wenn ich zugreife", stammelte sie. „Du bist so zart, und Adam sagte, deine Knochen seien sehr empfindlich."

„Ja, stimmt, das sind sie. Aber ich versuche, mich möglichst normal zu benehmen, also gib mir ordentlich die Hand. Du musst ja nicht gleich zupacken wie ein Schraubstock."

Ich versuche, mich möglichst normal zu benehmen ... konnte sie auf diesen schwachen, krummen Beinchen denn überhaupt stehen? Ihre Hände schienen kaum kräftig genug, um Julianes Hand zu drücken. Wie kam sie ins Bett? Auf die Toilette? Hatte sie ihr Haar selbst gefärbt? Oder brauchte sie für jeden Handgriff Hilfe?

Als Dorothea die Wolldecke wegschob, sah Juliane mit Staunen, dass sie einen grünen Seidenpullover und einen wadenlangen Rock aus maulbeerfarbenem Leder trug, der ziemlich teuer aussah, ebenso wie die farblich dazu passenden Schuhe. Die Schuhe mussten auf jeden Fall maßgeschneidert sein, wahrscheinlich auch der Rock. Sie pfiff unwillkürlich durch die Zähne. „Das sieht aber schick aus, was du da anhast."

„Was hast du erwartet? Einen Strampelanzug?", fragte Dorothea und lachte ein helles, gicksendes Lachen. Dann wurde sie ernst. „Entschuldige, ich sollte dich nicht necken. Ich weiß, es ist nicht leicht für dich. Vielleicht sollten wir besser gleich zum Geschäftlichen kommen." Der Blick ihrer großen, goldbraunen Augen wurde scharf und lauernd. „Adam deutete an, dass du die Erbschaft nicht annehmen willst?"

„Ich möchte auf keinen Fall hier wohnen oder das Weingut führen." Juliane war erleichtert über die Wendung, die das Gespräch nahm. Dorothea beunruhigte sie. Nicht, dass sie ihr unsympathisch gewesen wäre, aber sie meinte ständig, ein Trickbild vor sich zu haben: Einmal sah sie sich mit dem winzigen Körper eines verkümmerten Kindes konfrontiert, dann wieder mit dem Verstand und dem Wesen einer erwachsenen Frau. Sie rettete sich in eine kühle, geschäftsmäßige Schilderung ihrer Situation. „Als ich hörte, dass Onkel Guido mir etwas hinterlassen hätte, war ich zuerst sehr erfreut; ich dachte natürlich an Geld, und Geld würde ich dringend brauchen. Ich war verblüfft und enttäuscht, als ich hörte, dass ich ein Haus und einen Weinberg geerbt habe. Und als ich dann von den näheren Umständen hörte ... Dass er mir die Villa Verbena und die Fattoria

Le Querce nur hinterlassen hat, um euch Ärger zu machen ...“

„Ärger ist kein Ausdruck“, antwortete Dorothea. „Er genoss es, uns fertigzumachen.“ Ihre zirpende Kinderstimme stand in scharfem Kontrast zu der Kälte, die in den wenigen Worten lag. Juliane fühlte sich daran erinnert, wie Adam bei ihrem ersten Gespräch über das Erbe in eine so heftige Erregung geraten war, dass er den Wagen nicht weiter steuern konnte und auf den Pannenstreifen fahren musste. Aber der Zorn dieser verkrüppelten Frau war viel gefährlicher, viel intensiver als der des Mannes. Es lag mehr Power darin.

Dorothea zögerte sekundenlang, dann entschloss sie sich offenbar, reinen Tisch zu machen. „Vielleicht schockiert es dich, aber im Interesse der Wahrheit kann ich dir nicht verheimlichen, dass zwischen uns und dem Príncipe keine innige Liebe bestand. Er hat uns allen dreien keinen Anlass gegeben, ihn zu lieben; dass er uns hier im Haus behielt, hatte nur den einen Grund, dass er Untertanen brauchte, die ihm völlig ausgeliefert waren. Heutzutage“, fuhr sie fort, wobei ein Ausdruck von abgründigem Hohn ihre seltsamen Züge verzerrte, „kann man ja mit dem Personal nicht mehr machen, was man will, also müssen Familienangehörige her, am besten natürlich solche, die hilflos und abhängig sind, die in der Welt jenseits der Grenzen von Le Querce keine Chancen hätten, zu überleben.“ Unter den schweren Lidern schoss ein Blick wie ein Giftpfeil hervor. „Und ich rede nicht nur von mir.“

Juliane gab keine Antwort. Sie dachte an die Narben auf Emilias rechter Seite, fragte sich, woher sie stammten und wie sehr sie das alltägliche Leben des Mädchens beeinträchtigten. Emilia hatte bis jetzt kein Wort gesagt und schien entweder abnorm schüchtern oder äußerst verschlossen zu sein. Unverständlich war Juliane nur, dass auch Adam zu denen gezählt wurde, die außerhalb von Le Querce keine Überlebenschance hatten. Er sah gut aus, er war offenkundig intelligent und auf dem Gebiet, das ihn interessierte, beschlagen. Warum sollte er in der Welt draußen nicht seinen Weg machen? Möglicherweise bezog sich die Andeutung darauf, dass er nach den beiden Grappa im Bahnhof Florenz inzwischen drei Viertel Wein getrunken hatte, zwei zu dem Imbiss in der Halle und ein drittes hier. Vielleicht war das nur die Spitze des Eisbergs. Trinker waren in Weinbaugegenden keine Seltenheit.

Dorothea sprach weiter. „Die Trauerschleife, die du an Adams Ärmel gesehen hast, ist eine leere Floskel – ein Zugeständnis an die Sittsamkeit entlegener ländlicher Gebiete. In Wirklichkeit ist von Trauer keine Spur. Vater war immer schon ein Tyrann, und das letzte halbe Jahr war er völlig unausstehlich. Wir haben ihn gehasst, ebenso, wie er uns hasste."

Adam fühlte sich verpflichtet, vorwurfsvoll einzuwerfen: „Dorothea! Wie kannst du so etwas sagen!" Es klang so steif und lahm, als spielte er in einem Laientheaterstück mit.

„Was sage ich?", fuhr sie ihn an. „Die Wahrheit, nichts anderes. Juliane sieht mir nicht so blöde aus, als würde sie es nicht in kürzester Zeit selber herausfinden. Ich habe jedenfalls keine Lust, Krokodilstränen zu zerdrücken, nur um sie in die Irre zu führen."

Adam murmelte: „Es war das Alter, das ihn so verdrießlich machte. Sein Rheuma, seine Magenbeschwerden."

„Er war schon widerwärtig wie der Teufel, als man ihm noch keine Spur von Alter anmerkte." Sie wandte sich von ihrem Bruder ab und wieder direkt an Juliane. „Nachdem du den Príncipe nicht gekannt hast, wird es dich kaum schmerzen, Unerfreuliches über ihn zu hören. Sprichst du gut Italienisch?"

„Ich kann fließend *Buongiorno* sagen, das ist aber auch schon alles. Oh – *Caffelatte* kann ich auch!"

Emilia verzog ihr schönes olivfarbenes Gesicht zu der Andeutung eines Lächelns. Dorothea lachte. „Das ist nicht viel. Aber auch ohne Italienisch wirst du feststellen, dass die Leute bei der Nennung von Vaters Namen finstere Gesichter ziehen und Flüche zwischen den Zähnen zerbeißen. Präge dir ein paar Worte ein, damit du sie erkennst, wenn sie sie uns nachrufen: Malfattori! Imbroglioni! Farabutti! – Ganoven! Betrüger! Lumpen!"

Juliane dachte an den Fäuste schüttelnden Kellermeister vor dem Supermarkt. Zweifellos waren das dem Sinn nach die Worte, die er ihnen nachgeschrien hatte. „Adam sagte mir, dass das seinen Grund in geschäftlicher Konkurrenz hätte."

„Das auch. Vor allem aber darin, dass der Príncipe sich mit seiner arroganten Art hier jede Menge Feinde machte. Die Toskaner sind ein stolzes Volk und schätzen es nicht, wenn ein hergelaufener Piefke sich in ihrer Mitte ansiedelt und benimmt, als gehöre das ganze Land ihm. Er gab hier mehrmals jährlich die üppigsten Feste, aber er kaufte dafür kein Gramm Schinken und keinen Bissen Brot in Dormiani, sondern ließ alles aus

Prato liefern. Die Kaufleute hier hätten das zusätzliche Geld gut brauchen können, und so waren sie natürlich sauer auf ihn."

Juliane nickte, seltsam erleichtert, dass sie keine schlimmere Begründung gehört hatte. Irgendwie hatte sie erwartet, es würde etwas Schreckliches ans Licht kommen.

Adam, dem offenbar daran gelegen war, dem Gespräch eine andere Wendung zu geben, verkündete: „Kusine Juliane schlug vor, unsere Anwälte eine Lösung aushandeln zu lassen."

Juliane stimmte hastig ein. „Das stimmt. Ich brauche Bargeld. Ich möchte in München ein Geschäft für Sportsachen aufmachen."

Adam verzog das Gesicht. „Wir können dir auf keinen Fall das in bar geben, was das Haus und der Weinberg wert sind, so viel flüssiges Geld haben wir nicht."

Dorothea wischte seinen Einwand mit einer schwächlichen, aber sehr entschlossenen Handbewegung beiseite. „Das sollen die Anwälte aushandeln. Wir könnten einige der Kunstgegenstände verkaufen, die Gemälde, den Papstkelch –"

„Nein, nicht den Papstkelch!" Adam schrie geradezu auf. „Die Gemälde, ja … einige davon."

Juliane unterbrach die drohende Debatte. „Überlassen wir die Einzelheiten den Fachleuten, die sollen einen Vorschlag erarbeiten. Mir ist wichtig, dass wir einander nicht als Feinde gegenüberstehen. Es war sehr unangenehm für mich zu erfahren, dass Onkel Guido dieses Erbe mir nur deshalb zugedacht hat, um euch zu verletzen."

„Oh", bemerkte Dorothea zynisch, „dass du damit Ärger hast, hatte er zweifellos vorsorglich einkalkuliert. Schließlich konnte er dich ebenso wenig leiden wie uns. Vor allem deine Mutter hasste er von Herzen. Er konnte es nie vergessen und verzeihen, wenn jemand ihn kritisierte."

Adam stand abrupt auf und trank sein viertes Glas Wein mit einem Zug aus. „Möchtest du dir jetzt das Haus und das Gut ansehen?"

Naboths Weinberg

Adam zeigte ihr beflissen wie ein Fremdenführer den Rest des Gebäudes, an dem jedoch nur das Arbeitszimmer ihres verstorbenen Onkels interessant war, das den gesamten Raum unter dem Dach einnahm. Eine Wendeltreppe führte in ein Gemach mit gewölbter Backsteindecke, dem man auf den ersten Blick ansah, dass es sich hier um das Allerheiligste des Hauses handelte – das Arbeits- und Wohnzimmer eines Mannes, der enorm von sich eingenommen gewesen war. Wer sonst hätte ein lebensgroßes Bildnis seiner selbst an die Wand gehängt? Und wer außer Il Príncipe wäre auf die Idee gekommen, sich nicht in normaler Kleidung, sondern in einem pompösen Kostüm des Cinquecento malen zu lassen?

Juliane trat heran und betrachtete neugierig das Gemälde. Es war erst in den letzten Jahren gemalt worden, denn der Mann darauf war viel älter, als sie ihn seinerzeit beim Begräbnis ihres Vaters gesehen hatte. Jetzt, wo sie ihn mit den Augen einer Erwachsenen betrachtete, erschien er ihr noch zwiespältiger als damals. Er war zweifellos eine äußerst eindrucksvolle und ungewöhnliche Erscheinung gewesen, aber dieses Ungewöhnliche wirkte weniger anziehend als abstoßend. Sein massiger Schädel zum Beispiel – über dem noch immer ein dichter Haarschopf prangte, der nur ein wenig höher in die Stirn zurückgewichen war, als Juliane ihn in Erinnerung hatte – verriet Intelligenz und innere Stärke. Er schien schon zu Lebzeiten dazu bestimmt, in Bronze gegossen zu werden. Aber als sie ihn länger betrachtete, erschien er ihr beinahe missgebildet mit seiner mächtig vorgebuckelten Stirn und den vorspringenden Kinnbacken, über die wie bei einem Bluthund schlaffe Wangen herabhingen. Ebenso zweideutig war das breite, bleifarbene Gesicht, dessen maskenhafte Glätte und Symmetrie nur ein paar farblose Fleischwarzen störten. Der üppige, laszive Mund wies auf eine starke, ja ausschweifende Sinnlichkeit hin, die Augen jedoch waren so kalt, farblos und starr wie die Äuglein einer Muräne. Sie blickten mit eisigem Stolz ins Leere. Die hohe, korpulente Gestalt war schlaffer geworden, nicht mehr so prall wie früher. All das Körperfett schien von der Schwerkraft nach unten gezogen zu werden, so, dass zwar die Schultern athletisch waren, der Bauch aber birnenförmig, und noch dicker die Oberschenkel, die jedoch nur ein Stück weit zu sehen waren, als hätte der Abgebildete um den Defekt gewusst und ihn diskret zu verbergen gesucht.

Wollte er seine Mängel nicht erkennen lassen, so hätte er freilich besser auch seine Hände versteckt, die sich auf dem Gemälde auf einen mit blauen Trauben, Trinkgefäßen und altertümlichen Pergamenten bedeckten Tisch stützten. Sie waren riesig wie die Hände eines Schlächters, ordinär und gemein in der Form, mit plumpen Handgelenken und groben Fingern, das Fleisch von einer talgig gedunsenen, leichenhaften Konsistenz, die ungemein abstoßend wirkte. Sie verrieten die andere Seite seines Wesens, über die einen das intelligente, ausdrucksstarke Gesicht täuschen mochte.

„Dieses Gemälde", bemerkte Adam, nachdem er eine Weile schweigend neben seiner Kusine gestanden hatte, „war sein persönlicher Triumphbogen. Er ließ es im Dezember malen, nachdem er der Contessa ihr Gut abgekauft hatte. Es markiert den Höhepunkt seines Daseins."

Und beinahe auch schon seinen Endpunkt, dachte Juliane. Wenig mehr als ein halbes Jahr war ihm geblieben, um diesen letzten und höchsten Triumph auszukosten. „Er sieht nicht besonders gesund aus", kommentierte sie.

„Er hatte Rheuma, das machte ihm schwer zu schaffen. Und allmählich bekam er alle möglichen Alterswehwehchen, überall zwickte und zwackte es ihn – er sah schlechter, vertrug das Essen nicht mehr wie früher, schlief schlecht. Aber meinst du, er wäre zum Arzt gegangen? Keine Rede. Er war der Typ, der es einfach nicht akzeptiert, dass er älter und schwächer wird. Er sagte manchmal: Krankheiten muss man einfach ignorieren, dann gehen sie von selbst wieder weg. Wahrscheinlich hatte er sogar recht, und er wäre hundert Jahre alt geworden, hätte der Hund ihn nicht getötet."

Juliane sagte nichts, aber sie überlegte, wie sehnsüchtig Adam wohl auf das Ableben des bösen alten Mannes gewartet hatte. Auch wenn er nicht so offen zugab wie Dorothea, dass er ihn gehasst hatte, sondern seine Abneigung hinter widerwilliger Bewunderung versteckte – dagewesen war diese Abneigung zweifellos. Und Guido war erst dreiundsechzig gewesen, das ließ noch eine Menge statistischen Spielraum bis zum Tod. Ein tyrannischer Vater, der durch das herannahende Alter mit seinen Schwächen und Schmerzen noch unausstehlicher wurde, ein reiches Erbe ... und ein tödlicher Unfall.

Adam deutete auf eine Stelle des Gemäldes. Mitten auf dem geschnitzten Tisch, auf den sich der Abgebildete stützte, stand ein altertümliches Trinkgefäß, schlicht, geradezu archaisch in der Form. „Das ist der berühmte Papstkelch, das kostbarste Familienerbstück der Luchinis. Er stammt aus dem 11. Jahrhundert und soll Papst Clemens II. gehört haben, einem der drei deutschen Päpste. Er steht dort in der Vitrine." Eine flüchtige Handbewegung wies auf eine Vitrine an der Wand hinter dem Schreibtisch. „Vater verstand zwar nichts von Antiquitäten, aber er wusste, wenn die Contessa etwas so hochschätzte, dann war es wertvoll. Und in diesem Fall ging es ihm nicht ums Geld allein, sondern um den ideellen Wert. Das Gemälde sagt dir wohl am besten, wie er dachte und fühlte, und was er sein wollte."

Sie fragte, ob sie das Medici-Zimmer sehen könne, in dem sie bei ihrem geheimnisumwitterten Besuch angeblich geschlafen hatte. Er zuckte die Achseln. „Das ist jetzt Dorotheas Arbeitszimmer. Aber du kannst sie ja fragen, sie wird es dir schon zeigen."

„Arbeitszimmer? Was arbeitet sie denn?"

„Wir nennen es nur so. Natürlich arbeitet sie nicht wirklich, das wäre in ihrem Zustand ja auch gar nicht möglich. Sie hat ihren Computer dort stehen. Im Internet surfen ist ihre große Leidenschaft, sie kann Tage und Nächte damit verbringen. Komm, wir gehen in den Garten hinunter."

Adam führte sie durch den ebenen, hauptsächlich aus Rasenflächen und Yuccabüschen bestehenden Garten, dessen Rückseite ein Wäldchen bildete. Durchquerte man das Wäldchen, so landete man an einer altertümlichen Aussichtsplattform, beschattet von den hundertjährigen Eichen, die dem Landgut den Namen gegeben hatten, und im Halbkreis umschlossen von einer zerbröckelnden Balustrade. Ein morsches hölzernes Podium, aus dessen Ritzen jetzt das Unkraut wucherte, erinnerte an fröhliche Gesellschaften im Waldschatten. Von der Höhe schweifte der Blick über das Tal des Arno und eine Reihe von Industrie-Städtchen. Adam nannte ihr deren Namen: Fucecchio, Santa Croce sull'Arno und andere mehr, aber sie vergaß sie gleich wieder.

Mehr Interesse erweckte der etwa acht Meter hohe Turm mit dem Ziegeldach, der rechter Hand am Rande des Wäldchens lag. Seine unverputzten Natursteinmauern schimmerten in einem grünlichen Braun durch die Zweige. Wie Adam ihr erklärte, handelte es sich bei *La Torre Rossa*, dem roten Turm, um den ältesten Teil der Anlage, viel älter als das Wohnhaus, der jedoch baufällig sei und nicht mehr benutzt würde. „Eigentlich hätten wir ihn schon längst abreißen sollen, aber das kostet Geld, und wir konnten uns nie dazu entschließen, einen Haufen Geld auszugeben, nur um ein Bauwerk wegmachen zu lassen, das weder uns noch jemand anderen stört. Vielleicht fällt er ja eines Tages von selbst in sich zusammen."

Sie hatten sich dem Turm so weit genähert, dass sie ihn in seiner ganzen Größe vor sich sahen. Es war ein sehr einfaches Bauwerk, das vermutlich landwirtschaftlichen Zwecken gedient hatte, denn anstelle von

Fenstern wies es nur aus versetzten Ziegeln geformte Lüftungsgitter auf. Das Erdgeschoß war überhaupt fenster- und torlos, schien ein Speicher gewesen zu sein. Der Eingang lag im ersten Stock. Eine schmale Treppe führte in zwei Absätzen zu einer metallenen Pforte, an der ein Schild hing. Juliane fragte, was die italienischen Sätze darauf bedeuteten.

Er übersetzte. „Achtung, Bauschäden! Betreten strengstens verboten! Lebensgefahr!", und fuhr fort: „Am besten, du gehst gar nicht in die Nähe, es könnten Steine herunterfallen und dich verletzen. Das fehlte uns gerade noch, dass dir während deines Aufenthalts hier etwas zustößt."

Juliane nickte gehorsam, wunderte sich jedoch insgeheim. Die Warnung erschien ihr unnötig, denn trotz seines hohen Alters wirkte der rote Turm noch durchaus stabil. Kein Stein war aus den Mauern gebröckelt. Die Sandstufen der Treppe waren so ausgetreten, dass sie sich in der Mitte zu einer Mulde senkten, aber sie waren fest. Auch das rostige Geländer sah noch so aus, als könnte man sicheren Halt daran finden. Vielleicht befanden sich die verrotteten Balken und bröckelnden Steine im Inneren des Gebäudes, denn durch die Luftluken drang ein ranziger Geruch wie der eines seit Langem nicht mehr gereinigten Eisschranks.

Sie fragte nachdenklich: „Wieso heißt er eigentlich *roter Turm*, wenn doch kein Fleckchen Rot an ihm ist?"

„Keine Ahnung. Er hieß schon eine Ewigkeit so, als Vater das Haus kaufte. Komm, wir sehen uns den Weinberg an." Adam zog energisch an ihrem Arm. Er konnte es nicht erwarten, ihr das Herzstück von Le Querce vorzuführen.

Oder wollte er nur weiteren Fragen nach dem unpassenden Namen des altertümlichen Bauwerks ausweichen?

***

Obwohl das Weingut keine Viertelstunde vom Haus entfernt lag, nahmen sie Adams Wagen und stiegen erst aus, als sie unmittelbar am Rand des berühmten Vigneto angelangt waren. Für Julianes laienhafte Augen sah er genauso aus wie jeder andere Weinberg, den sie je im Leben gesehen hatte: ein in Wellen über die Südseite der Colline di Montalbano abfallender Hang, über den sich endlose parallele Reihen von Rebstöcken zogen.

Adam redete sich in Eifer. „Der Weinberg umfasst etwa zehn Hektar Steinterrassen mit Weinreben und Olivenbäumen. Er war von den Vorbesitzern, der Familie Quentini, ziemlich herabgewirtschaftet worden, aber Vater sah sofort, dass er von der Anlage und Qualität her zauberhaft ist. Die Rebstöcke sind zum größten Teil über fünfunddreißig Jahre alt. Wir bauen fünf Rebsorten an, Sangiovese, Sangiovese Grosso, Canaiolo, Malvasia und Trebbiano. Es wird zum Teil noch von Hand umgegraben, keine Herbizide verwendet, von Hand geerntet und alle Stiele der Trauben entfernt. Nach der Gärung wird der Rotwein ein Jahr lang in Eichenfässern gelagert, mehrmals umgefüllt und nicht gefiltert …"

Er verlor sich in technischen Details des Weinbaus, die Juliane nichts sagten. Sie hörte nur mit halbem Ohr zu, bis er wieder zum allgemein Verständlichen zurückkehrte.

„Wir wenden das traditionelle Governo-Verfahren an, das besonders fruchtige, körperreiche Weine hervorbringt. Weil es sehr kostenintensiv ist, wird es nur noch von wenigen, traditionsbewussten Weingütern praktiziert. Unsere einzige ernsthafte Konkurrenz am Ort war der Weinberg der alten Contessa Luchini. Er liegt da drüben, unmittelbar neben Le Querce. Und was für eine scharfe Konkurrenz das war! Die Luchinis produzierten nicht viel, gerade mal zwanzigtausend Flaschen pro Jahr, dafür zählte ihr Wein aber traditionell zur exklusiven Spitzenklasse. Die Contessa und ihr Kellermeister Cesare Allessandri erzielten mit ihren Weinen auf internationalen Weinproben stets beste Platzierungen.“

„Allessandri? Dann war der Mann, mit dem du Krach hattest, also der Kellermeister der Contessa!“

Adam nickte. Plötzlich biss er sich auf die Lippen und sprach dann rasch weiter, als müsste er etwas ausspucken, an dem er zu ersticken drohte. „Ich muss dir das etwas näher erklären, damit du die Situation verstehst – und auch verstehst, warum manche Leute in Dormiani sehr aggressiv gegen uns eingestellt sind. Siehst du, Weinbau ist nicht so, als würdest du Kartoffeln anbauen. Da muss man mit Leib und Seele dabei sein. Die hochrangige Weinproduktion erfordert Gefühl, Erfahrung und technische Kenntnisse. Es ist eine Liebe, eine Leidenschaft, eine Religion. Als Vater die Fattoria Le Querce kaufte, reizte ihn mehr das Abenteuer, einen eigenen Wein zu machen, als ein professionelles Weingut aufzubauen, aber dieser Wein sollte ein Spitzenwein werden, vergleichbar dem Besten, was die Luchinis zu bieten hatten. Was er anfing, machte er perfekt. Er heuerte erstklassiges Personal an und machte sich ans Werk. Die Fattoria di San Sebastiano war ihm damals natürlich meilenweit voraus – sie ist das älteste Weingut der Gegend, schon seit dem 16. Jahrhundert im Familienbesitz der Luchinis."

Er lächelte, aber sein Gesicht mit dem dunklen Bartschatten wirkte straff und angespannt. „Im Lauf der nächsten zwanzig Jahre holten wir dann immer mehr auf, und nachdem die Einheimischen erst herablassend über uns gelächelt hatten, wurde allmählich ein echter Krieg daraus. Vaters Konkurrenzstreit mit der Contessa Luchini wurde weitaus schwerer bewertet als ein geschäftliches Kopf-an-Kopf-Rennen anderswo. Es ging um die Ehre: Einheimische gegen Zugezogene, Allessandri gegen Bonaparte. Bonaparte – er heißt nicht wirklich so, man nennt ihn nur so, weil er so klein und so stolz ist – ist unser Kellermeister. Sein richtiger Name ist Paolo Quentini. Er war der letzte Besitzer des Weinbergs, der jetzt zu Le Querce gehört."

„Warum bewirtschaftet er ihn nicht selbst?", fragte Juliane, um höfliches Interesse zu bekunden.

Adam zuckte die Achseln. „Er hatte finanzielle ... und andere Schwierigkeiten. Er ist ein Genie, was den Weinbau angeht, aber geschäftlich war er immer schon eine Niete. Das Einzige, was ihn im Leben interessiert, sind der Wein und die Weiber. Er war froh, dass er sich ganz seiner Kunst widmen konnte, ohne sich darum sorgen zu müssen, wie er den Wein verkauft. Und ich habe das Gefühl, er wollte sich Vaters Geld und seinen geschäftlichen Einfluss zunutze machen, um doch noch über den Weinkeller der Contessa zu herrschen, wie es sich die Quentinis immer gewünscht haben – und seinen Feind Allessandri zu übertrumpfen. Ich glaube, es war der Höhepunkt seines Daseins, als er in die Villa Luchini einziehen durfte. Uns konnte es recht sein, das Mäusenest kann man ja nicht einmal mehr vermieten, so muffig und morsch, wie es ist, aber für Bonaparte erfüllte sich ein Herzenswunsch. Allessandri war natürlich außer sich darüber, dass sein Erzfeind jetzt die geheiligten Hallen mit seiner Anwesenheit entweihte.“

„Die Kellermeister sind also auch verfeindet?“ Es erschien ihr so lächerlich wie die maßlose nationale Erregung um das Ergebnis eines Fußballspiels.

„Bis aufs Messer, und das seit Generationen. Als unser Vater Bonaparte einstellte, bezog er damit gleichzeitig Stellung in einem Zwist, der hier schon eine Ewigkeit schwelt. Die Alessandros waren seit langer Zeit die Cantinieri der Luchinis, eine wahre Dynastie, in der das Amt vom Vater auf den Sohn überging. Vater hätte ein Vermögen dafür gegeben, wenn Cesare Allessandri nach dem Tod der Contessa die Stellung bei ihm angenommen hätte, aber der Kerl hat ihn verflucht und die Faust gegen ihn geschüttelt. Er war völlig fixiert auf die Alte. Er hatte mit ihr und ihrer Fattoria seinen ganzen Lebensinhalt verloren und verkroch sich wie ein Einsiedler in seinem Haus. Die Allessandri sind eine sehr alte und angesehene Familie, viele Leute hielten es mit ihnen und betrachteten es als Hochverrat, dass die Contessa Sebastiani an ihren schärfsten Konkurrenten und noch dazu einen Ausländer verkaufte.“

„Ist das nicht wirklich ungewöhnlich?"

„Nein, warum? Es war eine sehr kluge Entscheidung. Sie hatte keine Angehörigen mehr, und Vater war der Einzige, der sowohl die Fachleute wie auch die Mittel hatte, um ihren heißgeliebten Weinkeller weiterhin auf dem gewohnten Niveau zu halten. Allessandri ist zwar ein ausgezeichneter Kellermeister, aber er hat kein Geld, und man braucht Geld, um ein Weingut in Schwung zu halten. Aber es hat natürlich böses Blut gemacht." Er lachte kurz und blechern auf. „Siehst du? Das dort ist Naboths Weinberg." Dabei wies er wies auf weitere Reihen von Rebstöcken, die sich in nichts von denen der Vigna Le Querce unterschieden.

Juliane sah ihn verwirrt an. „Naboth? Ich dachte, du redest vom Besitz der Luchinis?"

Adam lachte von Neuem – ein hustendes Lachen, bei dem die Muskeln in seinen eingefallenen Wangen krampfhaft zuckten. „Man sieht, du bist nicht sehr bibelfest. Naboth war ein alter Hebräer, von dem in der Bibel erzählt wird, dass er einen wundervollen Weinberg besaß. Seinen König Ahab *gelüstete es danach*, wie es so schön heißt, und da Naboth seinen Weinberg für kein Geld der Welt hergeben wollte, ließ der König den armen Alten kurzerhand unter falschen Anschuldigungen zum Tode verurteilen und hinrichten. Danach bekam der hinterhältige Potentat den Weinberg, aber es brachte ihm nichts ein als Gottes Zorn."

Er fuhr sich nachdenklich mit der flachen Hand über die Stirn und strich das schwarze Haar zurück. Juliane stellte fest, dass er stark schwitzte, obwohl es keineswegs heiß war. „So sehen die Leute hier die Sache. Der Pfarrer hielt nach dem Tod der Contessa eine Predigt zu diesem Thema. Was ich ziemlich lächerlich finde, denn Vater hat die Alte natürlich nicht umgebracht. Sie war quicklebendig, als sie den Kaufvertrag unterschrieb, und starb erst zwei Wochen nachher an Altersschwäche, was bei einer 83-Jährigen ja nicht weiter erstaunlich ist. Er hat eine ganz normale geschäftliche Transaktion mit ihr durchgeführt, die über seinen Anwalt abgewickelt wurde. Keine Rede von foul Play. Dr. Niccolo Ponte hat –"

Er hatte sich in Hitze geredet, wobei er den merkwürdigen Eindruck machte, dass er sich getrieben fühlte, über eine Sache zu reden, über die er eigentlich lieber geschwiegen hätte. Er atmete tief und mühsam durch, wandte sich dann abrupt ab und murmelte: „Bin gleich wieder da, warte auf mich."

Juliane dachte, ihm sei übel geworden, und er würde sich in die Büsche schlagen, aber er ging zum Wagen zurück, holte aus dem Kofferraum eine Flasche und trank in langen, gierigen Zügen. Dabei verdeckte er das Etikett mit der Hand, aber Juliane war trotzdem klar, dass es beim Inhalt nicht um Fruchtsaft handelte. Also stimmte ihre Vermutung. Adam war dem Wein, den er so sehr liebte, verfallen.

Als er zurückkam – entspannt und mit trockener Stirn –, beeilte sie sich, irgendetwas zu sagen, um von dem Eindruck abzulenken, dass sie seine heimlichen Schlucke beobachtet und die richtigen Schlüsse gezogen hatte. „Was die Contessa angeht ... es hätte sicher weniger Ärger gegeben, wenn sie San Sebastiano an einen Einheimischen vererbt oder verkauft hätte – zum Beispiel an ihren Kellermeister, der doch ein sehr geeigneter Erbe gewesen wäre."

Adam zuckte mit einer hektischen Bewegung die Achseln. „Ja, wahrscheinlich. Aber sie hat sich nun einmal anders entschieden. Allessandri konnte diese Entscheidung nicht akzeptieren. Er tobte wie ein Verrückter, und seither lässt er sich alle Naselang etwas anderes einfallen, um uns Ärger zu machen. Er ging so rabiat auf mich los, dass ich gezwungen war, mich an die Carabinieri zu wenden." Er verschränkte die Arme vor der Brust und ließ Adlerblicke über den Hang schweifen, als erwarte er den feindseligen Kellermeister irgendwo zwischen den Rebstöcken lauern zu sehen.

„Mit einem Wort", stellte Juliane fest, „ich habe ein Wespennest geerbt." Insgeheim fragte sie sich, ob er ihr die Feindseligkeit der Dorfbewohner in so lebhaften Farben schilderte, um sicherzugehen, dass sie es sich nicht noch anders überlegte und das Gut doch haben wollte. Aber selbst, wenn das seine Absicht war, konnte es ihr gleichgültig sein. Sie wollte es auf keinen Fall. Um ihn zu beruhigen, erklärte sie entschieden: „Ich bleibe bei meinem Entschluss. Wann können wir den Anwalt sprechen?"

„Ich habe bereits mit ihm telefoniert. Er hält uns morgen Vormittag einen Termin frei."

Also war er sofort zum Telefon gestürzt, um seinem Anwalt die Freudenbotschaft zu überbringen. Umso besser. Je schneller die Angelegenheit erledigt war, desto schneller kam sie von hier weg.

Ihr Blick schweifte nachdenklich über den steil abfallenden Hang hinweg, als sie einen Mann den Pfad entlangkommen sah. Im selben Augenblick rief Adam: „Oh, da kommt Bonaparte. Ich mache euch bekannt. Leider spricht er kein Wort Deutsch."

Der Mann, der sich ihnen mit raschen, schwingenden Schritten näherte, hatte tatsächlich Ähnlichkeit mit dem französischen Kaiser. Er war knapp mittelgroß, sehr kompakt gebaut, mit einem breiten, glatten Gesicht, einer Adlernase, durchdringenden schwarzen Augen und einem schmalen Mund, der sich nur widerwillig zu öffnen schien. Sein lackschwarzes Haar war glatt an den Kopf gekämmt. Er hätte gut in eine Uniform gepasst, trug jedoch einen zerknitterten Leinenanzug und dazu eine Schirmmütze. Als er näher herankam, spürte Juliane die Kraft, die von ihm ausging. Offensichtlich war er die Art Mann, nach dem sich alle umdrehen, wenn er einen dicht bevölkerten Saal betritt, egal, wie diskret er seinen Eintritt gestaltet. Mehr als seine äußere Ähnlichkeit war es wohl diese Macht der Persönlichkeit, die ihm seinen Spitznamen eingetragen hatte. Er strahlte eine selbstverständliche Autorität aus, die sich auch auf Adam zu erstrecken schien – gleichzeitig aber auch eine ranzige Männlichkeit, so überwältigend und abstoßend wie der Geruch von Brillantine. Juliane jedenfalls fand sie abstoßend, auch wenn sie sich vorstellen konnte, dass andere Frauen diesem untersetzten kleinen Macho mit dem gelblich blassen Gesicht reihenweise in die Arme fielen.

Sie fühlte sich in einer seltsamen Gedankenverbindung an ein arabisches Restaurant in München erinnert, in dem alle Speisen ungenießbar wurden, weil der Rauch der Nargilehs, der orientalischen Wasserpfeifen, die Luft vernebelte. Tabakrauch wäre ja noch angegangen, aber dieser Rauch war parfümiert gewesen, penetrant und billig parfümiert wie Fliegenspray.

Bonaparte war anzumerken, dass er sich der von ihm ausdünstenden Sexuallockstoffe bewusst war. Als er Juliane die Hand reichte, war sein Gruß höflich und sein Blick unverschämt. Es war, als sagte er ihr: *Du hast doch ohnehin keine Chance, mir zu widerstehen, also warum nicht gleich?*

Es war die sicherste Methode, jeden eventuell noch vorhandenen Rest von Interesse in ihr abzutöten. Sie lächelte frostig und überließ es Adam, die Begrüßungszeremonie zu leiten. Was Quentini sagte, verstand sie zum größten Teil nicht, aber ein paar Worte sagten ihr etwas – und überraschten sie. Der Mann blickte sie nämlich mit gerunzelter Stirn an, als überlege er, ob er sie kannte. Dann, als Adam ihren Namen nannte, schlug er sich mit der flachen Hand an die Stirn, lachte verblüfft auf und rief, während er die Handfläche knapp einen Meter über den Boden hielt: „La Signorina, la piccola Signorina Juliana! Incredibile!"

Adam sagte prompt: „Siehst du? Er erinnert sich an deinen Besuch, als du noch so klein warst."

Es lag ihr auf der Zunge, ihn zu bitten, er möge den Cantinieri fragen, was es mit diesem aus ihrem Gedächtnis verschwundenen Besuch auf sich hatte, aber dann beschloss sie, nicht mehr Kontakt als nötig mit ihm aufzunehmen. Er war genau der Typ Mann, der solche unschuldigen Fragen als Aufforderung zu näherer Bekanntschaft missverstand.

Adam übersetzte: „Er bietet an, dir den Weinkeller zu zeigen."

Nein, bloß das nicht! Weinkeller waren finstere, beklemmend enge unterirdische Gelasse, in denen ständig die Gefahr giftiger Gase schwebte, und schon gar nicht wollte sie mit diesem Bock hinunter, der vermutlich den ersten dunklen Winkel zur körperlichen Kontaktaufnahme ausnutzen würde. „Nein, danke. Vielleicht ein andermal."

Quentini sah sehr enttäuscht aus. Wahrscheinlich wertete er ihr Desinteresse als persönliche Beleidigung. Aber besser sollte er beleidigt sein, als dass sie sich damit quälte, in dieses Burgverlies hinunterzusteigen, in dem es sowieso nichts zu sehen gab außer Flaschen.

Als er sich nach dem Austausch höflicher Worte wieder verabschiedete, warf er ihr einen weiteren dieser Blicke zu die besagten: *Na dann, demnächst in meinem Bett!*

Adam starrte ihm eine Weile hinterher, dann stieß er die Worte hervor: „Möchtest du auch einen Besuch auf dem Friedhof machen? Wir müssen ja nicht lange bleiben."

Juliane zögerte. Sie ging sehr ungern auf Friedhöfe. Nicht aus einer kindischen Angst vor den Toten heraus, auch nicht aus Angst, an die eigene Vergänglichkeit erinnert zu werden, sondern aus einem Unbehagen heraus, das völlig irrational und unzeitgemäß war. Die Grüfte mit ihren schweren steinernen Deckeln, die vernieteten Türen der Mausoleen, die von tonnenschwerer Erde bedeckten Gräber lösten Klaustrophobie in ihr aus. Bei dem bloßen Gedanken an diejenigen, die da unten in den schmalen, luft- und lichtlosen, sorgfältig verschraubten Kisten lagen, überkam sie die Beklemmung eines Albtraums. Sie wusste, dass heutzutage niemand mehr lebendig begraben wurde, dass die Vorstellung absurde Ängste widerspiegelte, aber die Tatsache blieb, dass der Besuch auf einem Friedhof sich wie ein schwerer Klumpen nassen Lehms auf ihre Atmungsorgane legte.

Adam dieses Unbehagen einzugestehen, hätte sie freilich nicht über sich gebracht, und so stimmte sie mit einem gekünstelt lässigen Achselzucken zu. „Ja, so gehört es sich wohl."

Sie kehrten zum Wagen zurück und schlugen wieder den Weg zum Dorf ein. Juliane ertappte sich selbst dabei, wie sie neugierig aus dem Fenster spähte, ob Allessandri irgendwo darauf lauerte, ihnen wieder eine Szene zu machen. Sie war ziemlich sicher, dass es bei dem Verkauf der Fattoria San Sebastiano nicht mit rechten Dingen zugegangen war. Eine stolze alte Frau verschacherte das Familiengut, an dem sie mit Leib und Seele hing, nicht freiwillig an einen Konkurrenten, noch dazu einen Ausländer, den sie nicht ausstehen konnte. Höchstwahrscheinlich hatte Onkel Guido die Altersschwäche oder auch die finanzielle Notlage der greisen Gentildonna ausgenützt – hatte Adam ihr nicht erzählt, dass sie ärmer als die meisten Bauern gewesen war? – und sie irgendwie übers Ohr gehauen. Damit hatte er auch Allessandri betrogen, der sich sicherlich berechtigte Hoffnungen gemacht hatte, von der kinderlosen Alten als Erbe eingesetzt zu werden. Ein Mann, der sein Leben im Dienste eines Spitzenweinkellers verbracht hatte, ein Mann, der auf eine Ahnenreihe in denselben Diensten zurückblickte, hatte sich wohl die Krönung seines Daseins davon erhofft, nach dem Tod der alten Dame als Herr über diesen Keller gebieten zu können. Stattdessen musste er zusehen, wie der verhasste Konkurrent ihm ein seit dem 16. Jahrhundert liebevoll gehegtes und gepflegtes Weingut aus den Händen riss. Nein, es war wirklich kein Wunder, dass Cesare Allessandri den Wewelmanns an die Kehle fahren wollte.

Als Tochter eines bedeutenden Kunsthändlers hatte Juliane Gelegenheit genug gehabt, einen Blick in die Welt der großen Geschäfte zu tun und festzustellen, dass in dieser Welt gnadenlos das Recht der Stärkeren galt. Fressen oder gefressen werden, hieß die Devise. Ihr war sehr rasch klargeworden, dass sie von dem Augenblick an, wo sie einen Fuß in die prunkvollen Hallen des Big Business setzte, keine Freunde mehr haben würde, und so hatte sie den Eintritt verweigert. Erst mit kindlicher Raffinesse, dann mit erwachsenem Kalkül hatte sie sich hinter einer vorgetäuschten Stupidität verschanzt, hatte sich konsequent für nichts interessiert außer Sport, Schönheit und Körperpflege. Sie hatte innerlich triumphiert, als ihr Vater allen seinen Bekannten erzählte, dass mit Juliane in geschäftlichen Dingen nicht das Geringste anzufangen sei. Das Letzte, was sie wollte, war, in seine Firma einzutreten und dort zu seiner Nachfolgerin geschult zu werden, wie er das geplant hatte.

Plötzlich ging es ihr durch den Kopf: War sie in ihren Körper geflüchtet, weil der Körper ein Ort war, der ihn absolut nicht interessierte? Er fand Sport lächerlich, und sogar weibliche Schönheit lockte ihn nur in sehr geringem Maße, wie an der Tatsache abzulesen war, dass er ihre äußerst hausbackene Mutter geheiratet hatte. Jedenfalls hatte er in dem Maß, in dem Juliane zum Körper, und immer ausschließlicher zum Körper, wurde, den Kontakt mit ihr einschlafen lassen, und das war ihr sehr recht gewesen.

Der Friedhof von Dormiani lag – eine Postkartenidylle im Licht der sinkenden Sonne – oberhalb der Kirche in einer Mulde zwischen zwei Hängen. Die meisten der schmucken Grabstellen waren bäuerlich schlicht. Nur an der rückwärtigen Mauer zog sich eine Reihe von pompösen Grüften hin, unter denen die der Luchinis verständlicherweise die größte und schönste war. Zwei trauernd geneigte Engel aus Carrara-Marmor wiesen auf ein von Robinien beschattetes Mausoleum, dessen Eingang sich hinter einer Reihe ionischer Säulen verbarg. Nach dem Begräbnis der Contessa war zum letzten Mal die mächtige Bronzetür ins Schloss gefallen, hinter der in langen Reihen die toten Adeligen ruhten. Die Marmortafeln links und rechts der Tür waren beinahe mannshoch und mit vielen Namen bedeckt. Die abgefallenen Robinienblüten lagen so dicht auf dem Gebäude und den Engeln, als hätte es im Juni geschneit.

Juliane atmete tief und regelmäßig, um das zunehmende Gefühl der Beklemmung zu neutralisieren. Sie schämte sich für die lächerliche Phobie, die sie immer wieder in Gegenwart enger, unter der Erde gelegener Räume befiel. Seltsamerweise hatte sie keine Probleme damit, in Aufzügen zu fahren oder die U-Bahn zu benutzen, solange Lifte und Stationen sauber, hell und modern waren. Aber als sie eines Tages eine unterirdische Station betreten hatte, in der an einem Nebenstollen gearbeitet wurde, hatten der Geruch feuchter Erde und der Anblick der steinigen Stollenwände eine so qualvolle Beklemmung in ihr hervorgerufen, dass sie um ein Haar ohnmächtig zusammengesackt wäre. Gretchen, die auf alles eine esoterische Antwort bereit hatte, war fest überzeugt, dass sie in einem früheren Leben lebendig begraben worden sei – vielleicht auch in einem einstürzenden Keller verschüttet oder in einem Brunnen ertrunken.

Onkel Guido hatte seine Gruft nach eigenen Vorstellungen gestalten lassen. Ein schwarzer Kubus auf einem mächtigen Sockel, schlicht und theatralisch zugleich, klotzte wie ein immenser Briefbeschwerer in unmittelbarer Nähe der Familiengruft der Luchinis. Eine rahmenlose Türe führte hinein, die jetzt, wo sie geschlossen war, nur am Schlüsselloch und den feinen Spalten zwischen Wand und Tür zu erkennen war. Auf dem gesamten Kubus fand sich kein Schmuck außer den Worten, die auf der Vorderseite eingemeißelt standen:

Guido Wewelmann
12 Gennaio 1940 – 8 Giugno 2003
IL PRÍINCIPE

Besser gesagt, es fand sich nichts an ursprünglichem Text und Schmuck außer diesen Worten! Die grelle, in blutigem Rot an die Mauer gesprayte Schrift war erst in allerletzter Zeit von einer fremden und zweifellos unbefugten Hand hinzugefügt worden. Ihr aggressiver Charakter war unverkennbar, obwohl Juliane nur eines der beiden Worte etwas sagte. *Rabon.* Das war der riesige schwarze Hund gewesen, der den Príncipe umgebracht hatte. Aber das zweite, das mit dem ersten durch ein Gleichheitszeichen verbunden war? *Vendicatore?*

Adam sah ihren fragenden Blick und antwortete mit einer Stimme, die sich nur mühsam durch einen vor Wut verkrampften Sprechapparat hindurchzuzwängen schien. „Rächer. Es bedeutet *Rächer.*"

„Du meinst", fragte sie verwirrt, „der das da geschrieben hat, will sagen, Rabon hätte Onkel Guido aus Rache getötet? Ein Hund? Und weswegen denn überhaupt?"

„Rabon war der Hund der Contessa Luchini. Er stand auf der Liste der Gegenstände, die sie an Vater verkaufte."

Juliane starrte ihn an. Selten waren ihre großen, ein wenig ausdruckslosen dunklen Augen so stechend gewesen wie in diesem Augenblick. „Erzähl mir nicht, Adam", sagte sie mit einer Stimme, die in der Kehle kratzte, „dass eine alte Frau ihren Hund freiwillig an ihren Erzfeind verkauft. Ihr Haus, ihre Fattoria, ihren Weinkeller – das lasse ich mir alles eventuell noch einreden, auch wenn es meine Gutgläubigkeit stark strapaziert. Aber niemals ihren Hund."

Adam zuckte die Achseln mit einer Verstocktheit, die schon kindisch wirkte. „Er stand auf der Liste, und die Contessa hatte ihre Unterschrift daruntergesetzt. Dr. Ponte kann sie dir morgen zeigen. Es ist alles legal. Die Frau war gebrechlich, vielleicht wurde ihr der Hund lästig. Oder sie bekam selbst Angst vor ihm. Er war sehr gefährlich – ein riesiges Tier und so schlau und gerissen wie ein Mensch. Ich warnte Vater vor ihm, aber er sah eine Art Trophäe in ihm und schätzte ihn höher als seine eigenen Hunde. Er hielt ihn im Garten an der Kette und wollte wohl erreichen, dass Rabon ihn als

Herrn anerkannte, erst als der Hund nur heulte und knurrte, steckte er ihn in den roten Turm zu den anderen."

Juliane starrte finster den klotzigen Marmorkubus an.

Adam redete immer hastiger gegen ihr wütendes Schweigen an. „Du kannst mir glauben, hinter alledem steckt Cesare Allessandri. Er hasst uns. Er spekulierte seit vielen Jahren darauf, den Weinberg zu erben. Es gab keine weiteren Angehörigen mehr, die Contessa war alt, und die beiden waren so eng verbunden wie zwei Unken, die seit Jahrzehnten im selben feuchten, finsteren Brunnenschacht hocken. Vielleicht gab es Streit zwischen ihnen. Vielleicht ärgerte sie sich darüber, dass er nicht erwarten konnte, sie unter der Erde zu sehen und sich dann San Sebastiano unter den Nagel zu reißen. Es kann alle möglichen Gründe geben, warum sie an uns verkaufte. Wer weiß, vielleicht hat er sogar versucht, die Alte vorzeitig ins Jenseits zu befördern, um schneller an ihren Weinberg zu kommen, und sie merkte es und wollte deshalb nichts mehr von ihm wissen? Juliane." In seinem Bemühen, sie auf seine Seite zu ziehen, rückte er immer näher an sie heran, legte ihr zuletzt die Hand auf die Schulter.

Sie wich mit einer blitzschnellen Bewegung aus – dem Reflex eines wilden Tiers, das sich plötzlich in Gefahr wähnt. „Lass das. Ich mag es nicht, wenn man mich anfasst." Mit einer nachdrücklichen Geste entfernte sie seine Hand.

Er sah sie erstaunt an. „Es war nicht böse gemeint."

„Ich weiß. Ich mag es trotzdem nicht." Sie starrte nachdenklich den schwarzen Kubus an, an dem die grelle, böse Schrift heruntertroff. „Es gibt einiges hier, was ich nicht mag.“

Sie kehrten in die Villa Verbena zurück, wo sie sich wenig später zum Abendessen an den langen Tisch setzten.

Adam sagte: „Eigentlich wollten wir dich mit einer typisch toskanischen Spezialität empfangen, aber dann waren wir nicht sicher, ob wir dich damit nicht eher erschrecken.“

Juliane lachte unsicher. „Und was wäre das gewesen? Man isst hier doch keine gebratenen Froschschenkel oder gerösteten Heuschrecken, oder?“

„Nein, das nicht. In der Toskana isst man Fleisch, Fleisch und wieder Fleisch – Rosticiana, Pollo, Tacchino, Maiale die Speisekarte rauf und runter. Ich rede von *Bistecca alla Fiorentina*. Es handelt sich um ein riesiges Stück Rindfleisch, ein Pfund schwer, drei Zentimeter dick, blutig serviert.“

„Du lieber Himmel.“ Juliane schluckte angewidert. Wie konnten diese Leute in einer Blutlache schwimmendes Beefsteak essen, nachdem ihr Vater von einem Hund zerfleischt worden war? Oder war ihnen der Gedanke noch gar nicht gekommen? Dann doch lieber etwas weniger typisch Toskanisches.

„Es gibt Huhn.“

Die Haushälterin erschien, eine blonde Walküre mit dem Gesicht einer ausrangierten Wachsfigur und enorm strammen Waden unter dem knielangen Rock. Sie servierte wortlos ein Grillhuhn mit matschigen Fritten, das aus einer Fastfoodkette hätte stammen können, und als Nachspeise ein noch zur Hälfte gefrorenes Tiramisu. Wenn so die typisch toskanische Küche schmeckte, dann würde sie für den Rest ihres Aufenthalts hier chinesisch essen gehen!

Juliane hatte nicht die Absicht gehabt, sich ihr Befremden über diese mangelhafte Küche anmerken zu lassen, aber Dorothea bemerkte es dennoch. Kaum war die Frau verschwunden, flüsterte sie ihrer Kusine zu: „Maria Pia – Signora Bertoldi – ist eigentlich eine ausgezeichnete Köchin, aber seit dem Tod des Príncipe ist sie nicht mehr sie selbst. Sie ist ganz durcheinander. Aber wir wollen sie nicht gerade jetzt an die Luft setzen, das wäre herzlos – und außerdem, woher sollten wir einen Ersatz bekommen?"

Juliane nahm den Kommentar wortlos hin. Sie hütete sich, eine Anspielung darauf zu machen, dass diese Unmöglichkeit, neues Personal zu bekommen, wohl mit der weit verbreiteten Abneigung gegen die Familie Wewelmann zu tun hatte.

Sie überlegte, ob Personalmangel oder schwesterliche Zuneigung der Grund dafür waren, dass Emilia alle Aufgaben einer Pflegerin für ihre behinderte Schwester übernommen hatte. Jedenfalls schenkte sie ihr ein, löste das Hühnerfleisch von den Knochen und schnitt es in mundgerechte Bissen, zerteilte den Salat und die Fritten. Dorothea konnte ihre Hände zwar gebrauchen, hatte jedoch nicht die Kraft, schwerere Gegenstände wie ein gefülltes Glas, eine Salatschüssel oder eine Sauciere zu heben. Sie trank durch einen Strohhalm, während Emilia ihr das Glas hielt. Juliane fühlte sich sehr erleichtert, als sie bemerkte, dass das reibungslose Zusammenspiel der beiden Schwestern jede Unappetitlichkeit beim Essen verhinderte. Emilia war – lautlos und diskret wie eine gut geschulte Zofe – immer zur

Stelle, um zu verhindern, dass irgendetwas patzte oder hinunterfiel.

Als sie mit Essen fertig waren, präsentierte Adam eine Weinflasche. „Auch wenn du keine Weinliebhaberin bist, Juliane, diesen Vin Santo musst du zur Feier des Tages mit uns trinken. Der *Heilige Wein* der Toskana war ursprünglich ein Wein für besondere Anlässe, und deinen Besuch kann man doch mit Fug und Recht als einen besonders erfreulichen Anlass bezeichnen."

Juliane dachte: *Ja, jetzt, wo ich dir gesagt habe, dass mir nichts an Le Querce liegt. Wäre ich gekommen, um mein Erbe in Besitz zu nehmen, hättest du mir Essig serviert – oder noch lieber Salzsäure.* Aber natürlich sagte sie nichts, sondern neigte nur mit einem leichten Lächeln den Kopf.

Adam schenkte ein und beobachtete mit der Feierlichkeit eines Zeremonienmeisters, wie sie an dem Glas nippte. „Nun? Wie schmeckt er?"

Sie schloss die Augen, um sich ganz auf den eigenartigen Geschmack des kostbaren Weins zu konzentrieren. Wenn sie in München schon einmal Wein trank, hatte sie sich immer an leichte, spritzige Sorten gehalten, und im ersten Augenblick befremdete sie das üppige Aroma getrockneter Aprikosen und kandierter Früchte mit einem Beigeschmack von Nüssen. „Es ... es schmeckt mehr nach Likör als nach Wein", sagte sie. „Ungewöhnlich, aber gut – sehr gut."

Adam stürzte sich begeistert in eine detaillierte Schilderung des Verfahrens, das dieses exquisite Getränk hervorbrachte. „Man macht ihn aus Trauben, die drei oder vier Monate auf Strohmatten ausgelegt oder unter dem Dach aufgehängt werden. Die Trauben müssen trocknen – dürfen aber nicht faulen. Diese getrockneten Trauben werden dann gepresst und der Saft wird zwei bis drei Monate lang in kleinen Eichenholzfässern vergoren."

„Drei Monate? Dann stammt der Wein von diesem Jahr?", fragte Juliane, nur um irgendeine höfliche Frage zu stellen.

Adam warf entsetzt die Hände hoch. „Aber nie im Leben! Der Vin Santo muss vier bis sechs Jahre lagern. Heuriger Wein, ich bitte dich!" Er sandte einen fassungslosen Blick in ihre Richtung. „Oder war die Frage ein Scherz?" Offenbar konnte er nicht glauben, dass jemand so absolut keine Ahnung von dem Wissensgebiet hatte, das ihn Tag und Nacht beschäftigte.

Dorothea kam ihr zu Hilfe. „Adam, da draußen ist eine Welt, in der die Leute auch gelegentlich an andere Dinge denken als nur an Trauben und Wein. Vermutlich würdest du auch nicht viel davon verstehen, wenn Juliane dir die Geheimnisse ihrer Wissenschaft offenbarte."

„Und was ist das für eine Wissenschaft?", fragte Adam – entweder naiv oder boshaft.

Juliane ärgerte sich, als sie ihre Vermutung, dass er sie für ein Dummchen hielt, bestätigt sah. „Ein Sportstudium umfasst mehr als nur Muskeltraining, lieber Vetter. Und ich nehme auch neben dem Studium hin und wieder ein Buch zur Hand."

„Was liest du denn so?", fragte Emilia.

„Meine derzeitige Nachttischlektüre heißt *Toxine in Ernährung und Umwelt*. Pflichtlektüre für eine Prüfung."

„Nein, ich meinte, was liest du, wenn du zur Entspannung liest? Doch sicher nichts über Toxine?"

Juliane lächelte ein wenig verlegen. „Ich lese gerne Biografien ungewöhnlicher Frauen, aber auch Volkssagen, Märchen und Legenden."

„Oh, da bist du in Dormiani richtig!", bemerkte Dorothea lachend. „Hier wimmelt es nur so von Hexen, Kobolden, Engeln und Teufeln. Emilia kennt die schaurigen Geschichten alle auswendig. Erzähl Juliane von dem Schäfer und den Gespensterziegen, Emilia."

Die junge Frau gehorchte mit der Bereitwilligkeit der passionierten Geschichtenerzählerin. „Wenn man an bestimmten Tagen nachts durch die Hügel geht, vor allem kurz vor einem Gewitter, so kann es einem passieren, dass man einem Mann in Schäfertracht begegnet. Er treibt zwei Tiere vor sich her, eine Ziege mit einem Frauenkopf und einen Bock mit einem Männerkopf. Die beiden zanken unablässig lauthals miteinander. Es heißt, wer den Mut hat, sie anzusprechen, dem verraten sie den Ort verborgener Schätze, oder – nach einer anderen Version – sie sagen ihm voraus, was die Zukunft bringt. Aber niemand hat das je bestätigt gefunden, denn die beiden Ungeheuer und ihr Hirte verbreiten ein solches Grauen um sich, dass sie die tapfersten Männer in die Flucht schlagen."

„Dann werde ich lieber nicht nachts durch die Hügel streifen", bemerkte Juliane lächelnd. „Ich bin zwar eine begeisterte Joggerin, aber ..."

Die drei Geschwister sahen einander alarmiert an, dann erklärte Adam in unerwartet scharfem Ton: „Das solltest du ohnehin nicht. Auch bei Tage nicht. Es ist gefährlich." Er notierte ihren überraschten Blick und fügte etwas verworren hinzu: „Du bist eine Fremde hier ... man weiß nie. Du siehst so aufregend gut aus ... die jungen Männer im Ort ... sie belästigen jede Fremde mit ihren Aufmerksamkeiten und werden oft sehr handgreiflich dabei. Jedenfalls solltest du nicht einfach so in der Gegend herumlaufen. Wenn du irgendwo hinwillst, kann ich dich fahren. Du sprichst ja auch kein Italienisch, was ist, wenn du dich verirrst? Du kannst nicht einmal nach dem Weg fragen.“

Juliane sah ihn verdutzt an, wollte etwas entgegnen und schwieg dann lieber.

„Noch etwas Wein?“, fragte Emilia zuvorkommend, um das gespannte Schweigen zu brechen.

„Nein, keinen Wein mehr, danke.“ Sie nutzte die Gelegenheit, hastig das Thema zu wechseln. „Ich muss mit dem Alkohol sehr vorsichtig sein. Man möchte es nicht glauben, aber schon die kleinsten Mengen wirken sich schädlich auf meine Kondition aus. Ich bleibe lieber bei Mineralwasser oder Fruchtsaft. Ich weiß, das ist geradezu eine Majestätsbeleidigung, auf einer so berühmten Fattoria den Wein zu verschmähen ...“

„Geschenkt!“, rief Dorothea. „Emilia und ich betrachten Wein als ein Getränk, nicht als einen Gott. Adam und Bonaparte sind hier die Götzendiener. Ich bin überzeugt, sie feiern geheime Zeremonien im Weinkeller, bei denen sie die Flaschen anbeten.“ Sie gähnte demonstrativ. „Man kann es auch übertreiben, weißt du. Vater war der Schlimmste von allen. Du kannst dir nicht vorstellen, was für ein Gezeter das war, wenn er befürchten musste, dass ein anderer Weinbauer ihn übertreffen könnte. Die Platzierungen bei den Wein-

proben waren für ihn der Platz, den er auf der Wert-
skala des Lebens einnahm. Am liebsten hätte er die
arme Contessa mit eigenen Händen erwürgt, wenn die
Preisrichter ihrem Wein den Vorzug vor seinem gaben.“

Adam fiel mit einem gezwungenen Lachen ein: „Also
ist es ein Glück, dass sie in einem respektablen Privatsanatorium in Prato starb, sonst hätte Allessandri uns
noch einiges mehr vorzuwerfen.“ Offenbar um das
Thema zu wechseln, fuhr er fort: „Uns ist heute eine
merkwürdige Sache passiert. Stellt euch vor, Juliane
kann sich nicht an ihren Besuch bei uns erinnern!“

„Ist ja auch schon lange her“, erwiderte Dorothea sofort. „Mein Gott, wie alt waren wir damals? Du musst
etwa fünf gewesen sein, Juliane. Dein Haar war sehr
lang, und du hattest noch keine einzige deiner preisge-
krönten Muskeln, sondern warst dünn wie eine Heu-
schrecke.“

„Du erinnerst dich an mich?“

„Aber natürlich. Emilia auch, nicht wahr, Emilia?
Dein Vater kam mit dir zu Besuch, unser Onkel Benno.
Er nutzte die Gelegenheit, dass deine Mutter vierzehn
Tage fortgefahren war – nach Skandinavien, glaube
ich, *ins Land der Mitternachtssonne.* Ich erinnere mich,
weil mich dieser Ausdruck so beeindruckte. Ich stellte
mir eine schwarze Sonne darunter vor.“

Juliane hörte nur mit halbem Ohr zu. Das war also der
Grund, warum ihre Mutter überzeugt war, sie sei noch
nie in Dormiani gewesen. Ihr Vater hatte einen heimlichen Besuch gemacht. *Das sah ihm ähnlich,* dachte sie.
Er hatte alles, womit seine Frau nicht einverstanden
war, heimlich gemacht. Diskussionen war er immer

aus dem Wege gegangen, hatte Ja und Amen gesagt und feierliche Versprechungen abgelegt und war dann, kaum, dass er nicht mehr unter Beobachtung stand, seine eigenen Wege gegangen. Die eine Hälfte des Rätsels war gelöst, aber die andere blieb. Wieso war dieser Besuch ihr so völlig entfallen?

Emilia stand auf. „Wartet, wir haben doch noch die Fotos! Dann wird sie sich schon erinnern."

Sie verließ kurz das Zimmer und kehrte mit einem Fotoalbum zurück. Nach einigem Blättern schlug sie eine Seite auf und hielt sie Juliane hin. „Da. Das bist doch du, oder?"

Ja, das war sie. Kein Zweifel. Spindeldürr, mit hüftlangem, dunklem Haar, in dem eine rosa Schleife steckte. Der Mann neben ihr war ihr Vater, der zweite Mann Onkel Guido, neben ihm eine füllige, majestätisch wirkende Frau mit einer mächtigen römischen Nase, und ein kleiner Adam – in kurzer Hose und Plastiksandalen – war auch da. Den Hintergrund bildete unverkennbar die Villa Verbena. Ein anderes Foto zeigte die Amphisbaena hinter der Gruppe, zu der jetzt auch ein weiteres kleines Mädchen gehörte, etwas älter als Juliane und schön wie ein dunkelhäutiger kleiner Engel: Emilia. Onkel Guido hatte die Hand mit väterlichem Stolz auf den Scheitel der Kleinen gelegt. Dorothea war nirgends zu sehen.

Juliane hob die offenen Hände und ließ sie fallen. „Tja, die Indizien sind überwältigend", gestand sie. „Bloß kann ich mich absolut nicht daran erinnern." Es war ihr nie zuvor passiert, dass sie sich an etwas auch dann nicht erinnern konnte, wenn man sie von allen Seiten darauf hinwies.

„Wahrscheinlich, weil du krank warst", wiederholte Adam sein früheres Argument.

Dorothea nickte. „Adam hat recht. Es wird wohl der Schock gewesen sein. Erinnerst du dich wirklich nicht mehr?"

Emilia nahm mühelos den Faden auf. „Du bist nachts aufgewacht, und weil dein Papa nicht da war – nachdem du eingeschlafen warst, ging er noch ins Arbeitszimmer seines Bruders, um eine Zigarre zu rauchen und ein paar Gläser Wein zu trinken – bist du aus dem offenen Fenster geklettert und hast ihn im Garten gesucht. Dann bist du immer weitergelaufen, hinaus in die Hügel, denn damals hatten wir noch keine Gartenmauer. Du musst dich entsetzlich gefürchtet haben in der Finsternis und Einsamkeit, denn als du gefunden wurdest, warst du völlig verstört. Wir mussten sogar die Dottoressa rufen."

Alle drei sahen Juliane prüfend an, aber es half nichts. Die Geschichte hörte sich an, als sei sie jemand völlig Fremden passiert.

„Na ja, unerfreuliche Erinnerungen vergisst man sowieso am besten", erklärte Adam leichthin. Er stand auf, ging zur Kommode und kehrte mit einem Schlüsselbund zurück. „Dr. Ponte meinte, ich sollte dir vorerst einmal die hier geben – das ist der Schlüssel zum Gartentor, der hier ist für die Haustür, der gehört zu deinem Zimmer. Was hältst du davon, wenn wir den Tag frühzeitig beenden? Du wirst dich vermutlich nach der langen Fahrt gründlich ausschlafen wollen, habe ich recht?"

Stimmt, dachte Juliane. *Und vor allem will ich mit mir allein sein, um in Ruhe darüber nachdenken zu können, in was für ein seltsames Haus ich hier geraten bin.*

Stimmen in der Nacht

Sie beschloss den geschäftlichen Teil des Tages damit, dass sie eine kurze SMS an ihre Mutter, eine an Gretchen und eine etwas längere an Dr. Morensky schickte, in denen sie von ihrer wohlbehaltenen Ankunft berichtete und weitere Meldungen für den nächsten Tag in Aussicht stellte. Wie es so oft der Fall ist bei Dingen, die man erst bemerkt, wenn man auf sie verzichten muss, wurde ihr klar, wie viel ihr die abendlichen Gespräche mit Gretchen bedeutet hatten. Nicht, weil sie so besonders tiefsinnig oder intim gewesen wären, sondern weil sie ein einfaches, aber effizientes Seelenreinigungsritual darstellten. Gretchen erfüllte eine ähnliche Funktion wie die Sorgenpüppchen der Guatemalteken: Sie hörte sich an, was ihrer Mitbewohnerin den Tag über an Gutem und Schlechtem widerfahren war, steckte es ein und entfernte es damit auf wunderbare Weise aus Julianes Seelenleben. Jetzt war kein Sorgenpüppchen da, und deswegen blieben die Gedanken und Gefühle des Tages auf ihr kleben wie Austern auf einem Felsen.

Juliane trat an das französische Fenster ihres Wohnzimmers und blickte über den Garten hinaus auf die Hügel, auf denen das graue Gestrüpp der Olivenbäume wucherte. Öl und Wein, dachte sie. Die beiden ältesten Heilmittel der Menschheit, Symbol nicht nur des körperlichen Heils, sondern auch des Heiligen. Salböl und Messwein. Die Landschaft, die unter dem Grauschleier der ersten Dämmerung vor ihr lag, wirkte sanft und harmonisch. Es gab keine harten Linien, keine schroffen Kontraste. Eigentlich hätte sie sich hier wohlfühlen können, jetzt, wo sie nicht mehr befürchten musste, von ihren Verwandten gehasst zu werden. Die Probleme hatten sich gelöst, sie mussten nur noch die nötigen Formalitäten erledigen, mit den Anwälten reden, allseits zufriedenstellende Arrangements aushandeln. Warum empfand sie dennoch ein solches Unbehagen – ja mehr als Unbehagen: Angst?

Es war keine Angst, dass jemand nachts in ihr Zimmer eindringen könnte, obwohl jeder halbwegs sportliche Mensch es mühelos geschafft hätte, an den rauen Steinen und der wuchernden Mauerkatze bis zum Fenster zu klimmen. Die jungen Männer des Ortes könnten ihr gefährlich werden, hatte Adam gesagt. Lachhaft! Erstens war kaum anzunehmen, dass die Dorfjugend von Dormiani aus Sittenstrolchen bestand, die Joggerinnen in den Hügeln überfielen oder im Schutz der Dunkelheit in ihr Schlafzimmer kletterten, und selbst wenn, wäre es ihnen nicht gut bekommen.

Juliane beherrschte mehr als eine Selbstverteidigungstechnik. Dass sie es mit jedem Mann aufnehmen konnte, hatte sie nicht nur in der Turnhalle der Universität bewiesen. Zwei Fußballrowdys, die sie spätnachts in einer einsamen Gasse angerempelt hatten, waren in der Notaufnahme eines Krankenhauses gelandet, in einem Zustand, der Juliane Emser später wegen Notwehrüberschreitung vor Gericht gebracht hatte. Dr. Morensky hatte sie gerade noch vor einer Verurteilung bewahren können, indem sie das Gericht überzeugte, dass die schwere Hodenprellung des einen Hooligans

und der gebrochene Arm des anderen mehr auf Zufalls-
treffer als auf Absicht zurückzuführen gewesen waren.
Aber natürlich hatte sie genauso gut wie ihre Klientin
gewusst, dass es Absicht gewesen war.

„Wenn Sie Ihre Aggressionen nicht in den Griff kriegen, Frau Emser“, hatte sie gesagt, „werde ich Sie eines
Tages wegen Totschlags verteidigen müssen.“ Und
wohlmeinend hinzugefügt: „Ich bin Ihre Anwältin,
nicht Ihre Ärztin, aber es könnte zweckdienlich sein,
eine Therapie zu machen, bevor es noch einmal ein
Problem gibt. Ein zweites Mal kriegen wir den Richter
nämlich nicht rum.“

Juliane streckte sich langsam bis in die Fingerspitzen,
während sie tief die würzige Luft einatmete. *Ja, vielleicht*, dachte sie. Vielleicht hatte Dr. Morensky recht
und sie sollte sich auf die Couch legen und herauszufin-
den versuchen, warum oft schon die kleinste Provokation eines Mannes diese rasende Wut in ihr auslöste,
dieses Gefühl, dass es um ihr Leben ging und sie sich
mit allen erlaubten und unerlaubten Mitteln verteidigen musste. Der Gedanke war ihr auch schon gekommen, dass sie mit ihren Karate- und Jiu-Jitsu-Kenntnis-
sen einmal gefährlich überreagieren könnte. Aber es
wurde ja kein Mann gezwungen, ihr obszöne Aufforde-
rungen ins Ohr zu flüstern oder ihr in der gedrängt vol-
len U-Bahn unter den Rock zu greifen. Wenn es einer
tat, hatte er sich selbst zuzuschreiben, was ihm dann
widerfuhr. Es war genauso, als ginge jemand mit einer
brennenden Zigarette in ein Benzinlager. Wer sich in
Gefahr begibt, kommt darin um.

Nein, ihre Angst hatte andere Gründe. Der Abend war
wie ein klarer, blassblauer See, in dem sie unbehelligt

schwamm, aber nach unten zu, wo das Wasser trüber und dunkler wurde, spürte sie eine kalte Strömung. Etwas lauerte dort und wartete darauf, bei einer ungeschickten Bewegung ihren Knöchel zu erfassen und sie in die Tiefe zu ziehen. Noch hatte sie keine Vorstellung davon, welche Gestalt das Etwas hatte, aber sie spürte seine Anwesenheit, spürte die Kälte, die es ausstrahlte. Zu viel hier passte nicht zusammen. Das Inkongruente irritierte sie mehr als das offen Bedrohliche, denn ihre eigene Welt war klar und geordnet, war fast autistisch festgelegt.

Hier in der Villa Verbena sah sie das Leben in einem Zerrspiegel. Nichts war, was es sein sollte oder wofür es sich ausgab. Oder bedeutete ihre Unruhe vielleicht nur, dass ihr Denken zu beschränkt war, um der Realität gerecht zu werden? Hatte sie nicht auch gedacht, Dormiani müsste aussehen wie auf einer Postkarte aus den Zwanzigerjahren? Sie musste einfach offener sein, entspannter, dann würde sie vielleicht feststellen, dass die kalte Strömung unter ihren Füßen nur der Zustrom eines frischen Baches in ihren graublauen See war. All die neuen Eindrücke hatten sie durcheinandergebracht, jetzt spielten die Messinstrumente in ihrem Inneren verrückt wie ein Kompass im Bermudadreieck. Sie musste ausgiebig schlafen und ab morgen so weit wie möglich ihre Tagesroutine wiederaufnehmen, dann kam alles in Ordnung.

Sie schloss die Fliegengittertür des französischen Fensters, ließ aber die grünen Läden offenstehen. Die bittersüße Luft war zu köstlich, um sie auszusperren. Dann begann sie sich auszuziehen.

Juliane war ein konservativer Mensch – oder, besser gesagt, ihr Körper hatte konservative Gewohnheiten. Er wollte täglich zur selben Zeit aufstehen und schlafen gehen, ins selbe Bett gelegt werden und dieselben, sorgfältig ausgewählten Nahrungsmittel erhalten. Sie fürchtete, er würde sich weigern, in dem fremden Bett zu liegen, und war selbst überrascht, als er es ohne Widerspruch akzeptierte. Es war bequemer, als sie erwartet hatte; offenbar war die Matratze nicht *antico*, sondern gute Ware aus einem modernen Geschäft.

Dennoch schlief sie schlecht. Ein typischer Großstadtmensch, konnte sie zwar in München bei nächtlichem Autolärm und Neongeflacker schlummern, aber nicht hier in dieser Stille, dieser Dunkelheit. Da ihre Fenster auf die Hügel hinausblickten, unterbrachen nicht einmal die Lichter von Dormiani die samtschwarze Nacht. Auch waren keine anderen Geräusche als das Rascheln des Windes in den Bäumen und das Zirpen der Grillen zu hören. Sie schreckte richtiggehend auf, als einmal fernes Scheinwerferlicht aufleuchtete und das Knattern eines Mopeds vorbeizog.

Wo fuhren die jungen Leute von Dormiani eigentlich hin, wenn sie sich amüsieren wollten? Wahrscheinlich nach Prato hinunter. Sie hatte auf der Durchfahrt nicht viel von der Stadt gesehen, aber zweifellos gab es dort Cafés und Diskotheken. Wann war sie zuletzt in einer Diskothek gewesen? Es musste Ewigkeiten her sein. Seit ihr Körper die Oberherrschaft über ihr Leben erlangt hatte, akzeptierte er es nicht mehr, dass er in rauchiger Finsternis herumgeschüttelt und die halbe Nacht zum Aufbleiben gezwungen wurde.

Plötzlich ging Juliane durch den Kopf, was ein Bekannter ihr einmal gesagt hatte: Wenn eine Nonne so leben müsste wie du, würde sie sich beim Vatikan beschweren. Erst war sie verärgert gewesen, aber stimmte es nicht? Kein Alkohol, keine langen Nächte, kein Sex, frugale Mahlzeiten, tägliche schweißtreibende Leibesübungen. Der einzige Unterschied zu einer Nonne war tatsächlich, dass sie keine Messen hören musste. Dennoch, sie war glücklich bei dieser Lebensweise. Sie konnte lachen, wenn Gretchen sich nach alkoholträchtigen Diskonächten mit verschwiemelten Augen und einem Mundgeruch wie ein Lindwurm im Morgengrauen nach Hause schleppte und Stunden im Badezimmer verbringen musste, um sich wieder zu restaurieren. Nein, es war schon richtig so, wie sie es machte.

Wieder querte ein durch die Hügel huschender Lichtschein ihr Fenster, diesmal von einem Auto, wie das satte, ruhige Motorengeräusch erkennen ließ. Dann gellte urplötzlich das Bellen einer Hupe durch die Nacht. Kam da noch ein später Besuch? Und was für einen Lärm der Mensch machte – er drückte auf die Hupe, als wolle er Tote aufwecken! Juliane setzte sich irritiert auf und lauschte. Jetzt war Bewegung im Haus. Jemand, offenbar Adam, riss die Gartentür unmittelbar unter ihrem Fenster auf und schrie dem Störenfried Worte zu, die am Tonfall leicht als Beschimpfungen und Verwünschungen zu erkennen waren. Das Hupen brach ab, als lausche der Fahrer aufmerksam jedem wütenden Wort, dann setzte es brüllend wieder ein, wurde aber rasch leiser, als der Wagen davonbrauste.

Die Gartentür wurde, nachdem Adam dem Verschwin-
denden noch ein paar deftige Flüche nachgesandt
hatte, krachend geschlossen. Stille kehrte ein.

Juliane streckte sich langsam wieder aus, zögernd wie
ein Tier, das Gefahr wittert und noch nicht bereit ist,
sich wieder zu entspannen. In München war sie es gewöhnt, dass vor der Tür des Lokals, über dem sie
wohnte, Streit ausbrach. Nicht selten tauchte sogar,
vom besorgten Wirt gerufen, ein Streifenwagen auf,
dessen Besatzung die Streithähne trennte. Das war normal. Aber hier? Das Hupen war eindeutig eine Provokation gewesen. War das vielleicht ein weiterer von
Cesare Allessandris bösen Streichen? Immerhin hatte
Adam von ihm gesagt, dass er sich alle Naselang etwas
Neues einfallen ließe, um die Wewelmanns zu ärgern.
Aber würde ein Mann in fortgeschrittenen Jahren und
hoher beruflicher Position wirklich solche Lausbuben-
streiche verüben, wie Leute durch nächtliches Hupen
zu belästigen oder ein Grabmal zu beschmieren? Das
sah eher nach der Tat eines jüngeren und gesellschaft-
lich viel weniger integrierten Menschen aus. Vielleicht
hatten sämtliche Nichtsnutze von Dormiani ihren
Spaß daran, die unbeliebten Ausländer zu ärgern – unter dem frommen Deckmantel der Solidarität mit einem der Ihren.

Ich bin froh, dachte sie, *dass von Anfang an keine Rede
davon sein konnte, hierzubleiben.* Gleich morgen früh
würde sie Dr. Morensky eine ausführliche E-Mail senden und sie über den Stand der Dinge ins Bild setzen,
dann lagen die Verhandlungen in kompetenten Händen. Es genügte wohl, wenn sie sich dem Anwalt der

Wewelmanns vorstellte und ihren Entschluss bekräftigte, danach konnte sie sich in den Zug setzen und verschwinden.

Über diesen Gedanken schlief sie allmählich ein.

Zweifellos wollte das Neue, das sie im Lauf des Tages überschwemmt hatte, sich in ihren Gedanken ordnen, denn alle ihre Träume drehten sich um die Ereignisse des Tages – aber in was für merkwürdigen Arabesken sie das taten! Der schwarz-weiße Hund, der sie am Eingangstor angekläfft hatte, tauchte auf, nicht als possierlicher Spitz, sondern als ein riesiges, bulliges Monstrum mit einem Maul wie eine Bärenfalle. Er zeigte ihnen blutige Zähne, und Adam, der auch in dieser Traumszene im Wagen neben ihr saß, bemerkte: Wir essen hier Fleisch, Fleisch und wieder Fleisch – Rosticiana, Pollo, Tacchino, Maiale, vor allem aber *Bistecca alla Fiorentina*. Es handelt sich um ein riesiges Stück Rindfleisch, ein Pfund schwer, drei Zentimeter dick, blutig serviert. Wie zur Antwort auf diese Bemerkung hob der Hund den Kopf und heulte so tief und hohl wie ein Wolf. Eine entsetzliche Klage lag in seinem Geheul, und jetzt sah Juliane, dass das Tier verletzt war. Sein ganzer Körper war voller Striemen, als sei er mit einer schweren Peitsche geschlagen worden, manche oberflächlich, manche aber so tief, dass das Fleisch klaffte und getrocknetes Blut die Wundränder säumte. Die Träumende fuhr hoch.

Dunkelheit verhüllte das Zimmer, die Bilder des Traums waren verschwunden, aber das Heulen war immer noch da. Wie eine archaische Totenklage hallte es aus der Dunkelheit herein.

Sie sprang aus dem Bett, schlüpfte in Leggings und Bademantel und huschte, ohne Licht zu machen, in den vorderen Raum. Dicht an die Wand neben dem Fenster gedrückt, spähte sie hinaus. Adam hatte ihr gesagt, dass sie keine Hunde mehr hielten – nach dem Unfall seien sie alle weggegeben worden.

Sie sah nichts als den Garten, der leer und verlassen im silbergrauen Licht des Mondes lag. Der Turm auf der Hügelkuppe hob sich düster vom Nachthimmel ab. Als sie die Augen schloss, um sich nach dem Gehör zu orientieren, kam sie zu der Überzeugung, dass das Geheul aus genau dieser Richtung schallte, vom Turm her. Vielleicht war es nur ein Hund aus der Ortschaft, der den Mond anheulte? Aber sie wurde das Gefühl nicht los, dass in diesem Geheul etwas Entsetzliches steckte, dass eine Kreatur ohne Sprache ihre ganze Verzweiflung in den schauerlichen Laut legte. Und jetzt – stimmten da nicht andere Hunde mit ein? Sie konnte es nicht deutlich hören, weil das Haus zwischen ihr und dem Dorf lag, aber wie es schien, fand das Jammergeheul einen Widerhall aus anderen zottigen Kehlen. Natürlich, wenn ein Hund jaulte, jaulten alle anderen mit, das war ihre Art noch aus Wolfszeiten her.

Juliane stand reglos. Der Gedanke ging ihr durch den Kopf, nachzusehen, was da los war. Aber was würde sie schon finden als einen Hund, der ihr nicht erklären konnte, warum er klagte?

Sie lauschte, hin- und hergerissen zwischen einander widerstreitenden Gefühlen und Gedanken. War das Tier am Ende in dem Turm gefangen? War es irgendwie hineingeraten und konnte sich nicht mehr befreien, heulte es deshalb so jämmerlich? Aber wie sollte ein

Hund in diesen Turm gelangen, dessen Lüftungsgitter schon einer etwas korpulenteren Ratte den Weg versperrt hätten? Oder war er mit Absicht darin eingesperrt worden? Nein, Adam hatte ihr doch gesagt, sie hätten alle Hunde weggegeben!

Alle? Wie viele Hunde hatten sie eigentlich gehalten?

Mit einem Schlag brach das Geräusch ab. Die ursprüngliche Stimme verstummte. Die Hunde von Dormiani greinten und kläfften noch ein paar Minuten lang, dann kamen sie wohl zu der Überzeugung, dass es keinen Anlass mehr für Lärm gab, und schwiegen einer nach dem anderen. Wieder wurde in einiger Entfernung ein Automotor hörbar, dessen Brummen sich entfernte. Die Stille breitete sich über die nächtlichen Hügel, aber sie war jetzt anders als zuvor, dumpf und unbehaglich, als verberge sie etwas Böses.

Die junge Frau lauschte noch eine Weile, dann kehrte sie langsam in ihr Schlafzimmer zurück und kletterte in das hochbeinige Bett. Zweifellos war es das schmerzliche Geheul gewesen, das ihren Traum von einem verwundeten Hund ausgelöst und die Erinnerungen des Tages so absonderlich verdreht hatte. Sie erinnerte sich, einmal gehört zu haben, dass das Bellen von Füchsen ein so überirdisch grässlicher Laut sei, dass die Iren es für den Schrei der Banshee, der Todesfee, hielten. Warum sollte nicht auch das Heulen eines Hundes imstande sein, einen zu erschrecken? Sie war müde, nervös, überfordert von zu viel ungewohnten Eindrücken, das war es. Sie musste sich zwingen, zu schlafen, sonst würde es morgen den ganzen Tag so weitergehen.

Selbstdisziplin gehörte zu ihrem Lebensstil, und tatsächlich brachte sie es mit ein paar Atem- und Entspannungstechniken so weit, dass sie einschlief. Aber ihre Träume ließen sich von keiner Entspannungstechnik beschwichtigen. Sie lauerten hinter den Rändern ihres Bewusstseins und sprangen hervor, sobald die Zensur des Rationalen ihr Büro geschlossen hatte. Juliane fand sich in einem Traum, in dem sie durch die Villa Verbena wanderte, begleitet von Dorothea, deren Anwesenheit allerdings nur das leise Quietschen der gummibereiften Räder des Rollstuhls verriet – sie hielt sich immer genau hinter Juliane.

Das Haus war dunkel, da überall die Läden geschlossen waren, und in allen Räumen hingen lange Streifen von schwarzem Seidenkrepp von den Deckenbalken. *Kein Wunder*, dachte die Träumerin, *es ist ja erst vor Kurzem jemand gestorben in diesem Haus.* Das Gefühl des Inkongruenten, das sie von Anfang an begleitet hatte, nahm Gestalt an in einer absurd verschrobenen Architektur. Wiederholt fiel die Zimmerwand, auf die sie zuging, vor ihr ab wie eine Dachschräge, und doch ging sie weiter, ging auf unerklärliche Weise durch einen Raum, in dem keine Katze mehr Platz gefunden hätte. Dorotheas körperlose Stimme hinter ihr versuchte, zu erklären. *Das ist der Grund, warum die Hunde uns nicht mögen, sie verabscheuen diese Mischung aus altem und modernem Stil, und ihre Besitzer machen es ihnen nach. Wir sind sehr unbeliebt in Dormiani.*

Sie durchwanderte Flure, die in einem spinnwebartigen Dämmerlicht lagen, gefleckt von den Blätterschatten nahestehender Bäume. Auf dem Boden verliefen schmalspurige Schienen, und sie dachte: *Bestimmt hat man auch hier oben das Haus für Dorothea adaptiert, so, dass sie es in einem Wägelchen befahren kann, das ist ja auch viel praktischer* – aber sie empfand ein intensives Gefühl des Unbehagens bei dem Gedanken, dass der massive Rollstuhl mit der winzigen Gestalt darin die dunklen Flure entlangrollte, als hätte er Dorothea eingefangen und transportiere sie jetzt gegen ihren Willen durchs Haus. Und was war, wenn der Rollstuhl ihr, Juliane, plötzlich entgegenkam? Er war nicht mehr hinter ihr. Wenn er ihr begegnete, wohin sollte sie ausweichen? Der Flur war zu eng, die Mauern zu nahe an den Schienen. Die Treppe hinaufrennen? Aber die Treppe war jetzt nur mehr eine schräge Ebene, über die ebenfalls Schienen führten. Sie sah erschrocken über die Schulter, und wirklich: Dort am Ende des Flurs leuchteten zwei bösartige Lichtpunkte auf – die Scheinwerfer des Rollstuhls, der auf sie zuhielt. Aus dem leisen Summen des elektrischen Antriebs wurde das satte Dröhnen eines Automotors. Das Ding hupte – hupte gellend, aber nur zum Spott. *Weich aus! Weich aus!*, bellte es, aber es wusste genau, dass sie nirgendwohin ausweichen konnte, dass sie auf den Schienen stehenbleiben musste, während es sich bereitmachte, sie zu überfahren …

Dann war es plötzlich sie selbst, die im Rollstuhl saß und sich nicht rühren konnte, so sehr sie sich auch anstrengte. Das Gefährt fuhr zur Hintertür hinaus und auf schmalspurigen Schienen durch den Garten. Sekundenlang empfand die Träumende diese Fahrt als angenehm. Erinnerungen keimten auf an Zeiten, in denen sie in einer Miniatureisenbahn durch Disneyland gefahren war, an Grottenbahnen, in denen Zwerge an

Kristallmauern hämmerten und schmerbäuchige Riesen schnarchten. Dann verdunkelte die Angst von Neuem ihre Seele, denn jetzt entdeckte sie, dass der Rollstuhl auf den Turm oben auf der Hügelkuppe zu sauste. Obwohl sie niemanden sehen konnte, wusste sie, dass Bonaparte sie dort erwartete. Ekel und Widerwillen erfüllten sie, aber das unheimliche Gefährt ließ sich nicht anhalten, im Gegenteil, es wurde immer schneller ... und als sie alle ihre Kraft zusammennehmen wollte und hinausspringen, entdeckte sie, dass ihr Leib nicht mehr ihr eigener war. Sie steckte in Dorotheas fragilem Körperchen, das sich in hilflosen Abwehrversuchen krümmte wie ein sterbender Engerling, während der Rollstuhl in Richtung Turm ratterte, auf einen Schacht zu, von dem sie plötzlich wusste, dass er sich dort in abgründige Tiefen öffnete!

Sie wachte auf und hörte sich selbst keuchen.

Sprachlose Begegnungen

Mit immenser Erleichterung stellte sie fest, dass die Nacht dem Ende zuging. Zwar war die Sonne noch nicht aufgegangen, und ein bedrückend bleifarbenes Zwielicht lastete über den Hügeln, aber im Osten zeichnete sich bereits ein erster Hauch Rosa am Horizont ab. Am besten, sie würde sofort Joggen, noch bevor die anderen erwachten und sie vielleicht in eine unnütze Diskussion über die in den Hügeln lauernden Wüstlinge zu verstricken suchten.

In aller Eile zog sie sich an, trank ein Glas Wasser und verließ ihr Zimmer. Für den Fall, dass jemand früher als erwartet nach ihr fragte, klebte sie eine gelbe Haftnotiz an ihre Zimmertür:

Bin joggen, komme gegen 7 Uhr zurück.

Dann stieg sie so lautlos wie möglich die steile Treppe hinunter.

Der weitläufige Raum im Erdgeschoß lag im Dunkeln, überall waren die Läden und die Vorhänge geschlossen, sodass sie sich mit großer Vorsicht bewegen musste, um nirgends anzustoßen. Im Flur war es heller. Sie drehte den Schlüssel im Schloss der Haustür, ängstlich bemüht, keinen Lärm zu machen. Die Türe öffnete sich.

Juliane schlüpfte rasch hinaus und atmete tief durch. Was für eine Luft! Jetzt, wo es bald heller Tag sein würde, empfand sie auch die Stille nicht mehr als bedrückend, sondern als angenehm. Aus Dormiani klangen die Geräusche erwachender Bauernhöfe herauf: das Tuckern eines Traktors, Gebrüll von Kühen, die ungeduldig darauf warteten, gemolken zu werden, Hundegebell.

Sie lief mit leichten, lockeren Schritten quer durch den Garten, vorbei an der Amphisbaena, die sich geheimnisvoll und drohend aus dem Frühnebel erhob, schloss das Gartentor auf und bog in einen Feldweg ein, der allem Anschein nach über die Hügelkuppen der Colline di Montalbano führte. Das Gras war feucht vom Tau. Die Pfützen, die der Regen des Vortags hinterlassen hatte, standen noch in den Radspuren auf dem ungepflasterten Weg.

Juliane absolvierte mit ritueller Feierlichkeit ihre Dehn- und Aufwärmübungen, dann legte sie in einem gelassenen Wolfstrab los. Sie setzte sich ein Haus mit einem Dach aus bunten Ziegeln zum Ziel, das etwa fünf Kilometer entfernt auf derselben Höhe wie die Villa Verbena lag und auf das der Feldweg offenbar zuführte.

Sekunden später war sie ins Laufen versunken wie ein Gelehrter in seine Arbeit. Sie achtete nur wenig auf die Landschaft rundum. Ihr ganzes Interesse galt dem Uhrwerk ihrer Muskeln und Sehnen. Messinstrumente in ihrem Gehirn kontrollierten sorgfältig, ob alle Muskeln warm waren, ob ihr Atem im Zweiertakt aus und ein strömte, ob ihre Haut die richtige Temperatur hatte, ihre Füße sich wohl fühlten in den Schafwollsocken und Laufschuhen. Befriedigt stellte sie fest, dass alle Anzeigen auf Grün standen. Ihr Körper hatte ihr verziehen, dass sie ihn einen Tag und eine Nacht lang aus seinem gewohnten Rhythmus herausgerissen hatte. Sie hatte schon die schlimmsten Befürchtungen gehegt: Wenn er wirklich wütend war, strafte er sie mit ekelhaften Zuständen wie tagelanger Verstopfung oder Migräne.

Sie lief, leicht wie der Wind, mit einer Energie, als wolle sie jeden Augenblick Flügel ausbreiten und davonfliegen. Das gewohnte Gefühl tiefer, lustvoller Zufriedenheit durchströmte sie. Kein Wunder, ging es ihr durch den Kopf, dass sie an Sex so wenig Vergnügen hatte. Ihr Körper war es gewohnt, als Ganzes zu genießen, so wie jetzt, wo jede Zelle von den Fußsohlen bis zum Scheitel mitschwang im Tanz der vorwärtsjagenden Schritte. Sie konnte es nicht ertragen, wenn irgendjemand – und sei es sie selbst – sein Interesse auf ein paar Quadratzentimeter ihres Körpers beschränkte und den Rest (oder besser: die große Mehrheit) ihrer Anatomie als unbedeutendes Beiwerk links liegen ließ.

Anders als viele Jogger wollte sie keine Musik hören, während sie lief. Musik erschien ihr laut und grell und misstönend, eine unnütze Kakophonie, die die natürlichen Geräusche ihres Körpers übertönte: das rhythmische, tiefe Atmen, das Aufschlagen der gerippten Schuhsohlen auf der Erde, das Grummeln der Eingeweide, die sich wohlig entspannten.

Diese Gewohnheit rettete ihr vermutlich das Leben, denn mit einem Walkman auf den Ohren hätte sie das Rascheln im Gebüsch nicht gehört.

Sie blieb abrupt stehen und sah sich um.

Der Urheber des Geräuschs stand etwa fünfzehn Meter von ihr entfernt unter einer Gruppe von Olivenbäumen und beobachtete sie aus winzigen Schlitzaugen, die viel zu klein für das bullige Tiergesicht schienen. Es war ein großer Hund, so groß wie eine Dogge, aber viel stämmiger, mit einem glatten, gelbbraunen Fell und mächtigen Tatzen. Die Schnauze war hochgezogen, die Lefzen gerunzelt, und das entblößte Gebiss signalisierte Feindschaft.

Sie hielt sich nicht mit Überlegungen darüber auf, ob sie das Unglück gehabt hatte, einem bösartigen Streuner über den Weg zu laufen oder ob sie die Bannmeile eines Gehöfts betreten hatte, über das der Hund wachte. Ihr Blick flog in die Runde, suchte nach einem Baum, der höher war als die knorrigen Ölbäume. Da, etwa fünfzig Meter entfernt, stand eine Eiche am Straßenrand, die nach einer rettenden Zuflucht aussah. Vor einem Hund davonzulaufen, war auf Dauer unmöglich, sie konnte nur den kleinen Vorsprung nutzen, den sie vor ihm hatte, und alle ihre Kraft in einen kurzen Sprint legen.

Sie stieß den Atem aus wie eine Karatekämpferin und raste los.

Der Hund nahm das als Signal, ebenfalls draufloszustürmen.

Sie hörte den dumpfen Aufschlag seiner Pfoten und seine kurzen, stoßweisen Atemzüge. Er bellte nicht, sondern schien alle seine Energie für den Augenblick zu sparen, wo er sie erreicht hatte und über sie herfiel.

Wäre sie nicht so gut im Training gewesen, so hätte sie es nie geschafft. Selbst unter den Umständen gelang es ihr buchstäblich nur in letzter Sekunde, sich auf den untersten Ast der Eiche zu schwingen. Der Saum ihrer Jogginghose blieb zwischen den Zähnen des Hundes, der senkrecht in die Höhe gesprungen war, um sie zu erreichen. Glücklicherweise riss der Stoff unter seinem Gewicht, er fiel mit dem Fetzen zwischen den Zähnen zu Boden und blieb verdutzt oder benommen sitzen, während Juliane höher und höher kletterte. Zwei Meter hoch, so erinnerte sie sich einmal gehört zu haben, konnte ein kräftiger Hund springen, also turnte sie durchs Geäst, bis sie sich in vier Meter Höhe sicher fühlte.

So, dachte sie, während ihr keuchender Atem sich allmählich wieder normalisierte. *Jetzt kannst du da unten hüpfen und am Stamm scharren, so viel du willst. Ich bleibe hier sitzen bis –* ja, wie lange? Bis der Hund es aufgab und sich trollte? Zu gefährlich; sobald er sah, dass sie herunterkam, würde er den Angriff erneuern. Bis jemand vorbeikam? Sie konnte nur hoffen, dass der Weg einigermaßen frequentiert wurde. Hätte sie ihr Handy mitgenommen! Aber woher hätte sie denn wissen sollen, dass sie es brauchen würde?

Als sie sich den Schweiß vom Gesicht gewischt hatte und wieder zu Atem gekommen war, fiel ihr auf, dass der Hund sich ungewöhnlich benahm. Statt nach Hundeart unter dem Baum zu bellen und vergeblich am Stamm hochzuspringen, stand er spreizbeinig da und fixierte sie aus kleinen, geröteten Augen, die Lefzen über den Zähnen hochgezogen. Kein Laut kam aus seiner Kehle außer dem Keuchen seines Atems. War er stumm? Alle Hunde, denen sie je begegnet war, bellten sich die Seele aus dem Leib, wenn irgendetwas sie in

Aufregung versetzte. Weißer Schleim tropfte aus seinem Maul. Ein Schauder überlief sie bei dem Gedanken, dass er vielleicht tollwütig war. Der Ausdruck auf seinem Gesicht hätte ganz dazu gepasst. Er wirkte nicht nur aggressiv, sondern rasend, erfüllt von dem einen überwältigenden Gedanken, sie aus dem Baum herunterzuholen und in Stücke zu reißen.

War das etwa Rabon? Nein, sie hatte doch gehört, der sei vom Kopf bis zur Schwanzspitze schwarz gewesen, während das wütende Tier, das sie belagerte, gelb gefleckt war.

Im Augenblick war sie in Sicherheit. Sie konnte stundenlang hier oben auf den dicken Ästen sitzen und warten, bis sich die Situation von selbst änderte.

Jetzt, wo die Furcht nicht mehr ihren Blick verschleierte und sie den Hund mit Aufmerksamkeit betrachtete, sah sie, dass er schwer misshandelt worden war, und das über längere Zeit hinweg, denn einige Wunden waren völlig vernarbt, andere erst mit einer dünnen Haut bedeckt. Eines der lappigen gelben Ohren war bis zur Hälfte eingerissen. War er so oft in Zwistigkeiten mit anderen Hunden verwickelt gewesen? Hunde schienen andauernd zu raufen, aber nie hatte sie ein so zerbissenes und zernarbtes Tier gesehen. Er tat ihr leid, aber das änderte nichts daran, dass er gefährlich war, tödlich gefährlich.

Wie es sich ergab, musste sie nicht stundenlang warten. Die Belagerung hatte kaum eine halbe Stunde gedauert, als ein roter Mazda aus der Richtung des bunten Hauses her den Feldweg entlanggeholpert kam. Der Fahrer musste bemerkt haben, dass etwas nicht stimmte, obwohl er Juliane hinter den dichten Blättern der Eiche kaum sehen konnte, denn er wurde langsamer und hielt an. Als er das Fenster herunterkurbelte, wandte sich ihm der Hund mit stummem Zähnefletschen zu, und Juliane stieß vor Schrecken einen gellenden Schrei aus. Der junge Mann sprach sicherlich nur Italienisch, wie sollte sie ihm klarmachen, dass er sich in Acht nehmen musste? Wie hatte die Warnung „Vorsicht bissiger Hund" auf dem Türschild gelautet?

„Attenti al Cane!", schrie sie, so laut sie konnte. „Attenti!" Wie sollte sie ihm begreiflich machen, dass der Hund vielleicht tollwütig war? Keine Ahnung, was Tollwut oder verrückt auf Italienisch hieß! Und gefährlich? Aus den Tiefen der Erinnerung tauchten die Worte auf, die sie so oft auf Zugfenstern gelesen hatte: È Pericoloso Sporgersi – es ist gefährlich, sich hinauszulehnen. Was doch das Unbewusste alles herbeischleppte, wenn man es brauchte! Mit überschnappender Stimme schrie sie: „Attenti al Cane! È Pericoloso!"

Glücklicherweise begriff der Mann rasch, dass er in Gefahr war, und kurbelte hastig das Fenster hinauf, gerade noch rechtzeitig. Ohne ein drohendes Knurren, ohne jede Vorwarnung schnellte der Hund vor und schmetterte sein volles Gewicht – das gute neunzig Pfund betragen musste – in die Flanke des Autos. Er tat es mit einer selbstmörderischen Wut, die Juliane endgültig überzeugte, dass er tollwütig war. Das Fahrzeug schwankte, wackelte, der Angreifer fiel benommen von der Wucht des Aufpralls zu Boden, hob aber sofort wieder Zähne fletschend den Kopf. Der Fahrer reagierte blitzschnell: Als der Hund von Neuem aufsprang, stieß er mit einem wuchtigen Fußtritt die Wagentür auf und schmetterte sie gegen den vorschnellenden Schädel des Tieres, sodass es bewusstlos umfiel.

Der junge Mann sprang heraus, und während er zum Kofferraum lief und den Deckel öffnete, blickte er zu der Gefangenen im Baum hinauf. „Avanti!", schrie er, heftig mit der freien Hand deutend, sie solle herunterkommen, und verfiel dann plötzlich ins Deutsche. „Schnell, schnell ins Auto!"

Juliane glitt von Ast zu Ast abwärts und rannte auf den Wagen zu. Sie musste über den betäubten Hund hinwegspringen, um ins Innere des Fahrzeugs zu gelangen. Blitzschnell ließ sie sich in den Beifahrersitz fallen, zog die Beine an und schlug die Tür zu.

Sie sah, wie der Mann das Abschleppseil, das er aus dem Kofferraum geholt hatte, zu einer Schlinge knüpfte, sie dem Hund um den Hals legte, die vier Pfoten fest zusammenschnürte und das freie Ende des Seils um einen knorrigen Ölbaum am Straßenrand band. Dann stieg er – rot im Gesicht und schwer atmend – in den Wagen. Er zog ein Handy aus dem Handschuhfach und wählte eine Nummer. Juliane hörte ihm zu, wie er in sprudelndem Italienisch mit jemandem sprach, vermutlich der Polizei, denn mehrmals fiel der Ausdruck Carabinieri. Schließlich klappte er das Handy zu und legte es weg.

Sie erinnerte sich an das *Schnell, schnell!*, das er ihr zugerufen hatte und fragte atemlos: „Sie sprechen Deutsch?"

„Ja, ich komme aus Hamburg. Bin hier auf Ferien."

Juliane hätte ihm um den Hals fallen können. Nicht aus Sympathie, sondern weil er Deutscher war und sie das Gefühl hatte, dringend jemanden zu brauchen, dem sie sich verständlich machen konnte. Nachdem sie nur sehr selten im Ausland gewesen war, hatte sie bisher nie erlebt, wie beängstigend es war, einem Menschen gegenüberzustehen, dem man unbedingt etwas Lebenswichtiges mitteilen musste – und nicht sagen konnte, weil man seine Sprache nicht beherrschte.

„Sehen wir zu, dass wir hier wegkommen“, sagte er. Das Fahrzeug machte einen Satz vorwärts und rumpelte dann entschlossen in den Karrenspuren weiter. Der Mann drehte sich um, warf einen Blick auf das reglos daliegende gefesselte Tier und stieß hervor: „Ich habe es einfach nicht fertiggebracht, ihn zu töten, obwohl es vielleicht besser gewesen wäre. Die Polizei wird sich gleich um die Sache kümmern. Ich fürchte, sie werden ihn erschießen müssen, aber alles andere hat wohl keinen Sinn mehr. Hat er Sie verletzt?“

„Nein. Nur furchtbar erschreckt, und das an meinem ersten Morgen in Dormiani.“

„Wir müssen auf jeden Fall aufs Polizeirevier fahren, um eine Aussage zu machen. Ich bringe Sie hin.“

Jetzt erst nahm sie seine äußere Erscheinung bewusst wahr, nachdem er bislang ein so gesichtsloser Retter gewesen war wie die in jedem Western auftauchende US-Kavallerie. Er musste in ihrem Alter sein, hatte kurzes, glattes braunes Haar und ein pfiffiges Fuchsgesicht, aus dem kleine, aber sehr intelligente braune Augen blickten. Was ihr vor allem auffiel, waren die harten Muskelstränge an seinen mageren Armen und Beinen. Sie waren deutlich sichtbar, da er Tennisshorts und das dazugehörige kurzärmelige Oberteil trug. Er war schmächtig gebaut und auch nicht sehr groß, aber offenbar bei bester Kondition. Sicher spielte er jeden Morgen Tennis.

Inzwischen hatten sie sich so weit von dem Hund entfernt, dass sie wieder Interesse an Höflichkeitsfloskeln aufbrachte. „Vielen Dank für Ihre Hilfe."

„Gern geschehen", erwiderte er lässig. „Ich bin Jens Thiele. Ich wohne in dem Häuschen da hinten, der Casa Variopinta – das heißt *buntes Haus*. Es gehört meinem Onkel Rolf, und ich bin sein Koch, Botenjunge, Zimmermädchen, Sekretär und Kunstkritiker. Er verbringt seine Zeit hier nämlich mit Malen."

„Ich bin Juliane Emser, Guido Wewelmanns Nichte."

„Oh". Jens Thiele wandte sich ihr zu. Sein eben noch so freundliches Gesicht nahm abrupt einen Ausdruck heftiger Abneigung an, als ekelte ihn vor ihrer Nähe. „Wenn ich das vorher gewusst hätte, hätte ich Sie dort oben hocken lassen." Er schnitt eine Grimasse, die stark dem Zähnefletschen des Hundes ähnelte. „Wäre doch ein hübsches Stückchen poetische Gerechtigkeit, wenn alle Mitglieder der Familie Wewelmann der Reihe nach von Hunden zerfleischt würden."

Sie starrte ihn an, zu verblüfft, um wütend zu sein. „Was heißt *poetische Gerechtigkeit*?"

„Nun, nach allem, was Sie den Viechern angetan haben, hätten die ein Recht auf Rache, meinen Sie nicht?"

Juliane fühlte, wie ihr eine heiße Röte, gemischt aus Zorn und Scham – ohne, dass sie eigentlich wusste, wofür sie sich schämte – in die Wangen stieg. „Ich habe keine Ahnung, was Sie da zusammenfaseln. Ich habe sicher keinem Hund ein Leid zugefügt, obwohl ich in der Nacht nahe dran war, meine Birkenstock-Schlappen nach einem zu werfen, der in einem fort heulte."

„Ja, das war Rabon. Er heult seine Wut und Klage hinaus. Die Wewelmanns haben schon mehrfach versucht, ihn zu fangen, aber er ist zu schlau, sie erwischen ihn nie. Ich nehme an, es gibt da jemanden, der ihn versteckt und mit Futter und Wasser versorgt – zum Dank für seine gute Tat. Wissen Sie übrigens, dass *roter Turm* die abgemilderte Version des ursprünglichen Namens ist – *blutiger Turm*? Er soll in alter Zeit der Schauplatz eines entsetzlichen Massakers gewesen sein, allerdings weiß niemand mehr, wer die Opfer und wer die Täter waren und wann sich alles abspielte. Manche behaupten, es sei im Krieg geschehen, andere, eine Räuberbande sei von Soldaten bis zum letzten Mann niedergemetzelt worden, wieder andere reden von rivalisierenden Schmugglerbanden, die einander ausrotteten ... Niemand weiß es genau. Aber zu dem alten Blut, das an diesen Steinen klebt, kam frisches dazu – durch die Hände Ihrer Familie!“

„Ich bin gestern erst aus München hier angekommen, habe mit dem Ort und meinen Verwandten bislang kaum etwas zu tun gehabt und weiß wirklich nicht, wie ich dazu komme, dass Sie mir hier solche Vorwürfe an den Kopf werfen!“ Sie wusste genau, dass sie zu schnell und zu laut redete, getrieben von der Angst, er könnte sie weiterhin mit diesem zähnefletschenden Ausdruck ansehen. Nicht, weil ihr besonders viel an ihm persönlich gelegen wäre, sondern weil sie es ganz allgemein nicht ertragen konnte, verabscheut zu werden.

Er zögerte, offenbar verunsichert von ihrem Protest. Sein Gesichtsausdruck verlor an Schärfe, er sah jetzt mehr peinlich berührt aus. „Ich wusste nicht, dass Sie keine Ahnung haben, sagte er schließlich. Aber Sie haben doch sicher gehört, dass Ihr Onkel von einem Hund zu Tode gebissen wurde, oder?"

„Ja, das habe ich gehört. Er sei sehr unvorsichtig gewesen."

„Unvorsichtig!" Jens lachte laut, ein schnappendes Lachen, als ginge ihm zwischendurch die Luft aus. „Es war glatter Selbstmord, den Zwinger zu betreten, das wusste er besser als jeder andere. Die Hunde zerrissen alles, was sie erwischen konnten. Sie waren verrückt – systematisch verrückt gemacht von ihm selbst. Er misshandelte seine Tiere bestialisch. Diese elende Kreatur, die wir da oben zurückgelassen haben, war einer von ihnen. Einer von den vieren, die nach dem Überfall auf Wewelmann entkommen sind. Die anderen wurden auf der Stelle erschossen."

Als er das Entsetzen auf ihrem Gesicht sah, wurde seine Stimme milder. „Ich weiß, es muss schlimm für Sie sein, dass Ihr Onkel eines so entsetzlichen Todes gestorben ist, aber er hat die Wut der Tiere provoziert."

„Ich dachte", murmelte sie mit erstickter Stimme, „es sei nur *ein* Hund gewesen, der ihn angefallen hat – Rabon, der Hund der Contessa Luchini."

„Es war vermutlich Rabon, der das Signal zum Angriff gab. Aber der war zu klug, sich lange aufzuhalten; er nutzte die Gelegenheit zur Flucht, ebenso wie drei andere Hunde. Sie rannten die Leiter hinauf und zur Tür hinaus. Die Übrigen fielen über den alten Mann her. Sein Sohn und der Kellermeister Quentini wollten ihm zu Hilfe eilen und erschossen den Großteil der Bestien. Die Carabinieri stöberten zwei weitere in den Hügeln auf, dem dritten sind Sie heute begegnet. Jetzt fehlt nur noch Rabon, aber den werden sie, glaube ich, niemals finden. Er ist so schlau wie ein Mensch, und er hat Freunde, die ihn beschützen."

Sein Blick glitt prüfend über Julianes bleiches, von Schreck und Widerwillen gezeichnetes Gesicht, und plötzlich füllte sich seine Stimme mit Mitgefühl und Zuneigung. „Frau Emser, Sie werden feststellen, dass Ihr Onkel in Dormiani verhasst war, und das völlig zu Recht. Er war ein roher, habgieriger und gewissenloser Mensch. Als Mitglied seiner Familie werden Sie hier keine Freunde finden. Es wäre besser, Sie würden sich in den nächsten Zug setzen und nach Hause fahren, bevor Sie auch noch was abkriegen." Es war ganz offenkundig, dass er Gefallen an ihr gefunden hatte und versuchte, seine anfängliche Unfreundlichkeit gutzumachen.

„Wer hat denn schon etwas abgekriegt?", fragte sie scharf.

Er zuckte mürrisch die Achseln. „War nur ein guter Rat. Sie hält hier nichts, Sie können verschwinden – und das tun Sie auch, wenn Sie klug sind."

Das Gespräch wurde unterbrochen, weil in diesem Augenblick ein schmuckes weißes Haus mit dem Schild Polizia di Stato unmittelbar an der steilen Straße vor ihnen auftauchte.

Jens übernahm die Rolle des Übersetzers. Drinnen in dem hellen, stark nach Bohnerwachs und Kaffee riechenden Wachzimmer schilderte er zwei Uniformierten das Ereignis, während Juliane danebenstand und sich vollkommen hilflos fühlte. Sie merkte, wie die Männer sie begutachteten – abschätzig und unfreundlich, aber auch mit einer gewissen widerwilligen Hochachtung, die sich zweifellos von ihrem Status als Wewelmann-Verwandte ableitete. Einer stellte eine Frage und Jens übersetzte.

„Sie wollen wissen, wieso Sie Emser heißen, wenn Sie Guido Wewelmanns Nichte sind. War er der Bruder ihrer Mutter?"

„Nein, der meines Vaters. Aber meine Mutter nahm als Witwe wieder ihren Mädchennamen an." Betont setzte sie hinzu: „Sie fühlte sich der Familie Wewelmann nach dem Tod meines Vaters nicht mehr verbunden."

Die Männer nahmen diese Antwort mit gespannter Aufmerksamkeit zur Kenntnis. Dann feuerten sie eine Breitseite von Fragen ab, die Jens eifrig übersetzte, die aber kaum etwas mit der Hundeattacke zu tun hatten. Ob sie ihren Onkel gut gekannt hätte, ob sie mit ihm geschäftlich verbunden sei, ob sie das Gut behalten wolle, ob sie in Dormiani wohnen werde. Sie beantwortete alle Fragen freimütig und wahrheitsgemäß. Dann stellte sie ihrerseits eine Frage. „Herr Thiele, ich möchte die Polizisten fragen, was sie mir über die Hunde meines Onkels und seinen Tod sagen können."

Er zog ein Gesicht, als missfiele es ihm, zu dieser Aufgabe gerufen zu werden, übersetzte jedoch.

Die Antworten waren einsilbig und zurückhaltend. Ja, Wewelmann hatte große Hunde gehalten. Hunde waren gefährlich, leider. Er war sehr unvorsichtig gewesen.

Sie wollte von Neuem ansetzen, aber Jens weigerte sich mit einem sturen Kopfschütteln, weiter als Dolmetscher zu dienen. „Hören Sie, wenn Sie eine offizielle

Auskunft wollen, stellen Sie offizielle Fragen – schriftlich, über Ihren Anwalt oder Ihre Botschaft. Ich will da nicht hineingezogen werden, will nicht so dastehen, als wäre ich Ihr persönlicher Übersetzer. Ich habe schon mehr als meine Pflicht getan, indem ich Sie hierhergefahren und die Meldung für Sie übersetzt habe. Alles andere ist nicht meine Sache. Ich bin ohnehin schon viel zu spät für mein Tennismatch."

Damit ging er, und Juliane blieb, da sie sich nicht verständigen konnte, nichts anderes übrig, als ebenfalls zu gehen. Die Polizisten blickten ihr nach, und als sie schon draußen auf der Straße stand, sah sie durch die Ritzen der Plastikjalousien, wie sie in dem erleuchteten Büro die Köpfe zusammensteckten und tuschelten.

Eine plötzliche heiße Wut überkam sie, Wut auf die Sprachbarriere, die sie in eine Art primitive Wilde verwandelte, sie ausstieß aus den normalen Beziehungen einer zivilisierten Gesellschaft. So musste es sein, wenn man blind war oder taub oder stumm, wenn die Welt ringsum von Kommunikation erfüllt war, an der sie als Einzige nicht teilnehmen konnte – wenn der Mund sich öffnete wie in einem Albtraum und in wilder Verzweiflung Schreie auszustoßen suchte, die niemals hörbar wurden. Ein jähes, absurdes Bedürfnis überkam sie, hineinzustürzen und diesen beiden miteinander mauschelnden Uniformträgern in rascher Folge alle italienischen Worte, die sie sich mittlerweile angeeignet hatte, an den Kopf zu werfen – egal, was sie bedeuteten, egal, ob sie sinnvoll waren, nur um ihnen irgendetwas Verständliches zu sagen!

Sekunden später stellte sie fest, dass sie nicht das einzige Opfer der heimtückischen Sprachschranke war.

Jemand legte ihr von hinten die Hand auf die Schulter. Sie fuhr angriffsbereit herum und stieß den Mann weg, den sie im selben Augenblick als Cesare Allessandri erkannte. Es war ein grober Stoß, der ihn taumeln machte, aber er kümmerte sich kaum darum, sondern fiel mit einem Schwall aufgebrachter Worte über sie her. Dabei gestikulierte er eifrig und zornig vor ihrem Gesicht herum und war sichtlich bemüht, sie von etwas zu überzeugen, wovon sie kein Wort begriff. Offenkundig gehörte er zu den Leuten, die das Nichtverstehen einer fremden Sprache auf mangelnde Lautstärke zurückführen, denn als er merkte, dass sie nichts von seiner Rede erfasste, wurde er einfach um ein paar Dezibel lauter. Sichtlich in heller Wut, überschüttete er sie mit Argumenten, hieb, um seine Beweisführung zu unterstreichen, immer wieder die rechte Faust in die linke Handfläche, während sie ihn anstarrte und mit ausgebreiteten Händen gestikulierend klarzumachen versuchte, dass sie kein Italienisch sprach.

Sie bedeutete ihm *Es hat keinen Sinn!* und wandte sich zum Gehen. Der Kellermeister, dessen Erregung immer heftiger geworden war, streckte die Hand aus, packte ihren Ellbogen und riss sie grob herum. Vermutlich wollte er sie nur zwingen, ihm weiter zuzuhören, aber der harte Griff wirkte als Funke in einem Pulverfass. Juliane erlebte, wie schon öfter, eine blitzartige Zweiteilung ihrer selbst. Während das eine Ende der Amphisbaena in eine Art Schreckstarre verfiel, reagierte das andere zielbewusst und unter Einsatz all seiner Kraft. Ein trockenes Knacken ertönte, ein lauter Schmerzensschrei, und der Mann lag, in instinktiver Abwehr in eine fetale Haltung zusammengerollt, auf der Straße.

Juliane sprang zurück, zog das Bein hoch, um ihm einen brutalen Fußstoß zu versetzen – aber im letzten Augenblick gewann das Doppelwesen sein Gleichgewicht wieder, der vernunftbegabte Teil atmete tief durch, breitete die Arme aus und trat, die Hände vor der Brust kreuzend, mit der Eleganz einer Karatekämpferin nach durchgeführtem Angriff zurück. Sie stand schon wieder ganz ruhig und entspannt da, als zwei laut rufende Polizisten aus dem Wachzimmer gestürmt kamen.

Allessandri richtete sich langsam auf, die hellen Augen mit einem Ausdruck fassungsloser Verblüffung auf die junge Frau gerichtet. Er starrte sie an, wie er einen Schirmständer angestarrt hätte, der ihn plötzlich in die Hand gebissen hatte, oder einen mit menschlicher Stimme redenden Stiefel. „Matta!", murmelte er, und wiederholte das Wort dann, immer lauter werdend, wobei er sich mit dem Zeigefinger an die Schläfe tippte. Offenbar meinte er, dass sie nicht alle Tassen im Schrank hätte.

Hinter Juliane ertönte ein Lachen, so tief und dunkel, dass sie kaum ihren Augen traute, als sie in der Lachenden eine Frau erkannte, die aus einem Haustor getreten war. Um die Fünfzig, war sie groß und hager, mit einem Gesicht, auf dem noch die Umrisse längst verblühter Schönheit zu erkennen waren. Das Handgemenge musste sie mitten im Frisieren gestört haben, denn ihr dichtes schwarzes Haar war erst zur Hälfte aufgesteckt. „Was machen Sie denn, Ragazza", rief sie auf Deutsch mit einer Baritonstimme und einem Akzent, der sich wie ein dichter Trauerflor um die Worte zu wickeln schien. „Sie bringen dem armen Cesare den Tod. Assassina! Gehen Sie zurück. Haben Sie ihm etwas zerstört?"

Mit langen Schritten eilte sie auf den Gestürzten zu und begutachtete ihn mit sichtlich professionellen Blicken. Cesare sagte etwas zu ihr, wobei er sie mit Dottoressa ansprach.

Juliane wurden die Knie weich vor Erleichterung, dass jemand sie verstand. „Er hat mich angegriffen!", rief sie zornig. „Ich wollte ihm klarmachen, dass ich kein Italienisch verstehe, aber er schrie mich an und beschimpfte mich und dann riss er mich am Arm. Er hat mich schon gestern attackiert ..."

„Silenzio!" Der Zuruf der Ärztin galt ihr ebenso sehr wie Allessandri und den beiden Carabinieri, die ebenfalls laut schreiend ihre Standpunkte darlegen wollten. In ihrer Stimme lag eine Autorität, die alle zum Schweigen brachte. Zu Juliane sagte sie: „Warten Sie, ich erkläre Cesare, dass Sie ihn nicht verständigen können."

„*Verstehen* können."

„Jaja, alles gut, a posto!" Sie sprach auf den Kellermeister ein, der inzwischen mit Hilfe der beiden Polizisten aufgestanden war und mit verkniffenem Gesicht den Arm, den Julianes Judogriff ihm so schmerzhaft verdreht hatte, betastete. Dann wandte sie sich wieder an die junge Frau. „Er wollte ihnen erklären, dass hier eine gemeine Ungerechtigkeit geschieht, dass dieses Erbe nicht Ihnen gehört, dass eine Betrügerei im Spiel war. Die Contessa hat ihren Weinberg ihm hinterlassen."

„So viel habe ich auch schon mitbekommen. Bitte sagen Sie ihm, dass ich bereit bin, mit ihm zu sprechen, aber ich brauche einen Dolmetscher. Noch besser, sagen Sie ihm, er soll seine Beschwerde schriftlich abfassen, ich werde sie meiner Anwältin senden, die eine Übersetzung anfertigen wird.“

Cesare hörte zu, was die Ärztin ihm sagte, lachte höhnisch auf und spuckte Juliane vor die Füße. „Avvocati! Pah!“ Ein neuerlicher Strom von Worten folgte.

Die Ärztin übersetzte mit boshafter Befriedigung. „Er sagt, die Contessa hat ihm das Testament gezeigt, er hat mit eigenen Augen gesehen, dass sie ihm alles vermacht hat, aber die Anwälte der Familie Wewelmann hätten es gestohlen und vernichtet. Sie seien Betrüger. Gangster. Mafiosi. Er hat schon eine Eingabe gemacht, aber sie haben ihm nur das Gesicht verlacht.“

„Ins Gesicht gelacht. Ich habe meine eigene Anwältin in München. Aber wenn er nicht will, soll er es bleiben lassen.“

Das wollte Cesare nun auch wieder nicht, auch wenn er sich nicht viel davon versprach. Mürrisch erklärte er sich bereit, seine schriftlichen Einwände an Dr. Morensky zu mailen, deren Adresse Juliane ihm nannte.

Die junge Frau fühlte sich ein wenig leichter. „Bitte sagen Sie ihm, Frau Doktor – und wenn Sie schon dabei sind, sagen Sie es allen in Dormiani –, dass dieses Erbe für mich völlig überraschend gekommen ist. Ich hatte keinen Kontakt mit meinem Onkel. Mir ist das alles hier vollkommen neu und fremd. Ich muss mich erst informieren. Ich spreche heute mit Dr. Niccolo Ponte –“

Allessandri hörte den Namen und fuhr sofort wieder auf. „Niccolo Ponte! È un Mafioso!“

„– und dann werde ich mit meiner Anwältin sprechen. Wer mir etwas zu sagen hat, soll das bitte schriftlich tun, damit es von einem beglaubigten Dolmetscher übersetzt werden kann. Noch besser: Man soll es Dr. Gabriele Morensky schicken, per E-Mail oder Post."

Die Ärztin nickte, übersetzte – was lebhaftes Gemurmel hervorrief – und wandte sich dann an Juliane. „Ich würde gerne mit Ihnen sprechen. Es gibt einiges, das Sie besser wissen sollten. Jetzt beginnt meine Sprechstunde, aber wollen Sie nachmittags kommen? Nach Ihrem Gespräch mit Dr. Ponte? Ich wohne hier, gleich neben der Polizeistation."

Juliane sagte zu.

Als sie die steile Straße zur Villa Verbena hinaufstieg, überkam sie das schlechte Gewissen. Wenn Dr. Morensky erfuhr, was sie Cesare angetan hatte, würde sie ihr wieder Vorhaltungen machen – obwohl diesmal ja nichts Schlimmes passiert war. Der Arm war nicht einmal gebrochen gewesen. Sie hatte sich noch rechtzeitig beherrscht, hatte den Fuß zurückgezogen, der den auf dem Boden liegenden Mann bereits mit voller Wucht in die Nieren treten wollte. Aber die Anwältin würde das nicht als Entschuldigung gelten lassen. Sie würde wieder von dieser Therapie für gewaltbereite Personen anfangen.

Juliane spürte, wie ein leiser, verstockter Groll in ihr aufstieg. Sie war nicht gewaltbereit, sagte sie sich – nicht in dem Sinne, dass sie wahllos Leute anstänkerte und Prügeleien anzettelte. Im Gegenteil, sie war so ruhig, dass sie schon als träge galt. Beim Training, wenn sie alle die gefährlichen Fußstöße und Handkantenschläge und Schleuderwürfe übte, war immer alles glatt gelaufen, sie ging achtsam und korrekt mit ihren Partnern um – okay, bis auf dieses eine Mal, als sie den Afrikaner an die Wand geschleudert hatte, dass er halb ohnmächtig zu Boden rutschte, und sich dann wie eine Furie auf ihn gestürzt hatte. Aber das war eine besondere Situation gewesen. Nein, normalerweise war sie völlig cool und gelassen. Nur wenn sie einmal ausflippte, dann krachten die Knochen. Und dabei wusste sie selbst nicht genau, was es eigentlich war, das sie zum Ausflippen brachte, denn sie reagierte nicht auf jede alberne männliche Provokation mit exzessiver Gewalt. Es war, als seien irgendwo in ihrem Seelenleben kleine rote Knöpfe angebracht, die Bomben zündeten, wenn man sie zufällig berührte. Das Dumme war, dass Juliane selbst keinen Lageplan hatte, wo genau sich diese gefährlichen Knöpfe befanden.

Geprügelte Hunde

Sie kehrte ins Haus zurück, bebend vor Aufregung und mit einem Kopf, der von tausend Überlegungen surrte wie ein Bienenstock. Obwohl sie keinen Beweis dafür hatte, war sie überzeugt, dass Cesare Allessandri zu Recht empört war. Es mochte schon stimmen, dass die alte Dame den Kaufvertrag unterschrieben hatte, mit dem sie ihren treuesten Diener um sein Erbe prellte und ihren Lieblingshund einem Tierquäler auslieferte, aber freiwillig und bei klaren Sinnen hatte sie das gewiss nicht getan.

Juliane erinnerte sich noch gut daran, was ihr Vater ihr zuweilen erzählt hatte über gebrechliche alte Leute, die kostbare Antiquitäten besaßen, und die Aasgeier, die ihnen mit allen Tricks und Kniffen ihr Eigentum zu entwenden suchten. Sie hatte von Geistlichen gehört, die mit der Hölle drohten, wenn das Erbe nicht der Kirche zugutekäme – von Esoterikern, die ihre habgierigen Wünsche durch Geister und Engel formulieren ließen – von Ärzten, die die hilflosen Patienten unter Drogen setzten und ihnen in diesem Zustand Papiere zum Unterschreiben vorlegten. Es erschien ihr jetzt mehr als verdächtig, dass die Contessa vierzehn Tage, nachdem sie ihre Unterschrift unter den Teufelspakt gesetzt hatte, verstorben war. Was hatte Adam gesagt? In einem respektablen Privatsanatorium sei sie gestorben. Es war zweifellos eine interessante Frage, was für ein

Sanatorium das gewesen war, wem es gehörte und woran die alte Dame letztendlich gestorben war.

Es war allerhöchste Zeit, dass sie Dr. Morensky ausführlich informierte.

Als sie das Haus erreichte, stellte sie erleichtert fest, dass ihre Verwandten lange zu schlafen pflegten. Die einzigen Menschen, denen sie begegnete, waren Maria Pia Bertoldi und eine Putzfrau, der die Haushälterin Anweisungen gab. Juliane nickte ihnen nur flüchtig zu und eilte die Treppen hinauf.

In ihrem Zimmer angelangt, badete sie erst einmal und wechselte die Kleider. Dann – es war inzwischen neun Uhr morgens geworden – rief sie ihre Anwältin in München an. Es sei dringend, erklärte sie der Sekretärin, die sie auf später vertrösten wollte. Hier stimme alles Mögliche nicht.

Sie atmete tief durch, als Dr. Gabriele Morenskys samtig-raue Stimme aus ihrem Handy drang. Die Anwältin war einer der Menschen, die ihr das Gefühl gaben, dass ihr nichts wirklich Schlimmes zustoßen konnte, solange sie unter ihrem Schutz stand. Dabei war sie eine so völlig unauffällige Frau mit ihrem schmalen, alterslosen Gesicht und dem langen aschblonden Haar, eine Frau, die zwanzig oder auch vierzig sein mochte und mit Vorliebe milchkaffeefarbene Kleidungsstücke von undefinierbarem Schnitt trug. Wie ein Tier, das von seiner Tarnfarbe geschützt wird, vermochte sie sich unsichtbar zu machen. Ihre persönliche Kraft entfaltete sich erst, wenn sie gefordert wurde, dann aber mit einer erschreckenden Plötzlichkeit und imponierenden Wucht. Es passierte nicht selten, dass gegnerische Anwälte, die sie noch nicht kannten, mit väterlichem Lächeln auf sie herabblickten – um sich dann zu wundern, wenn sie jählings aus dem Sattel gehievt wurden.

Jetzt lauschte sie aufmerksam Julianes Bericht, dann riet sie ihr: „Es wäre besser, Sie würden nicht länger bei Ihren Verwandten wohnen, Frau Emser. Diese Geschichte ist so undurchsichtig, dass ich mir nicht sicher bin, ob Sie dort nicht in Gefahr sind."

„Aber warum sollten sie mir etwas antun, nachdem ich ihnen gesagt habe, dass wir uns wegen des Erbes einigen können?"

„Ich weiß nicht, ob es hier nur allein um dieses Erbe geht. Sie haben sich ja selbst schon Gedanken gemacht, ob nicht auch am Tod der Gräfin etwas faul ist. Auf jeden Fall rate ich Ihnen dringend, sich ein Zimmer im Gasthof zu nehmen. Das käme Ihnen auch sehr zugute, falls das Haus der Wewelmanns Zielscheibe irgendwelcher Racheaktionen wird."

„Sie meinen doch nicht", fragte Juliane mit bebender Stimme, „der Kellermeister oder sonst jemand würde das Haus anzünden – oder etwas ähnlich Schreckliches tun?"

„Ich wiederhole nur, was Sie von allen Seiten gehört haben, Frau Emser: Ihre Familie ist in Dormiani verhasst. Hören Sie zu. Ich möchte, dass Sie mich jeden Morgen und jeden Abend pünktlich um neun Uhr anrufen. Wenn Sie mich nicht persönlich erreichen, hinterlassen Sie eine Nachricht auf meinem Anrufbeantworter oder senden Sie mir eine SMS. Ich möchte sichergehen, dass Sie keine schlimmen Abenteuer erleben." Bevor sie das Gespräch beendete, fügte sie liebenswürdig hinzu: „Und noch eine Kleinigkeit: Es gibt auch in Italien Gesetze gegen Notwehrüberschreitung und dergleichen. Brechen Sie dem Nächsten, der Sie am Arm packt, also nicht gleich alle Knochen."

„Es war nur eine Abwehrbewegung."

„Ich kenne Ihre Abwehrbewegungen, Frau Emser. Zwingen Sie mich nicht, dem Gericht schon wieder zu erklären, dass Sie einen Mann nur durch einen unglücklichen Zufall krankenhausreif geprügelt haben. Außerdem sind italienische Männer stolz und nehmen es sehr übel, von einer Frau in aller Öffentlichkeit in den Dreck gestoßen zu werden." Ihre Stimme wurde sanft, fast mütterlich. „Juliane, es geht um Sie. Wollen Sie ins Gefängnis? Gut, diesmal ist nichts passiert, oder nicht viel passiert, aber Tatsache ist, dass Ihnen wieder die Sicherungen durchgebrannt sind. Sie sind eine hoch effiziente Kampfmaschine mit einem psychischen Wackelkontakt, ist Ihnen klar, was das bedeutet?"

„Ja, ich weiß. Sobald ich wieder in München bin, rede ich mit einem Psychotherapeuten darüber. Versprochen. Vielen Dank, Frau Doktor."

Juliane klappte das Handy zu. Sie spürte, wie ein unangenehmes Gefühl sich auf sie herabsenkte – etwa so, als würde sie von Kopf bis Fuß in einen feuchten, grauen Schleier gehüllt. Dr. Morensky war eine kluge Frau, und mehr noch, sie sprach aus der Erfahrung einer Anwältin heraus, die alle nur denkbaren Komplikationen in Erbschaftsangelegenheiten schon einmal erlebt hatte. Wenn sie Gefahr witterte, dann war etwas dran. Aber sie, Juliane, stand zwischen Scylla und Charybdis. Wenn die Wewelmanns etwas zu verbergen hatten – und sie war überzeugt, dass das der Fall war –

, dann war sie ihnen in ihrem Haus ausgeliefert, das stimmte. Im Dorf allerdings war sie nicht weniger gefährdet. Sie war dort so hilflos, als wäre sie stumm und taub gewesen. Mit wem konnte sie denn reden, außer mit der Dottoressa und Jens Thiele? In einem Albergo ein Zimmer zu nehmen, konnte bedeuten, dass sie vom Regen in die Traufe kam. Unbestimmte, aber bedrohliche Bilder drängten sich ihr auf: Ein Hotelzimmer, dessen Türklinke vorsichtig heruntergedrückt wurde – Schritte auf dem Korridor in tiefer Nacht – Betäubungsmittel im liebenswürdig servierten Essen –

Wenn sie erst einmal im zähen Sumpf der Sprachlosigkeit versackt war, nützte ihr auch ihre körperliche Kraft nichts mehr. Wer wusste, was für Verschwörungen in diesem Postkartendorf ausgeheckt wurden? Wer alles in diese Verschwörungen verwickelt war? Nein, es war immer noch sicherer, in der Villa Verbena zu bleiben. Aber sie würde ihre Verwandten bei erster Gelegenheit darauf hinweisen, dass die Augen ihrer Anwältin über sie wachten.

Die Gelegenheit kam sehr bald. Sie hörte Geräusche unten im Garten und als sie an das französische Fenster trat, sah sie Emilia, die eben den Frühstückstisch neben dem Swimmingpool deckte. Sie rief ihr einen Gruß zu.

Die Antwort kam mit einem liebenswürdigen Lächeln. „Oh, du bist schon wach? Willst du mit uns frühstücken?“

Uns bedeutete Dorothea und Emilia, nicht jedoch Adam, der schon am frühen Morgen zur Kellerei gefahren war und erst am späten Vormittag wiederkehren wollte, um Juliane nach Prato zur Kanzlei Ponte zu chauffieren. Juliane spürte, wie sie sich bei dieser Nachricht entspannte. Wenn die beiden Frauen überhaupt eine Gefahr bedeuteten, dann jedenfalls eine viel geringere als ihr Bruder. Sie setzte sich leichten Herzens an den Frühstückstisch. Nicht einmal die feindselige Miene, mit der Signora Bertoldi ihr das Tablett vor die Nase knallte, konnte sie verdrießen.

Bald verblasste der Gedanke an Gefahr noch weiter. Der Morgen entfaltete seine ganze frühsommerliche Schönheit. Leopardenfleckiges Sonnenlicht drang durch die Baumkronen und schimmerte auf dem Wasser des Swimmingpools. In die köstlichen Gerüche der Landschaft mischte sich der Duft von frisch aufgebrühtem Kaffee. Dorothea plauderte mit heller Kinderstimme dahin, während sie mit Emilias serviler Unterstützung ihr Frühstück aß. Sie erzählte der Besucherin, dass die Toskana in etwa dem Land entsprach, in dem das antike Volk der Etrusker vor über zweitausend Jahren siedelte. Davon hatte sie auch ihren Namen erhalten, denn dieser leitet sich von der römischen Bezeichnung Tusci oder Etrusci ab. Bei Comeana seien noch etruskische Grabhügel zu besichtigen.

Von diesen Schätzen kam das Gespräch auf die mächtige Sandsteinfigur neben dem Einfahrtstor. Sie besaß keinen besonderen Wert als Kunstgegenstand, aber sie gehörte zum Haus, seit dessen Fundamente gelegt worden waren.

„Eine Amphisbaena ist ein interessantes mythologisches Wesen“, erklärte Dorothea, während sie sich, sorgsam von Emilia gestützt, vorbeugte und mit einem langen Partystrohhalm ihren eisgekühlten Orangensaft saugte. „Sie wird manchmal als heraldisches Tier auf Familienwappen abgebildet. Vater hegte lange Zeit den Plan, ein solches Wappen entwerfen zu lassen, obwohl wir nicht von Adel sind. Offiziell wäre es nur als Hauszeichen angebracht worden, wie ja auch die Bezeichnung *Il Príncipe* nur ein Spitzname war, auch wenn er ihn auf sein Grab meißeln ließ.“

„Eigentlich war es die Sandsteinfigur, die dem Haus den Namen *Casa del Mostro* einbrachte“, mischte sich E-milia ein. „Es hieß schon sehr lange vor unserer Zeit so. Aber seit er hier wohnte, bezogen die Leute *Casa del Mostro* eher auf unseren Vater als auf die drollige alte Amphisbaena. Er war weitaus mehr Ungeheuer als jedes mythologische Wesen – selbstsüchtig, habgierig, rachsüchtig, lüstern ...“

„Und ein bösartiger Tierquäler“, ergänzte Juliane, die die ganze Zeit auf ein geeignetes Stichwort gewartet hatte. „Ich habe gehört, dass er seine Hunde aufs Grausamste misshandelte.“

Die beiden Schwestern sahen einander scharf an, dann fragte Dorothea misstrauisch: „Von wem hast du denn das gehört?“

„Von der Polizei – als ich heute Morgen auf dem Revier war, um Meldung zu erstatten, weil mich ein Hund attackiert hatte.“

Die beiden starrten sie fassungslos an, mit einem Ausdruck, als hielten sie sie für nicht weniger *matta*, als Cesare Allessandri das getan hatte. „Ein Hund? Wann und wo denn?“

Juliane wurde klar, dass die beiden der Meinung waren, sie hätte geschlafen, bis sie vor einer Viertelstunde oben am Fenster erschienen war. Jetzt verstanden sie natürlich nicht, wann dieser Überfall stattgefunden haben sollte. „Ich war in aller Morgenfrühe joggen“, erklärte sie. „Nicht weit von der Casa Variopinta entfernt sprang ein Hund aus dem Gebüsch, ein schrecklicher Hund, voller Narben und so angriffslustig, dass ich ihn für tollwütig hielt. Ich hatte Glück, dass ich auf eine Eiche klettern konnte, bevor er mich erwischt hätte.“

„Wir haben überhaupt keine Hunde mehr“, wandte Dorothea ein. „Nach Vaters Tod wurden sie alle weggegeben.“

„Nicht weggegeben!“, widersprach Juliane heftig. „Erschossen. Die meisten jedenfalls. Aber Rabon und drei andere konnten flüchten und trieben sich in den Hügeln herum. Haltet mich nicht für dumm! Der Mann, der mir zu Hilfe kam, hat mir alles erzählt. Er heißt Jens Thiele und wohnt drüben in der Casa Variopinta. Er sagte mir, dass Onkel Guido seine Hunde so grausam misshandelte, dass sie wie wilde Bestien waren.“ Sie geriet immer mehr in Erregung, als sie wiedergab, was der junge Mann ihr erzählt hatte.

Dorothea, die blass und angespannt zugehört hatte, atmete tief durch. „Ja, ich fürchte, das stimmt“, gestand sie. „Vater konnte mit Tieren genauso wenig einfühlsam umgehen wie mit Menschen. Wenn die Hunde nicht sofort begriffen, was er ihnen befahl, prügelte er sie. Davon wurden sie wild, und er schlug sie noch mehr. Ich nehme an, Jens Thiele hat dir sicher gesagt, dass er es als einen Akt poetischer Gerechtigkeit empfindet, dass Vater von einem Hund getötet wurde.“

„Ja, das sagte er.“

„Es gibt niemand zwischen hier und Prato, dem er das nicht schon erzählt hat. Wie es eigentlich zu dem Unfall gekommen ist, wissen wir auch nicht. Vater war für gewöhnlich sehr vorsichtig."

Juliane zog die Stirn kraus. „Wo hielt er die Hunde denn überhaupt? Ich habe keinen Zwinger gesehen."

„Die Zwinger waren im roten Turm oben", mischte sich Emilia ins Gespräch. „Der war früher ein Speicher, deshalb führt die Tür im ersten Stock auf einen Wandelgang, von dem man über eine Leiter in den unteren Teil des Turms hinuntersteigt. Unten waren, im Kreis angeordnet, die Hundezwinger. Man konnte sie einzeln mit der Hand öffnen, aber auch alle gleichzeitig mit einem elektrischen Schalter. Den muss Vater umgelegt haben, denn er war in der Stellung *OFFEN*, als die Polizei kam."

Juliane schlug die Faust in die offene Hand. Sie sah in Gedanken das fenster- und torlose Erdgeschoß des Gebäudes vor sich, die schmale Treppe, die zur Metalltür hochführte. Ein Hundezwinger! Das war also die Quelle des muffigen, animalischen Geruchs gewesen, der immer noch durch die Lüftungsgitter sickerte!

Emilia fuhr fort: „Wieso Vater auf die wahnwitzige Idee gekommen ist, dort hinunterzuklettern, während die Hunde unten herumtobten, ist uns unbegreiflich."

„Kann es sein, dass er betrunken war?"

Wieder antwortete Emilia. „Wir haben ihn nur sehr selten betrunken erlebt. Er vertrug ungeheure Mengen Alkohol, sowohl Wein wie harte Getränke. Nein, ich glaube nicht, dass er betrunken war."

„Kann es sein, dass er Selbstmord begangen hat?"

Dorothea verzog mit abgründigem Hohn das Gesicht. „Nun, das wäre wohl die scheußlichste Art von Selbstmord gewesen, von der ich je gehört habe. Und ich kann es mir auch nicht vorstellen. Sein Arbeitszimmer ließ erkennen, dass er beschäftigt gewesen war, bevor er zum Turm ging, der Computer war eingeschaltet, und er hatte für den nächsten Tag Termine ausgemacht. Allerdings war er in der letzten Zeit sehr seltsam gestimmt – noch viel reizbarer und launischer als gewöhnlich und oft geistesabwesend, als hätte er Sorgen. Aber es war nicht seine Art, es uns mitzuteilen, wenn er Probleme hatte."

Emilia fiel ein: „Er spürte das Alter, und das drückte ihm aufs Gemüt. Er konnte es einfach nicht akzeptieren, dass er alt wurde und alle möglichen Beschwerden auftauchten, dass er das Essen und Trinken nicht mehr so vertrug wie früher, sondern häufig Magenbeschwerden bekam, dass er allmählich nicht nur zum Lesen eine Brille brauchte und all das. Meinst du, er wäre zum Arzt gegangen? Lieber hielt er es aus, dass es ihn überall zwickte und zwackte. Wahrscheinlich hatte er Angst davor, was der Arzt ihm sagen würde: Tja, lieber Herr Wewelmann, auch Sie werden nicht ewig leben!" Sie lachte auf, ein gläsernes, giftiges Lachen, aus dem ihr ganzer wütender Hass schrillte.

Juliane fiel hastig mit einer Frage ein, um sich dieses Lachen nicht länger anhören zu müssen. „Warum habt ihr mir gestern nicht gesagt, dass die Hügel gefährlich sind, weil sich noch einer dieser Hunde dort herumtreibt, und mir stattdessen Schauermärchen von einheimischen Sittenstrolchen aufgetischt?"

Dorotheas goldbraune Froschaugen hielten ihrem zornigen Blick stand. „Wir sind überhaupt nicht auf die Idee gekommen, dass du allen Ernstes vorhast, in der Morgendämmerung durch die Landschaft zu hirschen.

Und dass wir dir nichts gesagt haben – nun, du kannst dir denken, dass wir Vaters Verhalten nicht gerade als Ruhmesblatt für die Familie empfinden."

„Ich verstehe. Und sein Verhalten gegenüber der alten Contessa Luchini?"

Emilia errötete heftig, während Dorothea diese zweite Breitseite mit Fassung hinnahm.

„Es stimmt doch", fuhr Juliane heftig fort, „dass es bei dem Kauf von San Sebastiano nicht mit rechten Dingen zuging, oder?"

Ihre Kusine zuckte die Achseln. „Wie man es nimmt. Juristisch war alles in Ordnung. Die Unterschrift der Contessa ist echt, der Kaufvertrag wurde ordnungsgemäß aufgesetzt, dafür sorgte Niccolo Ponte schon. Aber natürlich ist jedem, der die Situation kannte, klar, dass es ein Racheakt war – einer von Vaters sorgfältig geplanten, unfehlbar exerzierten und tödlich wirkungsvollen Racheakten."

„Rache? Wofür?", fragte Juliane, die den zwielichtigen Kauf bislang nur unter dem Aspekt von Habgier und Konkurrenzdenken gesehen hatte.

Dorothea zögerte kurz, dann bat sie Emilia: „Würdest du bitte einmal am Tor nachsehen, ob der Postbote schon da war? Ich erwarte einen wichtigen Brief."

Es war ein durchsichtiger Vorwand gewesen, denn kaum war die junge Frau verschwunden, da sagte sie: „Rache für den Unfall, den Emilia erlitt, und an dem Vater der Contessa und ihren Bediensteten die Schuld gab. Es liegt schon lange zurück, Emilia war zehn Jahre alt, als es passierte. Sie war zu einem der Grillfeste eingeladen, die Signora Luchini damals noch jeden Sommer für die Kinder der Umgebung veranstaltete. Wie es genau dazu kam, war später nicht mehr feststellbar – die Versicherungen und Anwälte stritten sich endlos über die Schuldfrage – aber ein Grill explodierte, und Emilia trug schwere Verbrennungen davon."

Die Narben! Diese grausamen Narben, die den halben Körper der jungen Frau verunstalteten!

„Vater raste vor Wut. Er hätte den Schuldigen wahrscheinlich umgebracht, aber es kam nie heraus, ob der Grill ein defektes Fabrikat gewesen war oder jemand unsachgemäß damit hantiert hatte. Vater war überzeugt, dass die Contessa den Schuldigen deckte. Als er mit den Anwälten nichts ausrichten konnte, beschloss er, sich auf die Weise zu rächen, die ihr am meisten wehtun würde."

Juliane presste unwillkürlich die flachen Hände gegen die Schläfen. Ihr Kopf schmerzte. „Er hat zehn Jahre lang an diesem Racheplan gearbeitet?"

„Ja", erwiderte Dorothea. „Das war seine Art. Er vergaß nie eine Beleidigung. Er verzieh keinen Fehler, sei er absichtlich oder unabsichtlich gemacht worden. Vielleicht sollte ich hinzufügen, dass er über den Unfall so besonders wütend war, weil dadurch einer seiner früheren Rachepläne zunichtegemacht wurde, nämlich seine Rache an mir."

„An dir? Was hast du ihm denn getan?"

„Schau mich doch an!", antwortete ihre Kusine und streckte ihren winzigen, krummbeinigen Körper in der schauerlichen Parodie einer neckischen Pose. „Sieht so die Tochter eines erfolgreichen Mannes aus? Er wollte eine Tochter, die er herzeigen konnte, und nicht einen

Zirkusfreak. Und da meine Mutter keine weiteren Kinder bekommen konnte, adoptierte er ein wunderschönes kleines Mädchen aus einem florentinischen Waisenhaus – meine Schwester Emilia. Sie sollte, wenn sie erst einmal ordentlich abgerichtet und dressiert war, als Vorzeigetochter dienen. Ich glaube, er stellte sich das sehr befriedigend vor, Emilia auf Bälle und Empfänge zu schleppen, mit ihr Ski fahren zu gehen und sie in den Urlaub mitzunehmen, damit sie mir hinterher erzählen konnte, wie das Leben aussieht, wenn man eines hat und nicht wie ich als missgeborener Fleischklumpen im finstersten Winkel versteckt wird."

Juliane sprang auf, dass sie beinahe den Kaffeetisch umgeworfen hätte. „Hör auf!", schrie sie wütend. „Hör auf, so zu reden! Das ertrage ich nicht!"

Dorothea winkte mit einer Bewegung ab, bei der ihre kraftlose Rechte im Handgelenk pendelte wie eine welkende Blume. „Schon gut. Entschuldige. Ich wollte nicht *dich* treffen. Nun, nur noch so viel, der Plan ging nicht auf. Erstens ist Emilia nicht der Mensch dazu, sich auf solche Spielchen einzulassen, sie ist sehr bescheiden und gütig und liebevoll. Zweitens war sie nach dem Unfall selbst nicht mehr präsentabel. Also wurden wir beide weggesperrt und nur mehr Adam, der sowieso als Kronprinz ausersehen war, der Öffentlichkeit vorgeführt."

Ganz plötzlich ließ sie ihren zynischen Ton fallen. Ihre Stimme wurde weich und gefühlvoll. „Wir beide haben uns gegenseitig am Leben erhalten. Immer, wenn eine sich umbringen wollte, sagte die andere:

Nein, tu's nicht! Glücklicherweise waren wir nie gleichzeitig deprimiert – eine von uns hatte immer den Kopf über Wasser."

Emilia kehrte mit der Meldung zurück, dass der Postbote da gewesen sei, aber keinen Brief für Dorothea gebracht hätte.

Dorothea griff nach ihrer Hand. „Ich habe Juliane gerade erzählt, dass wir beide im Haus des Ungeheuers nur so lange überlebt haben, weil eine die andere stützte."

Emilia beugte sich vor und küsste zärtlich die weiche Kinderhand, die sich um ihre Rechte schloss.

Sie waren noch beim Frühstück, als Adam heimkehrte. Offensichtlich machten in Dormiani Neuigkeiten mit Überschallgeschwindigkeit die Runde, denn er wusste bereits, was Juliane zugestoßen war. Sein Gesicht trug den Ausdruck mühsam beherrschter Wut. „Ich habe dich gewarnt", fuhr er sie an. „Warum hast du nicht auf mich gehört? Willst du mir noch mehr Scherereien machen? Ich bin für dich verantwortlich, ich …"

Juliane lief rot an. „Entschuldige, lieber Vetter, aber ich bin kein Kleinkind mehr, das du zu beaufsichtigen hättest!"

„Egal. Du bist mein Gast. Es fällt auf mich zurück, wenn dir etwas zustößt."

Dorothea, die zurückgelehnt in ihrem Rollstuhl lag, lächelte süffisant. „Ja, vor allem würden wir alle drei sofort unter Mordverdacht stehen, wenn Juliane Schaden erleidet. In dem Fall fiele nämlich Le Querce wieder an uns. Erinnert ihr euch an diesen possierlichen alten Film *Die Katze und der Kanarienvogel*? Da wird die ahnungslose Erbin ..." Adam fuhr herum. „Du halt den Mund! Ich habe deine zynischen Zwischenbemerkungen satt! Ich will nicht ..."

„Stimmt es, was Dorothea sagt?", unterbrach Juliane ihn scharf.

Er zuckte widerwillig die Achseln. „In gewisser Weise, ja. Wir sind nun einmal die leiblichen Kinder – beziehungsweise diesen rechtlich gleichgestellten adoptierten Kinder. Wenn du als Erbin ausfällst und deinerseits kein Testament gemacht hast, wären wieder wir an der Reihe. Ich finde es nur absolut lächerlich ..."

Juliane hörte nicht weiter zu. Das also hatte Dr. Morensky im Hinterkopf gehabt, als sie sie vor Gefahren gewarnt hatte! Natürlich, nachdem Le Querce jetzt ihr gehörte, war die nächste brennende Frage, wer es nach ihrem Tod erben würde! Dass sie selbst nicht schon früher daran gedacht hatte! Aber sie hatte nicht den Kopf dafür, an solche juristischen Winkelzüge zu denken.

Adam, der bemerkte, dass sie ihn nicht mehr beachtete, erzwang ihre Aufmerksamkeit, indem er sie scharf anredete. „Ich möchte jetzt wirklich sofort mit Dr. Ponte sprechen. Können wir aufbrechen?"

Juliane fand die Gelegenheit günstig, eine diskrete Warnung einfließen zu lassen. „Dr. Morensky war sehr zufrieden, dass du das Gespräch so rasch arrangieren konntest, Adam." Der Satz leitete über zu dem Hinweis, dass sie täglich mit ihrer Anwältin telefonierte und diese auf dem Laufenden hielt, und dass der Ausfall des täglichen Telefonats in München Misstrauen erwecken würde.

Adam nahm die Warnung mit einem kaum merklichen Zusammenkneifen der Augen zur Kenntnis. Dann drängte er von Neuem zum Aufbruch.

***

Unterwegs kam er noch einmal auf die Sache zu sprechen. „Vielleicht hätten wir dich besser informieren sollen, das stimmt. Aber wir rechneten wirklich nicht damit, dass du in der Morgendämmerung in der Gegend herumläufst, und wir wollten nicht mehr als nötig darüber sprechen. Es ist peinlich genug, in der ganzen Umgebung das Gemunkel zu hören, dass den Príncipe die göttliche Gerechtigkeit ereilt hätte. Du kannst dir nicht vorstellen, was für Pharisäer die Leute hier sind, allen voran die Gilde der Kirchenwanzen, die Pfarrer Beniamino um sich schart. Weißt du, was Beniamino heißt? *Liebling.* Und das ist er – der Liebling aller alten Jungfern, boshaften Frömmler und selbstgerechten Pfaffenknechte. Er nutzte jede Gelegenheit, gegen Vater zu hetzen und jetzt auch gegen uns. Verdammt! Die Bauern hier prügeln alle ihre Hunde, aber nur bei Vater war es eine Todsünde, für die Gott sofort die gerechte Strafe schicken musste. Es wundert mich ja, dass nicht auch Sonnenfinsternisse, Kometen und blutiger Regen über uns hereingebrochen sind."

Juliane schwieg. Sie wollte nicht noch mehr Öl ins Feuer gießen. Adam regte sich so auf, dass sie befürchtete, ihm würde wieder übel werden wie am Vortag auf der Autobahn.

Er fuhr aufgebracht fort: „Ich weiß, dass du erwachsen bist und selber auf dich achten kannst, aber vergiss nicht, dass ich die Leute hier besser kenne als du. Die Thieles zum Beispiel. Auf den ersten Blick macht Jens einen sehr netten Eindruck, und seinen Onkel könnte man glatt für einen Gentleman halten. Aber wenn man einmal hinter die Fassade guckt, pah! Jens fährt jeden Morgen zum Kurhotel hinunter und spielt dort Tennis, und mit wem? Reichen alten Schachteln, die allein Urlaub machen. Dann ein gemeinsamer Drink an der Bar, und oft laden sie ihn auch noch zum Mittagessen ein. Angeblich ist er Sportlehrer von Beruf, aber ich würde eher sagen ...“

Juliane sah plötzlich, wie von einem Spotlight erhellt, die strammen Arme und Beine des jungen Thiele vor sich. Sportlehrer also! Deshalb hatte er auch einen so gesunden und appetitlichen Eindruck gemacht – wie frisch gespülte und gebügelte Wäsche. Das war vielleicht kein sehr romantischer Vergleich, aber sie erinnerte sich, dass die Sauberkeit seines Körpers und seiner schneeweißen Tenniskleidung sie angenehm berührt hatte. Dichtes, glänzendes, duftendes Haar, gepflegte Hände. Sie schätzte Männer, denen man anmerkte, dass sie regelmäßig duschten.

Unwillkürlich war ihr der Gedanke gekommen, wie er *nach* dem Tennismatch riechen mochte – frischer Schweiß auf erhitzter Haut, von warmen Absonderungen durchtränktes Leinen. Sie hatte diesen Geruch gern. Gretchen hatte einmal eine schlüpfrige Bemerkung gemacht über Leute, die in Garderobengerüche vernarrt waren, und sie Stinksockenfetischisten genannt, aber das war lächerlich. Wenn etwas gut roch, dann war es doch der naturbelassene Körper, sauber und gepflegt, mit seinen natürlichen Ausdünstungen.

„Wahrscheinlich“, fuhr Adam giftig fort, „lässt er sich von den runzligen alten Katzen aushalten. Seinen Onkel nimmt er ja auch aus. Der bezahlt ihm den gesamten Aufenthalt – drei Monate Toskana und das kostenlos!“

Sie fühlte sich verpflichtet, Jens für seine Hilfe zu danken, indem sie ihn in Schutz nahm. „Nach allem, was ich gehört habe, dient der Junge ihm dafür als Mädchen für alles. Es hörte sich eher an, als sei Thiele senior mit einem Privatsklaven unterwegs.“

Adam zuckte mürrisch die Achseln, ließ das Thema Thiele fallen und zog stattdessen über die Dottoressa her, die er eine neunmalkluge alte Schulmeisterin nannte. „Wenn du allen bösen Klatsch und Tratsch über uns hören willst, bitte, dann geh sie nur besuchen! Sie wird dir jede kleinste Kleinigkeit auftischen, die man gegen uns verwenden könnte.“

„Darum geht es nicht, Adam“, protestierte sie lahm. „Ich will sie vor allem fragen, wieso ich mich an meinen Besuch hier nicht erinnern kann. Sie kann mir sicher sagen, was für eine Krankheit ich hatte. Es gefällt mir nicht, dass ich Gedächtnislücken habe. Wenn diese Krankheit etwas Ernstes war – und nach den Folgen befürchte ich das –, dann ist es für mich wichtig, Bescheid zu wissen. Mein Körper ist mein Kapital.“

Er nickte verständnisvoll, antwortete jedoch: „Da fragst du die Falsche. Die jetzige Dottoressa ist erst seit ein paar Jahren in Dormiani. Die dich damals behandelt hat, ist schon lange nicht mehr hier. Vater war ziemlich sauer, als sie wegging, er hatte sich gut mit ihr verstanden. Mit der Neuen wollte er nichts zu tun haben. Er ließ für Dorothea immer einen Arzt aus Prato kommen."

Juliane ertappte sich bei dem zynischen Gedankengang, dass eine Ärztin, mit der Onkel Guido sich gut verstanden hatte, eine unsympathische Vertreterin ihres Standes gewesen sein musste. Aber wenn Adam recht hatte und die neue Ärztin ihr nichts über die damaligen Ereignisse erzählen konnte, dann hatte es wohl auch nicht viel Sinn, sie aufzusuchen.

***

Prato bot in der leuchtenden Frühsommersonne einen überaus reizvollen Anblick, und unter anderen Umständen wäre Juliane gerne eine Weile geblieben, um die altersgrauen historischen Gebäude zu besichtigen. So aber blieb ihr gerade nur Zeit, einen Blick auf das Äußere der Kirche Santa Maria della Carcere zu werfen, an der sie vorbeifuhren. Dann hielt Adam den Wagen vor einem vornehm wirkenden Stadtpalais an und stieg aus.

Dr. Niccolo Ponte war ein äußerst erfolgreicher Rechtsanwalt, das verriet schon sein Büro, dessen Räumlichkeiten einem Museum Ehre gemacht hätten. Hinter geschlossenen Lamellenläden erstreckten sich Räume mit bemalten und getäfelten Decken über einem Meer von erbsgrünem Teppichboden, in dem die einzelnen Mahagonimöbel wie Schiffe dahinzutreiben schienen. Juliane, die sich von solcher Umgebung leicht einschüchtern ließ, auch wenn sie sich selbst über diesen kindischen Zug ärgerte, blickte sich nach allen Seiten um. Im Empfangszimmer brannte nur eine einzige Lampe auf dem Schreibtisch der Vorzimmerdame, und so blieben weite Teile des Raumes im Dunkeln, was der Besprechung ein geheimnisvolles, ja verschwörerisches Flair gab. Alles hier war Ehrfurcht gebietend, der hohe Raum mit seinen verstreuten Sitzgruppen, die wie die Möbel in einer Hotelhalle halb in den Schatten versanken, die Ölgemälde an den Wänden, an denen vielfach – was einen unheimlichen Eindruck machte – unter der altersschwarzen Patina nur noch das bleiche Oval der Gesichter mit den leichenhaft starrenden Augen erkennbar war. Eines allerdings, das neueren Datums zu sein schien, zeigte in noch deutlich erkennbaren Einzelheiten eine hoch betagte, schwarz gekleidete Dame in der Pose der Mona Lisa und mit einem ähnlich sphinxhaften Lächeln auf den bleichen, runzligen Lippen.

„Die Contessa Luchini", flüsterte Adam ihr zu, als er sah, an welchem Bild ihr Blick hing. „Sie war auch seine Klientin."

Als sie dann ins Sprechzimmer des Anwalts gebeten wurden, fühlte Juliane sich so verloren, als sei sie als Einzige in einer menschenleeren Kathedrale zurückgeblieben.

Dr. Pontes Erscheinung bedeutete eine gewisse Antiklimax nach dem feierlichen Pomp seines Büros. Er war klein, dicklich, mit einem runden Gesicht unter einer stark fortgeschrittenen Glatze und rosaroten Santa-Claus-Bäckchen, die überhöhten Blutdruck verrieten. Vielleicht war ihm dieser Kontrast selber bewusst, denn er war nicht nur mit äußerster Sorgfalt gekleidet, sondern bewegte sich auch so gravitätisch, wie es seiner Umgebung angemessen war. Adam begrüßte er mit einer Art väterlicher Freundlichkeit, Juliane mit vollendeter Höflichkeit in lupenreinem Deutsch, in das sich nur hin und wieder ein italienisches Wort verirrte wie ein Schaf in die falsche Herde.

Nachdem er beiden die Hände geschüttelt hatte, setzte er sich in einen mächtigen ledernen Ohrensessel hinter dem Sarkophag-ähnlichen Schreibtisch, ein Arrangement, das zweifellos dazu diente, seine körperliche Unscheinbarkeit vergessen zu machen.

Er wiederholte Juliane, was schon in seinem Brief gestanden hatte, legte ihr eine Reihe von Papieren mit Grundbucheintragungen und Inventarlisten vor, die ihr nichts sagten, und fragte dann, ob sie sich schon entschlossen hätte, wie sie es mit der Erbschaft halten wolle. Annehmen oder ablehnen?

Juliane sagte den Spruch auf, den Dr. Morensky ihr eingedrillt hatte. „Ich nehme sie an, möchte allerdings weder hier wohnen noch das Gut bewirtschaften. Meine Anwältin wird sich mit Ihnen in Verbindung setzen und alles in meinem Sinne regeln. Bitte besprechen Sie alles mit ihr.“

„Gut, das mache ich. Dann unterschreiben Sie mir jetzt bitte nur eine Bestätigung.“

Juliane nahm das Blatt Papier, das er ihr reichte, zögernd entgegen und las es durch. Es war auf Deutsch verfasst, und anscheinend war es wirklich nur eine Bestätigung, dass sie in seiner Kanzlei vorgesprochen und sich zu der Erbschaftsangelegenheit geäußert hatte, aber Juliane erinnerte sich an Dr. Morenskys Warnung, nichts zu unterschreiben, absolut gar nichts. Sie schob das Papier weg. „Ich möchte nichts unterschreiben, was meine Anwältin nicht gesehen hat.“

Dr. Ponte sah sie verblüfft an, dann lächelte er sie an wie ein Großvater, der seiner nervösen Enkelin erklärt, dass sich kein Gespenst im Kleiderschrank versteckt. „Signora, das ist nur eine Bestätigung, dass Sie hier waren, Sie haben sie doch gelesen.“

Sie blieb stur. „Ich verstehe nichts von juristischen Papieren und unterschreibe nichts, was Dr. Morensky nicht gesehen hat.“

Er warf Adam einen Blick zu, der besagte: *Dieser geschäftsunfähige Trampel ist eine Verwandte von Ihnen?*, und versuchte es noch einmal. „Ich brauche nur die Bestätigung, dass Sie hier waren und erklärt haben, dass Sie das Erbe annehmen, sonst kann ich nicht weiterarbeiten. Es ist die Vorbedingung, dass ich mit Ihrer Rechtsanwältin spreche, sonst bleibt alles liegen. Dann könnte es sogar sein, dass die Frist verfällt und Sie das Erbe verlieren.“

Juliane spürte, wie sich ihr Magen verkrampfte. Was er sagte, klang einleuchtend, und er machte einen so seriösen Eindruck. Es war ihr auch enorm peinlich, dass er sie entweder für blöde oder paranoid halten musste. Aber er war der Mann, der die Contessa dazu gebracht hatte, ihre Unterschrift unter einen mehr als zwielichtigen Vertrag zu setzen. Mit einem nervösen Auflachen sagte sie: „Ich habe mein Handy da ... ich kann ja Dr. Morensky anrufen und ihr dieses Papier vorlesen. Wenn sie einverstanden ist, unterschreibe ich es gleich hier auf der Stelle.“

Der Anwalt seufzte und verdrehte diskret, aber doch deutlich sichtbar die Augen zum Himmel, dann nahm er die Bestätigung wieder an sich. „Nein, lassen Sie nur. Ich werde es Dr. Morensky mit allen anderen Unterlagen mailen und sie bitten, sich schriftlich zu äußern, das ist wohl sicherer für alle Beteiligten, da Sie so ängstlich sind." Er stand auf. „Ich lasse es Sie wissen, wenn Ihre Anwältin sich bei mir gemeldet hat. Werden Sie nach München zurückfahren oder hierbleiben?"

„Ein paar Tage bleibe ich noch hier." Die Antwort überraschte sie selbst. Sie hatte doch vorgehabt, Le Querce den Rücken zu kehren, sobald sie den Höflichkeitsbesuch beim Anwalt absolviert hatte. Warum entschied sie sich jetzt anders? Weil ihr Erbe Rätsel barg, die sie erst auflösen wollte? Oder hieß der Grund Jens Thiele?

Bei dem Gedanken spürte sie eine nervöse Bewegung in der Brust. Anfangs war er ihr doch gar nicht so aufregend vorgekommen, wieso bekam sie jetzt Herzklopfen, wenn sie an ihn dachte? Oder wurden ihr erst jetzt ihre Gefühle bewusst, wo der Schrecken über die Begegnung mit dem Hund ebenso verflogen war wie der Ärger über Jens plötzliche Feindseligkeit, als sie sich als Nichte Guido Wewelmanns zu erkennen gab?

Dr. Ponte überraschte sie damit, dass er hinter seinem Schreibtisch hervorkam und sie freundlich anlächelte. Sie hatte den Eindruck gehabt, er sei verärgert über ihre bockbeinige Weigerung, die Bestätigung zu unterschreiben, aber jetzt war er wieder vollkommen locker. „Und, wie gefällt Ihnen unser wunderschönes Heimatland?," fragte er leutselig. „Sie sind zum ersten Mal in der Toskana, höre ich?"

„Ich war als Kind schon einmal hier, aber ich kann mich nicht daran erinnern." *Warum erzähle ich ihm das?*, schalt sie sich im nächsten Augenblick. Hastig fuhr sie fort: „Bewusst sehe ich die Landschaft zum ersten Mal, und ich bin begeistert. Schade, dass der tragische Tod meines Onkels Anlass für meinen Besuch ist. Ich wüsste übrigens gerne Näheres darüber."

„Worüber?", fragte er mit einem leicht befremdeten Stirnrunzeln.

„Wie es kam, dass die Hunde über ihn herfielen."

Dr. Ponte bedachte sie mit einem vorwurfsvollen Blick, als hätte sie eine äußerst degoutante Bemerkung gemacht. „Meine liebe Signorina", sagte er in angewidertem Ton, „das ist aber eine sehr ... sehr morbide Neugier. Es war kein schöner Tod, das kann ich Ihnen versichern. Wer will da noch Näheres wissen?" Er schob sie zur Türe und übergab sie dort seiner Empfangsdame. „Ich melde mich bei Ihnen."

Der Tod eines Spielers

Die Heimfahrt verlief in mürrischer Stimmung. Adam nahm es ihr sehr übel, dass sie darauf beharrte, den versprochenen Besuch bei der Dottoressa zu machen. Er schluckte sichtlich an seiner Wut, als er hervorstieß: „Ich finde das gelinde gesagt unpassend, dass du bei uns zu Gast bist und dann Leute besuchst, die nichts Besseres zu tun wissen, als den schwärzesten Klatsch über uns zu verbreiten."

Sie unterbrach ihn gereizt. „Ich kann mir jederzeit ein Zimmer in einem Albergo nehmen, wenn eure Gastfreundschaft nur unter der Bedingung gewährt wird, dass ich mich nicht erkundigen darf, was ich da eigentlich geerbt habe. Adam, was habt ihr zu verbergen? Warum schmeißt dein Anwalt mich augenblicklich zur Tür hinaus, wenn ich den Tod meines Onkels zur Sprache bringe? Warum hast du solche Angst davor, dass ich die Ärztin besuche?"

„Ich habe keine Angst", wehrte er mürrisch ab. „Es ist mir peinlich, das ist alles. Hör zu, Juliane, dein Vater war doch auch Geschäftsmann. Da musst du doch einiges mitgekriegt haben, dass oft mit schmutzigen Tricks gekämpft wird, wenn es um so bedeutende Geschäftsabschlüsse geht wie hier. Allessandri weiß, dass er juristisch keine Chance gegen uns hat, also versucht er es mit Verleumdung und widerlichen Gerüchten. Die Dottoressa, die mit ihm gut befreundet ist, unterstützt ihn nach Kräften dabei. Das käme ihm recht, wenn wir alle drei verhaftet würden und er wieder eine Chance hätte ...“

„Warum solltet ihr verhaftet werden?“

Adam bremste und manövrierte den Wagen ein kleines Stück weit in einen Feldweg, der von der Bergstraße abzweigte. Mit einem tiefen, resignierten Seufzer stellte er den Motor ab, lehnte sich im Sitz zurück und blickte Juliane an. „Okay. Ich erzähle dir alles und du versprichst mir dafür, uns die Peinlichkeit zu ersparen, dass du dir von der Dottoressa die Ohren vollschwatzen lässt und alles feindselige Gewäsch unserer Konkurrenten begierig aufsaugst, einverstanden?“

Sie umging das Versprechen, indem sie brüsk die Frage stellte: „Behauptet Allessandri, ihr hättet euren Vater umgebracht?“

Er seufzte schmerzlich, als müsse er etwas schlucken, das ihm die Kehle verätzte. „Rundheraus gesagt: Ja. Genau das behauptet er. Natürlich ist es pure Verleumdung.“

„Warum geht ihr dann nicht zu eurem Anwalt und lasst ihm den Mund verbieten?“

„Weil es nicht so einfach ist, unsere Unschuld zu beweisen.“ Er lachte kurz auf – ein Lachen, das sich anhörte wie das Umfallen eines Stapels Blechdosen. „Jeder in der Gegend wusste, wie mies Vater uns behandelte, wie er uns terrorisierte, wie er uns mit seinen ständigen Testamentsänderungen nervlich kaputtmachte. Jeder wusste, dass wir ihn hassten. Und dann die Art, wie er starb ... siehst du, die Angelegenheit war tatsächlich mysteriös. Wir können uns selbst nicht erklären, was ihn bewogen haben könnte, die Zwingertüren zu öffnen und die Leiter hinunterzusteigen, mitten in dieses Rudel mordgieriger Hunde. Er wusste, dass die Tiere die erste Chance nutzen würden ihn anzufallen; er hatte selbst oft genug seine zynischen Späße darüber gemacht. *Mögen sie mich hassen, solange sie mich nur fürchten*, zitierte er oft die alten Lateiner. Aber dann, an diesem achten Juni, stellte er die Leiter an den Wandelgang und stieg hinunter wie er war, im Pyjama und in Pantoffeln. Rabon muss ihn als Erster attackiert haben, denn als er … als die Leiche geborgen werden konnte, klebten an den Händen ganze Büschel von schwarzem Fell, und Rabon war der einzige schwarze unter den Hunden. Er muss verzweifelt mit ihm gekämpft haben, aber gegen dieses Tier hätte niemand eine Chance gehabt, schon gar nicht ein fetter alter Mann mit zu hohem Blutdruck und brüchigen Herzkranzarterien. Ich kann nur hoffen, dass er an einem Herzanfall starb, bevor die Tiere ihm diese entsetzlichen Wunden zufügten."

„Ist er denn nicht obduziert worden? Das ist bei einem Unfalltod doch auch in Italien Vorschrift, oder nicht?"

Adam starrte sie an, und dann lachte er wie ein Wahnsinniger. „Obduziert?", kreischte er. „Was denn obduziert? Was war denn noch da? Die paar Brocken und Klumpen? Die Tiere waren hungrig, Kusine, heißhungrig! Er lag in ein Dutzend Teile zerrissen auf dem blutigen Boden! Wären nicht seine Hände und Füße und der Schädel mit dem weißen Haar gewesen, hätten wir ihn nicht einmal identifizieren können!"

Juliane presste die Hand auf die Kehle. Sein quietschendes, gicksendes Lachen, diese Explosion einer enormen Nervenanspannung, war noch um vieles entsetzlicher als der scheußliche Inhalt seiner Rede.

Er fing sich keuchend, atmete ein paarmal tief durch und erholte sich allmählich wieder. „Entschuldige", murmelte er. „Die Erinnerung ist zu grauenhaft. Als Quentini und ich die Treppe zum Turm hochstürmten und ins Innere eindrangen, war es darin stockfinster, wir hörten nur die gurgelnden, ächzenden Todesschreie eines Menschen und das Knurren und Keuchen der Hunde, die an etwas zerrten und fraßen. Quentini schaltete das Licht ein. Dann sahen wir es: Die Zwingertüren standen alle offen, und im Raum wälzte sich ein Knäuel von zwei Dutzend Hundeleibern, die sich auf einen Menschen gestürzt hatten, von dem wir nur einen Fuß in einem Hauspantoffel erkennen konnten. Sie fielen alle zugleich über ihn her, türmten sich zu einer Pyramide über ihm auf, einer kletterte über den anderen, und sie fingen in ihrer Wut und Aufregung schon an, einander blutig zu beißen ... Quentini richtete sein Gewehr auf die Tiere und feuerte. Ich wagte nicht, es ihm gleichzutun, ich hatte Angst, meinen Vater zu treffen, obwohl mir im Grunde schon bewusst war, dass er nicht mehr am Leben sein konnte. Ich riss mein Handy heraus und rief die Polizei, dann rannte ich in den Garten und übergab mich." Er sah Juliane bittend und zugleich vorwurfsvoll an. „Begreifst du jetzt, warum ich zurzeit nicht in der Lage bin, über das Thema Hunde zu sprechen?"

„Ja, natürlich." Unwillkürlich legte sie die Hand auf seinen Unterarm und strich tröstend darüber. „Ich will dich auch nicht damit quälen, schreckliche Erinnerungen aufzustören, aber ich gehöre zur Familie, ich muss Bescheid wissen."

„Ja, schon gut. Bringen wir es hinter uns." Er wischte sich mit einem Kleenex das schweißfeuchte Gesicht ab und schloss kurz die Augen. Als er sie wieder öffnete, hatte er die Kraft gefunden, weiterzusprechen. „Die Polizei wollte wissen, warum wir um zwei Uhr morgens beim Turm gewesen waren. Ich sagte ihnen die Wahrheit. Ich war mit Quentini im meinem Zimmer gewesen, wir hatten noch sehr spät gearbeitet, und als ich zufällig zum Fenster hinaussah, entdeckte ich einen Mann, der durch den Garten schlich. Mein erster Gedanke war, es sei ein Eindringling – Cesare Allessandri vielleicht. Der Mann hatte kein Licht bei sich, deswegen konnten wir auch nichts Genaues erkennen. Normalerweise war Vater auch im Halbdunkel leicht an seinem buschigen weißen Haar zu erkennen, aber an dem Abend hatte er, wie wir dann später feststellten, eine braune Skimütze auf."

Juliane starrte ihn verdutzt an. „Im Juni? Eine Skimütze? Warum denn das?"

„Das wüsste ich auch gerne. Wir rannten jedenfalls hinunter, nahmen jeder ein Gewehr an uns und stürmten hinaus. Da war die Gestalt schon verschwunden. Gleich darauf hörten wir ein entsetzliches Geschrei vom Turm her und eilten hin, so schnell wir konnten. Wir dachten gar nicht daran, dass Allessandri, wenn er es gewesen wäre, ja nicht in den Turm hätte gelangen können, denn einen Schlüssel hatte nur Vater. Er trug ihn stets um den Hals und erlaubte niemandem, ohne seine Begleitung den roten Turm zu betreten. Aber uns blieb auch nicht viel Zeit zum Nachdenken."

Schon merklich gefasster, sprach er darüber, dass die Behörden auf Tod durch Unfall aus eigenem Verschulden erkannt hätten. Die Gerüchteküche im Dorf war jedoch zu ganz anderen Ergebnissen gekommen – ungeachtet der Tatsache, dass die Geschwister den denkbar ungünstigsten Zeitpunkt gewählt hätten, ihren Vater umzubringen, da zu diesem Zeitpunkt ja das für sie so nachteilige Testament in Kraft war, was auch alle drei wussten.

„Und ich muss dir sagen", schloss Adam, „ich stehe vor einem Rätsel. Nur ein Wahnsinniger wäre auf den Gedanken gekommen, alle Zwingertüre zu öffnen, während Hunde drin waren – das geschah nur, um die Zwinger zu reinigen, wenn wir keine Tiere hier hatten. Und da sind noch mehr Fragen. Warum ist er zum Turm gegangen, mitten in der Nacht, im Pyjama und in Pantoffeln – und mit einer wollenen Skimütze auf dem Kopf? Warum hat er kein Licht gemacht? Warum hat er die Leiter hinuntergelassen? Warum ist er zu den Hunden hinuntergestiegen? Und warum in aller Welt hatte er dabei einen Aktenordner und Mutters Porträt bei sich?"

„Einen Aktenordner?"

„Ja. Den fanden wir nachher auf dem Boden, zerrissen und blutbeschmiert. Wir rätselten alle herum, was er für eine Bedeutung haben könnte, denn es waren nur alte Abrechnungen aus der Zeit von 1994-1996 darin. Das Porträt – ein Studiofoto hinter Glas – lag ebenfalls in der Nähe der Leiche, das Glas zersplittert, das Foto von den Hundepfoten beschmutzt und zerfetzt."

Juliane schüttelte ratlos den Kopf. „Das ist bizarr. Ich kann mir auch keinen Grund vorstellen. Allerdings habe ich gehört, er sei ein starker Trinker gewesen."

„Das stimmt, aber was er trank, das vertrug er auch."

„Dorothea erzählte mir, dass er in den Wochen vor seinen Tod in einer merkwürdigen Stimmung gewesen sei."

„Ja, das stimmt schon. Er war oft tief in Gedanken versunken, es kam mir vor, als beschäftigte ihn etwas Schwieriges und Unerfreuliches. Und er war häufig schlecht gelaunt – noch häufiger als gewöhnlich. Möglich, dass ihn irgendwelche Sorgen drückten, aber solche Sachen machte er immer mit sich allein aus. *Der Starke ist am mächtigsten allein*, war einer seiner Lieblingssprüche."

Adam startete den Wagen wieder und zockelte im Rückwärtsgang aus dem Feldweg heraus. Als er eben wieder in die Bergstraße einbiegen wollte, tauchte in der Kurve ein roter Mazda auf. Beide Wagen bremsten gleichzeitig. Jens Thiele streckte den Kopf aus dem Fenster und rief Juliane zu (Adam ignorierte er): „Das nenne ich einen glücklichen Zufall! Eben wollte ich in der Villa Verbena vorbeifahren und Sie sprechen. Mein Onkel möchte Sie unbedingt kennenlernen. Ich musste ihm versprechen, Sie bei erster Gelegenheit zu uns zu verschleppen. Kommen Sie, wenn Sie nichts Dringendes vorhaben!" Er hielt einladend die Tür auf.

Adam warf seiner Kusine einen vernichtenden Blick zu. „Du wirst doch nicht wirklich bei ihm einsteigen?"

„Und warum nicht?"

Er gab keine Antwort, sondern beugte sich zur Seite und öffnete die Tür auf ihrer Seite. „Bitte sehr. Amüsiere dich gut. Aber vergiss unsere Abmachung nicht!"

Juliane verzichtete auf eine Antwort – speziell auf die Antwort, dass sie in keine Abmachung eingewilligt hätte. Sie stieg eilig aus und lief zu Thieles Wagen hinüber.

Er begrüßte sie so erfreut, dass sie stark den Verdacht hatte, es sei nicht der alte Onkel, der sie unbedingt kennenlernen wollte, sondern er selbst. Die Erkenntnis, dass sie ihm nicht gleichgültig war, brachte sie durcheinander. Sie war keine Frau, die sich leicht verliebte, schon gar nicht auf den ersten Blick. Lag es daran, dass er denselben Beruf ausübte wie sie? Nein, doch wohl nicht. Angehende und diplomierte Sportlehrer hatten sie in München in Schwärmen umgeben, ohne, dass sie deshalb aus dem Häuschen geraten wäre.

Als er den Mazda startete und Adam grußlos zurückließ, kam ihr plötzlich der Gedanke, ob es daran liegen mochte, dass er sie vor dem Hund gerettet hatte. Nun ja, gerettet – sie hätte noch eine ganze Weile auf dem Baum aushalten können, und früher oder später wäre auf jeden Fall jemand vorbeigekommen, also verdankte sie ihm nicht direkt ihr Leben. Trotzdem, er war ihr in einer unerfreulichen Situation zu Hilfe gekommen. Sie erinnerte sich, wie geschickt er den Hund schachmatt gesetzt hatte, indem er die Autotür wuchtig aufstieß. Ein kluger und einfallsreicher Junge.

„Wieso will mich Ihr Onkel denn unbedingt kennenlernen?", fragte sie listig.

Er wandte ihr den Kopf zu und lachte. „Weil ich ihm gestand, dass ich mich in Sie verliebt habe."

„Unsinn", sagte sie scharf, aber ihr Herz klopfte in der Halsschlagader dabei. „Ist das Ihr Standard-Anbaggerspruch?"

„Nein, ich meine es ernst. Oder sagen wir lieber so: Ich glaube, wenn ich Sie noch ein kleines bisschen besser kennenlerne, verliebe ich mich. Aber das passiert Ihnen wohl dauernd, hm? So wie Sie aussehen."

Sie lachte verlegen. „Die meisten Männer finden mich eher abschreckend. Ich meine, sie sehen mich zwar gerne an, aber sie möchten nicht mit einer Frau ausgehen, die sie jederzeit auf die Matte legen könnte."

„Ich habe schon gehört, dass Sie Cesare zusammengeschlagen haben, als er aufdringlich wurde."

Juliane errötete. „Also hören Sie – wenn ich jemanden *zusammenschlage*, dann sieht der anders aus. Ich wollte Cesare nur loswerden. Er hat einfach nicht kapiert, dass ich kein Wort von seiner Philippika verstehe, er schrie mich an und zerrte an meinem Arm, und da habe ich mich losgemacht. Ein bisschen energischer eben."

Jens prustete in die vorgehaltene Hand. „Ich würde mich Ihnen gerne zu einem Freundschaftskampf stellen, aber Sie müssen vorher versprechen, dass Sie von schwerer Körperverletzung Abstand nehmen. Mein Onkel braucht mich noch den Rest des Sommers. Ich glaube, ich bin ganz gut in Jiu-Jitsu, aber ich weiß nicht, ob ich so gut wie Sie bin. Sollen wir es ausprobieren?"

„Ja gerne." Ihr Herz klopfte unnötig laut, während sie die beiden Worte aussprach.

Sie waren bei dem Häuschen mit dem bunten Ziegeldach angekommen. Jens hielt den Wagen an, stieg aus und öffnete eine Pforte im Zaun. „Kommen Sie herein!"

Das Häuschen, das behaglich in einem Nest von graugrünen Oliven saß, war im traditionellen ländlichen Stil eingerichtet. Wenn Jens wirklich der Einzige war, der hier Ordnung schaffte, dann war er tüchtig. Überall war sauber aufgeräumt. Als sie die Veranda betraten, lümmelte dort Rolf Thiele – ein schlanker, gutaussehender Fünfziger – in einer Hängematte und nippte an einem Glas Eiskaffee. Jens hatte gesagt, er sei Maler, und Juliane hatte sich einen verwilderten Bohemien vorgestellt, aber sein dichtes, graublondes Haar war tadellos geschnitten, er war frisch rasiert und machte überhaupt von Kopf bis Fuß den Eindruck eines Menschen, der auf seine Erscheinung achtet. Zwar war er salopp gekleidet, aber ihr fiel auf, wie fleckenlos weiß seine lose Leinenhose war, wie sauber der hellblaue Sweater.

Er reichte ihr eine glatte, gepflegte Hand. „Sehr erfreut, Sie kennenzulernen, Frau Emser. Mein Neffe sagte mir schon, unter welchen abenteuerlichen Bedingungen Sie einander begegnet sind. Da haben Sie Glück gehabt, das hätte ein schlimmes Ende nehmen können." Er hatte eine weiche, angenehme Schauspielerstimme und eine leicht weibliche Art, die aber eher gewinnend als abstoßend wirkte, eine Art, wie man sie häufig bei Geistlichen und Künstlern findet. Sein ganzes Wesen verbreitete die wohltemperierte, etwas schale Behaglichkeit um sich, die so charakteristisch ist für den kastrierten Mann. Juliane verschob die Frage, ob er schwul war oder sich zu alt für Sex fühlte oder nur in seiner Kunst lebte, auf später. Im Moment genoss sie die Tatsache, dass nur Wohlwollen und keine Gefahr von ihm ausging.

„Aber jetzt setzen Sie sich einmal, Frau Emser, trinken Sie eine Tasse Kaffee mit uns. Oder lieber ein Glas Wein?"

„Fruchtsaft oder Mineralwasser, bitte."

Er lächelte verschmitzt. „Ah, eine Dame von deinem Schlag, Jens. Mein Neffe meidet auch alle giftigen Getränke, wie Kaffee oder Alkoholika. Jens? Bringst du ihr etwas? Und was halten Sie von einer kleinen Mahlzeit? Es ist zwar schon ein bisschen spät fürs Mittagessen, aber ich finde, für gutes Essen ist die Zeit immer richtig."

Juliane stimmte zu, und der junge Mann eilte beflissen wie ein Kammerdiener in die Küche. Währenddessen redete sein Onkel weiter. „Was für ein schreckliches Erlebnis Sie gehabt haben! Hat man Sie denn nicht vor den Hunden gewarnt? Man sollte doch denken, dass Ihre Verwandten es Ihnen gesagt haben! Die gesamte Umgebung war in Aufregung. Als das Unglück geschah, flüchteten mehrere Hunde. Wenn man bedenkt, dass diese Tiere zum Töten abgerichtet waren ..."

Er bemerkte ihren Gesichtsausdruck und fuhr zögernd fort: „Hat man Ihnen das etwa auch verschwiegen? Es waren Kampfhunde, darauf dressiert, sich gegenseitig zu zerfleischen – oder auch darauf, Menschen anzufallen, je nachdem, wofür der Fürst sie gerade abrichtete."

Als sie ihn nur stumm anstarrte, fuhr er fort: „Illegale Hundekämpfe sind hier in Italien ein gutes Geschäft, müssen Sie wissen. Die Mafia und ihre Handlanger verdienen jedes Jahr Millionen Euro damit. Man braucht nur skrupellos genug zu sein, dann ist es ganz einfach. Man beschafft sich ein paar kräftige Hunde, foltert sie

mit Stromschlägen, steckt sie in Plastiksäcke und ver-
prügelt sie, lässt sie hungern – so lange, bis sie rasend
vor Schmerz, Angst und Wut sind. Dann wirft man
ihnen kleinere Hunde vor und belohnt sie dafür, die zu
zerfleischen. Wenn sie fertig abgerichtet sind, werden
sie nach Mexiko oder Südostasien verfrachtet, wo Hundekämpfe nicht verboten sind. Die Tierschutzorganisa-
tionen kämpfen seit Jahren vergeblich um ein Gesetz,
das diese Praktiken unter Strafe stellt.“

„Und mein Onkel soll das getan haben? Hunde zu Kil-
lerhunden abgerichtet haben?“ Sie spürte, wie sich ein
eiskalter Kloß in ihrem Magen zusammenballte.

Thiele rief laut nach seinem Neffen, der prompt auftauchte, und wies mit ausgestreckter Hand ins Innere
des Hauses. „Zeig Frau Emser die Meldungen, Jens.“

Der junge Mann führte sie in einen Nebenraum, der
als Büro eingerichtet war, und setzte sich an den Computer. „Mein Onkel hat recht“, sagte er, während er
nach einer Datei suchte. „Und das war übrigens auch
der Grund, warum ich bei der Polizei nicht weiter für
Sie übersetzen wollte. Ich hatte plötzlich Schiss davor,
in die Sache hineingezogen zu werden. Zugegeben, ich
bin kein Held. Aber das sind Leute, mit denen ich mich
nicht anlegen möchte. So! Hier! Sehen Sie.“

Juliane beugte sich über seine Schulter und las die
Meldung eines internationalen Nachrichtendienstes:

775 Millionen Euro jährlich für die Mafia
Tierschützer schlagen wegen der illegalen Hundekämpfe
Alarm, die in Italien immer mehr an Fuß gewinnen. Nach
Angaben des Tierschutzverbands LAV beschert diese ille-
gale Praxis der Mafia 775 Millionen Euro pro Jahr. 15.000

*Hunde sind betroffen, 5.000 davon kommen jedes Jahr bei
dem brutalen Spektakel ums Leben. Für einen Eklat sorgte
das Auffliegen einer illegalen Zucht von Kampfhunden in
der Nähe von Pisa, wo die Vierbeiner unter qualvollen Bedingungen gehalten wurden. Sie waren an kurzen Ketten
angebunden, mehrere noch von den Kämpfen schwer verletzt. Die meisten Tiere waren auch stark unterernährt. Der
Besitzer berichtete, dass seine Hunde bis zu 150.000 Euro
wert sind. Sie kämpfen hauptsächlich in Ländern wie Mexiko und im Südosten Asiens, wo Hundekämpfe nicht verboten sind, berichtete er nach Angaben der Mailänder Ta-
geszeitung Corriere della Sera. Er wies den Vorwurf zurück,
die Tiere schwer misshandelt zu haben.*
*Nach einem Gesetzesprojekt italienischer Tierschützer, das
dem Parlament demnächst zugehen wird, sollen die Orga-
nisatoren illegaler Hundekämpfe ebenso mit Haftstrafen
bedroht werden wie die Zuschauer.*

Ein weiterer Text aus einer anderen Zeitung lautete:

*Kampagne gegen brutale Hundekämpfe in Italien. 5.000
Vierbeiner sterben jedes Jahr bei verbotenen Duellen.
Italienische Tierschutzverbände starteten eine Kampagne
gegen organisierte Hundekämpfe. Parlamentarier forder-
ten von der italienischen Regierung Sondermaßnahmen
gegen diese blutigen Veranstaltungen, die Mafia-Clans
jährlich 750 Millionen Euro einbringen. Nach Angaben
der Tierschutzorganisation LAV sterben pro Jahr 5.000
Vierbeiner bei den Kämpfen, 15.000 Hunde kommen zum
Einsatz.*

Laut LAV-Bericht werden die Tiere mit Stromschlägen ge-
foltert oder in Plastiksäcke gesteckt und mit Stöcken ge-
schlagen, um ihre Aggressivität zu steigern. Kleinere
Hunde dienen als Opfer, um Kampftiere auf die barbari-
schen Duelle vorzubereiten.

Der dritte Text war vergleichsweise kurz und nichts-
sagend:

Tod durch Hundebisse
Von seinen eigenen Hunden angefallen und tödlich ver-
letzt wurde der Gutsbesitzer Guido Wewelmann, als er –
vermutlich betrunken – den Zwinger betrat. Sein Sohn
und ein Angestellter versuchten vergeblich, die Tiere zu-
rückzutreiben.

„Unbegreiflich", kommentierte Jens Thiele, „dass er
den Hauptschalter umlegte, der alle Zwingertüren
gleichzeitig öffnete, und dann in den Zwinger hinunterstieg, wo er doch am besten wusste, wie mörderisch
diese Tiere waren. Allerdings war er in letzter Zeit ge-
nerell sehr seltsam gewesen, zerstreut und streitsüch-
tig und noch widerwärtiger als gewöhnlich. Wahrscheinlich der Alkohol."

„Dann war er also doch ein Trinker?", fragte sie.
„Seine Kinder sagen, er hätte zwar viel getrunken, aber
auch viel vertragen; sie hätten ihn nie volltrunken erlebt."

Er schüttelte den Kopf und hob mit großer Geste die
offenen Hände. „Wir waren wirklich nicht so eng befreundet, dass ich aus erster Hand darüber Bescheid
wüsste, aber da waren Symptome, die uns zu denken

gaben. Es kam seit einiger Zeit öfter vor, dass er nicht wusste, was er tat. Und wenn jemand den ganzen Tag an nichts anderes denkt als Wein, ist vermutlich auch der Wein der Schuldige. Aber unterhalten Sie sich weiter mit meinem Onkel, der weiß mehr als ich."

Sie kehrte auf die Veranda zurück und Rolf Thiele nahm das Gespräch wieder auf. „Es heißt, dass Wewelmann einen Deal mit der Mafia hatte, wie alle Züchter und Trainer solcher Kampfhunde. Organisierte Verbrecher schmuggeln die Tiere dann entweder aus dem Land oder veranstalten hier in Italien geheime Kämpfe, bei denen es grauenhaft blutig zugeht. Diese Hunde sind Mordmaschinen."

Juliane, die den von alten und neuen Wunden bedeckten Leib des Hundes noch deutlich vor Augen hatte, fragte empört: „Warum hat denn niemand etwas unternommen? Ist niemand zu den Carabinieri gegangen? Man muss die Tiere doch gehört haben! Ein Rudel kampfwütiger, hungriger und verängstigter Hunde macht einen Lärm, den man bis nach Dormiani hinunter hören müsste."

„Nicht, wenn man ihnen die Stimmbänder durchgeschnitten hat", sagte Rolf Thiele.

Sie starrte ihn wortlos an. Dann, als ihr die volle Bedeutung seiner Worte dämmerte, stieg eine Welle von Übelkeit in ihr auf. Hätte sie etwas im Magen gehabt, so hätte sie sich erbrochen. So schluckte sie nur Wasser und Galle hinunter. Deshalb also hatte der Hund, der sie attackiert hatte, keinen Laut von sich gegeben!

„Ich sagte Ihnen ja schon", fuhr Thiele fort, „dass Ihr Onkel ganz ausgezeichnete Verbindungen hatte. Die Leute von Dormiani wussten das, und was immer sie über die Vorgänge im roten Turm wussten, ahnten oder spekulierten, sie wagten nicht laut darüber zu reden. Auch die Carabinieri waren nicht gerade wild darauf, gegen ihn zu ermitteln. Sagen wir so: Sie wären zweifellos eingeschritten, wenn er offen das Gesetz gebrochen hätte. Aber solange alles nur Gemunkel und Gerede und vage Indizien war, stellten sich Brigadiere Fabbri und seine Leute so lahmarschig wie möglich an, um ihm keinen Ärger zu machen."

„Was ist das hier für eine Polizei?", fragte Juliane verächtlich.

„Na", mischte sich Jens ein, der gerade mit ihrer Orangensaftschorle hereinkam, „sagen Sie mir bloß nicht, dass die deutsche Polizei sich überschlagen würde, auf schwache Hinweise hin gegen jemanden zu ermitteln, der nur seine ehrenwerten Freunde anzurufen braucht, um zu erreichen, dass alle beteiligten Beamten eins auf die Nase bekommen."

Sie gab zu, dass er vermutlich recht hatte.

„Als dann das Unglück passierte", erklärte Rolf, so eifrig, als müsse er die Ehre der Carabinieri schützen, „wurden sie natürlich aktiv. Sie stürmten im Rudel zum Haus und erschossen alles, was vier Beine hatte. Der Abdecker holte am Morgen zwei Dutzend Kadaver. Aber mehrere von den Kampfhunden konnten flüchten – und Rabon ebenfalls."

Es klang, als ordnete er Rabon in eine andere Kategorie ein. Aber war das nicht der Hund gewesen, den Adam als den Angreifer bezeichnet hatte? Sie fragte danach.

„Rabon war erst seit kurzer Zeit in der Villa Verbena", erklärte er. „Als Cesare Allessandri erfuhr, dass das Tier verkauft worden war, nahm er ihn zu sich und wollte ihn nicht herausgeben. Von Dezember bis Mai hielt er den Hund versteckt, dann fanden ihn Wewelmanns Leute und brachten ihn in die Villa Verbena. Wewelmann hielt ihn zuerst im Garten an der Kette, aber als der Hund nicht von seiner Feindseligkeit abließ, steckte er ihn zu den anderen in den Zwinger – einen Tag, bevor er diese verrückte Aktion unternahm und zu Tode gebissen wurde. Rabon war noch nicht abgerichtet und er war auch nicht stumm. Wir hörten ihn oft heulen und bellen. Er hasste Guido Wewelmann, aber ein Hund hat nichts mitzureden, wem er gehört, und die Contessa hatte ihn nun einmal an ihren Onkel verkauft, obwohl er wie ein Kind für sie war." Er warf Juliane aus seinen schlauen hellen Augen einen bedeutungsvollen Blick zu. „Merkwürdig, auf was für ungewöhnliche Ideen alte Leute oft kommen, nicht wahr?"

„Sie ist hereingelegt worden", antwortete die junge Frau barsch. „Tun Sie nicht so, als wüssten Sie das nicht."

„Dass ich es weiß, ist weniger wichtig, als dass Sie es wissen. Ich bin froh zu sehen, dass Sie aus einem anderen Holz geschnitzt sind als Ihr Onkel."

„Und seine Kinder?", fragte sie. „Aus welchem Holz sind die?" Ihr war längst klar, dass Thiele Senior sich aus ganz anderen Gründen für sie interessierte, als deshalb, weil sein Neffe bei ihrem Anblick Herzklopfen bekam. War er vielleicht ein Freund Allessandris? Versuchte er dessen Interessen wahrzunehmen? Oder spielte er eine ganz andere Rolle, eine, die sie im Drehbuch noch nicht entdeckt hatte?

Er gab die Frage an sie zurück. „Was ist Ihre Meinung?"

„Ich kenne sie noch nicht lange genug, um hinter die Fassade schauen zu können. Vorderhand habe ich nur bemerkt, dass Dorothea sehr klug und sehr stark ist, dass sie und Emilia eng miteinander verbunden sind, dass Adam sich verzweifelt an Le Querce klammert und dass alle drei ihren Vater gehasst haben."

Jens, der auf die Veranda gekommen war, um den Tisch zu decken, warf ein: „Wer hat Guido Wewelmann schon geliebt? Niemand. Sogar seine Geliebte, Maria Pia Bertoldi, war ihm eher hörig, als dass sie wirklich Liebe für ihn empfunden hätte."

Juliane dachte an die matschigen Fritten und das nicht völlig aufgetaute Tiramisu. Das war also der Grund, warum die Frau so aus dem Gleichgewicht war. Trauerte sie so sehr um den Herrn und Geliebten? Oder – der Gedanke schoss ihr beinahe schmerzhaft durch den Kopf – hatte sie auch damit gerechnet, in seinem Testament bedacht zu werden und war jetzt eine von den Geprellten? Unter diesem Gesichtspunkt betrachtet, war ihr das Essen für die neue Erbin mit Absicht misslungen.

Rolf Thiele schaukelte lässig in seiner Hängematte hin und her. „Für die drei ist Le Querce der letzte Rettungsanker. Dorothea müsste in ein Pflegeheim, das würde sie nicht überleben – und Emilia auch nicht. Sie sind wie siamesische Zwillinge. Ich glaube, eher würde es noch Dorothea schaffen, eine Trennung zu überleben als Emilia. Das Mädchen lebt nur für seine kranke Schwester."

„Ich hatte auch den Eindruck, dass sie sehr an ihr hängt."

„Ja, nicht wahr? Schuldgefühle sind viel festere Ketten als Liebe. Sie kennen Emilias Geschichte? Sie wurde als Mittel zum Zweck adoptiert, um Dorothea für ihre Krankheit zu bestrafen."

„Ich weiß. Auch, dass sie bei einem Unfall schwere Verbrennungen erlitt und dann selbst zur Unperson degradiert wurde."

„So ist es, ganz genau. Und ist der Mensch nicht seltsam? Emilia hat die Schuld ihres Adoptivvaters zu der ihren gemacht. Sie hat sich zu einem Leben des Dienstes und der Unterwerfung verurteilt, um abzubüßen, was dieser alte Schuft seiner leiblichen Tochter angetan hat." Er wehrte mit erhobener Hand ab, als Juliane einen Einwand erheben wollte. „Ich will nicht sagen, dass keine wahre Zuneigung dabei ist. Dorothea ist ein faszinierender Mensch. Hoch intelligent, mit der starken Persönlichkeit ihres Vaters, aber glücklicherweise dem Charakter ihrer Mutter. Gina Wewelmann war eine gute Frau. Ich habe sie nicht persönlich gekannt, sie starb ja schon vor Jahren, aber ich hörte von allen Seiten, dass ihr Einfluss die letzte Schranke gewesen sei, die den Príncipe noch daran hinderte, völlig seinem bösen Geist zu verfallen – der Wettleidenschaft."

Er studierte aufmerksam ihr Gesicht, als er das sagte, dann fuhr er fort: „Sie werden es wohl nicht gewusst haben, aber Ihr Onkel war ein besessener Spieler, und sein Sohn hat diese Sucht von ihm geerbt oder gelernt – wie auch immer, Adam steht tief in der Kreide bei Leuten, die sehr unangenehm werden können, wenn jemand seine Schulden nicht bezahlt. Ich würde sagen, es ist für ihn eine Frage von Leben oder Tod, ob er das Erbe in die Hand bekommt. Es ist nämlich das einzige Mittel, um seine Spielschulden zu decken."

Sie erinnerte sich an die ungeheure Erregung, die Adam erfasst hatte, als er vom Verlust des Erbes redete. Damals hatte sie gedacht, dass es ihm um seine Liebe zu dem Landgut und der Weinkellerei ging. „Dann hat er Schulden bei der Mafia?", fragte sie rundheraus.

„Bei der Mafia oder einer anderen Gruppe des organisierten Verbrechens – jedenfalls zu einer Gruppe, zu der, wie ich vermute, Dr. Niccolo Ponte den Kontakt herstellte. Sicher ist nur, dass Vater und Sohn beide Mitglieder eines exklusiven Kreises von Spielern waren, die um sehr hohe Summen spielten und wetteten. Bei illegalen Hundekämpfen werden enorme Beträge gesetzt. Ponte ist der Bankhalter bei diesen Kämpfen."

„Woher wissen Sie das alles?", fragte sie. „Und warum erzählen Sie es mir?"

„Frage eins ist leicht beantwortet. Ich habe gute Kontakte zu den Leuten von Dormiani und erfahre viel von dem, was sie wissen. Frage zwei ist noch leichter beantwortet: Dass Sie das Landgut geerbt haben, bedeutet, dass Adams Gläubiger durch die Finger schauen. Würden Sie allerdings sterben, ohne ein Testament gemacht zu haben, wäre Adam wieder erbberechtigt, und dann bekämen diese Leute ihr Geld. Ist das verständlich?"

„Vollkommen. Hat Ihr Neffe deswegen gesagt, ich sollte mich in den nächsten Zug setzen und verschwinden?"

„Ja, das hat er. Entweder bringt Adam Sie höchstpersönlich um, oder seine Gläubiger erledigen das. Sie sollten sich in nächster Zeit sehr in Acht nehmen." Er schwang die Beine aus der Hängematte, stand auf und blieb vor Juliane stehen. „Wenn Sie die Nacht lieber unter dem Dach von zuverlässigen Freunden als bei Ihren Verwandten verbringen wollen, biete ich Ihnen meine Gastfreundschaft an."

Jens tauchte in der Tür auf. „Können wir jetzt essen? Es ist fertig."

Die Entzifferung der Hieroglyphen

„Ich bin kein Meisterkoch", entschuldigte sich Jens. „Sie bekommen deshalb nur Huhn, Reis mit Erbsen und einen Salat. Aber ich glaube, es wird Ihnen schmecken."

Juliane lächelte etwas verkrampft und probierte eine Gabelspitze von dem Risipisi. Es schmeckte ausgezeichnet, und der Appetit, den ihr das eben Gehörte verschlagen hatte, kehrte allmählich zurück. „Jens ist ein Wunderwerk der Natur", erklärte Rolf Thiele, der sich mit lebhaftem Appetit über das Essen hermachte. „Er ist ein sehr seltenes Exemplar – ein nützlicher junger Mann nämlich. Egal, wofür man ihn braucht, er kann es." Im Plauderton erzählte er Juliane, dass das Fitnesscenter, in dem Jens beschäftigt gewesen war, Pleite gemacht hatte und er die Gelegenheit genutzt hatte, seinen Neffen als Reisebegleiter in die Sommerferien mitzunehmen. „Das ist natürlich weitaus angenehmer, als müsste ich irgendwelche Dienstboten anheuern, und ich kann mich in Ruhe auf meine Malerei konzentrieren. Es ist zwar nur ein Hobby, und ich fürchte, das merkt man meinen Werken auch an, aber ..."

„Ich dachte, Sie sind Maler von Beruf?", fragte Juliane überrascht.

„Oh nein. Von Beruf bin ich Arzt – Psychiater". Er lächelte sie über den Rand seines Trinkglases hinweg an. „Ich hoffe, das stößt Sie nicht ab. Psychiater haben für viele Menschen etwas Unheimliches an sich. Sie haben Angst, wir könnten ihnen zu tief in die Seele schauen und alle ihre Geheimnisse entdecken."

„Nein, ich habe da keine Vorurteile. Aber darf ich Sie etwas fragen? Mich beschäftigt etwas, was vielleicht in Ihr Gebiet fällt."

Er hob aufmerksam den Blick. „Und das wäre?"

„Ich war schon einmal in der Villa Verbena, als Kind, aber ich kann mich absolut nicht daran erinnern." Sie erzählte ihm von den Fotos im Familienalbum und von den Gesprächen mit ihren Verwandten, von der unbekannten Krankheit, an der sie damals gelitten hatte, und ihrer Sorge, irgendwo in ihrem Körper könne diese Krankheit immer noch lauern. „Ich wollte sie nur fragen, ob Ihnen etwas dergleichen schon einmal begegnet ist."

„Oh ja, ziemlich häufig sogar", antwortete er prompt. „Das ist eine typische posttraumatische Reaktion. Soll heißen, wenn Sie damals ernstlich verletzt oder sehr erschreckt wurden, kann es sein, dass sich Ihr Gedächtnis weigert, die bewusste Erinnerung aufzubewahren, und einfach vergisst, was Ihnen Schlimmes passiert ist. Natürlich vergisst es nicht wirklich – nichts, was wir je erlebt haben, wird vergessen. Aber Ihr Unterbewusstsein schiebt die schreckliche Erinnerung gewissermaßen in eine Schublade, sperrt sie ab und versteckt den Schlüssel."

Ihr Herz klopfte unregelmäßig. „Soll das heißen, ich könnte diese Erinnerung wiederfinden?"

„Das wäre schon möglich. Aber man müsste es vorsichtig angehen, denn offenbar ist es eine sehr schmerzhafte und schockierende Erinnerung. Nach allem, was ich von Ihrem Onkel weiß, würde es mich nicht wundern, wenn Sie in seinem Haus etwas so Grauenhaftes erlebt hätten, dass der Schock Ihr Gedächtnis blockiert." Er machte jetzt einen lebhaft interessierten Eindruck. „Sagen Sie mir, gibt es in Ihrem Leben irgendetwas Ungewöhnliches? Etwas, vor dem Sie sich außergewöhnlich stark fürchten? Spinnen? Feuer? Geschlossene Räume? Einbrecher oder Sittenstrolche?"

Jens fiel lachend ein: „Ein Einbrecher, der Juliane attackiert, würde sehr rasch selber das Fürchten lernen. Habe ich dir nicht erzählt, dass sie Cesare Allessandri auf die Matte gelegt hat? Und der ist trotz seiner sechzig Jahre kein Schwächling. Vor Männern hat sie jedenfalls keine Angst, das kann ich bestätigen."

„Stimmt das?", fragte Rolf. Sein heller Blick hing mit einer Aufmerksamkeit an Julianes Gesicht, die ihr klarmachte, dass er ihr plötzliches Unbehagen bemerkt hatte.

Zögernd antwortete sie: „Doch, da hat Jens recht, aber … es gibt etwas Ungewöhnliches." Und mit einem Mal platzte sie heraus, erzählte dem aufmerksam Lauschenden von den beiden Hooligans in der finsteren Gasse, der Gerichtsverhandlung, Dr. Morenskys Warnungen, den wiederholten Zwischenfällen, die zumeist gerade noch glimpflich abgelaufen waren. „Ich weiß nicht, was in mir passiert. Meistens kann ich mich auch im hitzigsten Kampf sehr gut beherrschen. Aber manchmal genügt eine Kleinigkeit, und ich flippe komplett aus. Dann könnte ich einen umbringen." Mit einem nervösen Lachen setzte sie hinzu: „Meine Anwältin fürchtet, dass ich das eines Tages tatsächlich tun werde, und rät mir dringend, in eine Therapiegruppe für gewaltbereite Personen zu gehen, aber ich käme mir dort lächerlich vor unter all den asozialen Typen. Ich bin nicht von Natur aus brutal. Sehen Sie, zumeist reagiere ich ganz normal. Als ich beispielsweise mit Adam auf dem Friedhof war, passierte dasselbe wie später mit Allessandri – er fasste mich unversehens am Arm. Ich zuckte weg und sagte, er sollte das bleiben lassen, ich könnte es nicht ausstehen, angefasst zu werden. Ich war ärgerlich, aber total unter Kontrolle. Aber als Cesare Allessandri mich am Arm packte, riss mir der Film. Ich empfand plötzlich Todesangst und zugleich eine solche Wut, einen solchen maßlosen Hass gegen ihn, ich hätte ihn zu Tode trampeln können – und das alles, obwohl ich ihn eigentlich gar nicht unsympathisch finde. Ich meine, ich kann verstehen, dass er aufgeregt und wütend ist, und ich denke, er ist normalerweise ganz okay, es ist nur ...“

Rolf Thiele schlug mit dem Löffel an sein Weinglas, um anzudeuten, dass er etwas sagen wollte. Als sie atemlos stoppte, fragte er: „Worin bestand der Unterschied zwischen den beiden Ereignissen?“ Er wartete jedoch gar nicht auf eine Antwort, sondern fuhr fort: „Diese beiden Männer, die Sie in München attackierten, waren das Landsleute? Deutsche?“

„Nein. Engländer. Zwei von diesen rabiaten glatzköpfigen Idioten, die nach einem Fußball-Länderspiel besoffen in der Gegend herumtorkeln.“

„Sprechen Sie Englisch?“

„Ja, einigermaßen, aber diese Kerle brabbelten in einem derart unverständlichen Slang daher ...“

Er machte ein Gesicht wie ein Jagdhund, der sich auf der richtigen Fährte weiß. „Als die Hooligans Sie anstänkerten, konnten Sie also nicht verstehen, was sie sagten?"

Juliane lachte rau auf. „Nein, aber es war eindeutig genug, was sie meinten! Der eine widerliche Glatzkopf kam her, kotzte einen Schwall von unverständlichen Worten aus und packte mich am Arm, und ..."

„Filmriss?", fragte Thiele liebenswürdig.

Sie starrte ihn mit offenem Mund an. „Ja. Filmriss. Ich kam erst wieder zu mir, nachdem ich sie erledigt hatte ... als ein Funkwagen mit Blaulicht auftauchte. Leute in den umliegenden Häusern hatten den Kampf bemerkt und die Polizei gerufen. Die Polizisten fragten mich, wo die anderen geblieben seien. Meine Freunde. Sie dachten, da seien zwei Banden aneinandergeraten. Sie konnten nicht glauben, dass ich allein die beiden Kerle fertiggemacht hatte." Unwillkürlich begann sie wie ein kleines Mädchen zu kichern. „Witzig, was?"

Er schüttelte sanft verweisend den Kopf. „Gab es noch einmal eine Situation, in der Sie ernsthaft ausrasteten? So sehr, dass Sie jemanden verletzten?"

„Ja", gab sie widerwillig zu. „Es ist mir enorm peinlich, darüber zu sprechen, denn in diesem Fall war meine Reaktion völlig irrational. An der Universität war eine Gruppe afrikanischer Sportstudenten zu Gast. Sie waren sehr lebhaft, sehr laut und lustig, und eines Tages zeigten uns einige von ihnen im Turnsaal, wie man in Afrika tanzt. Wir standen herum, lachten und klatschten Beifall, die Stimmung war prächtig. Auf einmal kam einer der Tänzer lachend auf mich zu, rief mich in seiner Sprache an und wollte, dass ich mittanzte. Er griff mit beiden Händen nach meinen Armen und …“ Sie zog bei der Erinnerung schaudernd die Schultern hoch. „Ich glaube, er verdankte es nur der Tatsache, dass er sehr gut in Jiu-Jitsu war, dass ich ihn nicht zu Klump und Asche schlug. Ich hatte nachher alle Hände voll zu tun, den Leuten zu erklären, dass ich keine Rassistin bin und es überhaupt nichts mit seiner Hautfarbe zu tun hatte, dass ich nur furchtbar erschrocken war und mir … also der Film riss, um es noch einmal so zu formulieren. Um ein Haar wäre ich von der Universität relegiert worden.“

Thiele nickte. „Sie brauchen sich nicht zu schämen, Juliane, diese Reaktion lag außerhalb Ihres Bewusstseins. Es ist immer dasselbe Schema, erkennen Sie das? Laute, heftige Worte – eine unverständliche Sprache – eine energische körperliche Berührung. Das löst bei Ihnen eine Panikreaktion aus, weil es Sie – nicht bewusst, aber unterbewusst – an eine Situation erinnert, in der Sie panische Angst hatten, und zwar mit gutem Grund.“

„Sie sehen“, flapste Jens, der offenkundig gern mit dem Scharfblick seines Onkels prahlte, „Rolf liest in Ihnen wie in einem offenen Buch.“

„Keine Rede davon!“, protestierte der Psychiater. „Vergleichen Sie mich lieber mit einem Ägyptologen, der vor einem Papyrus voll unbekannter Hieroglyphen sitzt. Bei manchen ist die Bedeutung leicht zu erkennen, weil sie sich stets wiederholen, bei anderen ahnt er den möglichen Sinn, wieder andere sind ihm fremd, und er muss erst den genauen Kontext kennen, um sie zu entziffern. Ihr Verhalten, Frau Emser, stellt für mich einen solchen Papyrus dar. Aber vorderhand kenne ich nur einen winzigen Ausschnitt davon, ich weiß auch nicht, welche Hieroglyphen zusammenhängend ein Wort oder einen Satz bilden, wie ihre Konstellation die Bedeutung verändert – es kann sogar sein, dass ich Zeichen, die keinerlei besondere Bedeutung haben, für Hieroglyphen halte."

„Ich verstehe nicht ganz, was Sie meinen."

„Passen Sie auf: Jeder Mensch legt gewisse stereotype Verhaltensweisen an den Tag, die wie die Leitmotive in einem Musikstück immer wiederkehren. Man kann sie schon nach einiger Zeit sorgfältiger Beobachtung erkennen. Da sind Träume, die sich wiederholen, stark ausgeprägte Vorlieben und Abneigungen, irrationale Reaktionen auf alltägliche Dinge – was sagten Sie?"

„Albträume. Gretchen – das ist meine Zimmerkollegin in München – behauptet, sie kämen davon, dass ich in einem früheren Leben lebendig begraben worden sei. Meinen Sie, das stimmt? Dass ich schon einmal gelebt und einen grausigen Tod gefunden habe?"

Er hob beide Hände und spreizte die Finger. „Versuchen wir es zuerst einmal mit einer weniger esoterischen Erklärung. Sie haben häufig Albträume, in denen Sie lebendig begraben werden? Wie sehen die aus?"

„Unterschiedlich, aber das Leitmotiv ist immer, dasselbe. Etwas Riesenhaftes türmt sich vor mir auf, kippt nach vorne und fällt mit einer solchen Wucht auf mich, dass ich mich nicht mehr rühren kann, nicht mehr atmen kann und völlig gelähmt bin. Dann werde ich in ein Grab geschleudert und mit Erde bedeckt, oder jemand stößt mich in einen Brunnenschacht, oder ich krieche in einer Höhle herum, die sehr schmal und niedrig ist und immer enger wird. Immer ist da der Geruch von feuchter Erde und brackigem Wasser, und noch ein anderer, sehr viel schlimmerer Geruch, den ich aber im wachen Zustand nicht wiedererkenne. Es ist furchtbar eng, so eng, dass es mir den Atem absperrt. Ich möchte schreien und strampeln und um mich schlagen, um wieder Luft zu bekommen, aber es ist unmöglich, ich wage es nicht, denn das Monstrum, das mich hinuntergestoßen hat, lauert da draußen auf mich und würde mich umbringen, wenn es mir gelingen sollte, mich zu befreien.“

„Hat das Monstrum ein Gesicht?“, fragte Thiele.

„Nein. Das Schlimme ist, dass es nicht nur Albträume sind, sondern eine richtige Phobie. Ich bin die volle Länge der Fahrt von München bis Florenz in einem Abteil gesessen, weil ich es nicht zustande bringe, im Schlafwagen zu reisen. Ich würde die Panik bekommen in diesen sargähnlichen Kojen. Und es war sehr unangenehm für mich, den Friedhof mit dem Grabmal meines Onkels zu besuchen, weil ich ständig an lebendig Begrabene denken musste. Die Vorstellung, dass ich einen Weinkeller besichtigen soll, macht mich schon von vornherein fertig.“ Sie lachte verlegen.

Rolf Thiele nickte. „Ja, das kann ich mir nach allem, was Sie sagten, sehr gut vorstellen. Was Sie mir da erzählen, Frau Emser, bestärkt mich in meiner Ansicht, dass Sie nicht länger im Haus Ihrer Verwandten wohnen sollten. Ich bin überzeugt, dass Sie seinerzeit als kleines Mädchen dort ein furchtbares Erlebnis hatten, das tief in Ihrem Unterbewusstsein vergraben liegt, seine Existenz aber durch eine Art seismischer Aktivität anzeigt – durch Ihre Albträume, durch Ihre panisch übersteigerte Angst vor einer bestimmten Art körperlicher Attacken. Ich fürchte, Ihre Anwältin hat recht, und Sie sollten so bald wie möglich etwas unternehmen, um diese Zeitbombe zu entschärfen, bevor Sie sich in gröbste Schwierigkeiten bringen."

Jens blickte vorwurfsvoll von seinem Teller auf. „Eigentlich", maulte er, „habe ich Sie ja eingeladen, um Sie zu verführen, Juliane, aber jetzt wird es damit enden, dass mein Onkel Sie analysiert."

„Verschieb deine Verführungspläne auf einen Zeitpunkt, wo ihr beide sicher sein könnt, dass Juliane nicht im nächsten Augenblick ermordet wird", wies ihn der ältere Thiele zurecht. „Von einer toten Frau hast du nichts."

Jens lachte laut über den makabren Scherz, wurde aber rasch wieder ernst. „Juliane, ich bin derselben Meinung wie Onkel Rolf. Sie dürfen nicht mehr dorthin zurückgehen. Sie sind in der Villa Verbena nicht sicher."

Wer sagt, dass ich hier sicher bin?, dachte sie. Die beiden Männer waren ja sehr nett, aber konnte nicht gerade das der Köder in der Falle sein? Wer sagte ihr denn, ob nicht die Thieles selbst jene mysteriösen Gläubiger waren, die um jeden Preis die Hand auf Le Querce legen wollten? Vielleicht lockten sie sie in ihr Haus, um ... wie hieß es im Märchen? Damit ich dich besser fressen kann. Nein, ein Teufel, den man kannte, war immer besser als ein unbekannter Engel, der sich als Erzteufel entpuppen mochte.

Sie lächelte die beiden an. „Ich weiß Ihre Fürsorge sehr zu schätzen, aber wenn das stimmt, was Sie mir sagten, bin ich im Moment nirgends sicher, also kann ich genauso gut in der Villa Verbena bleiben.“

Die Männer gaben nach einigem Hin und Her nach, aber Jens bestand darauf, ihre seine Handynummer zu geben. „Sie können mich jederzeit anrufen, und wenn’s mitten in der Nacht wäre“, versprach er treuherzig.

Mord!

Die Stimmung im Haus war immer noch gespannt, und beim Abendessen ließ Signora Bertoldi ein weiteres Mal ihre Abneigung erkennen, diesmal mit versalzener Suppe und lauwarmem Kaffee. Juliane entzog sich der unerfreulichen Gesellschaft ihrer Verwandten, indem sie früh zu Bett ging.

Allerdings fand sie keine Ruhe. Die Ereignisse des Tages zogen in endlosen Schleifen durch ihren Kopf, wollten interpretiert und verstanden werden und blieben doch unverständlich. Hatte Dr. Ponte tatsächlich versucht, ihr ein Dokument zur Unterschrift vorzulegen, das sie um ihr Erbe betrog, oder war sie paranoiden Wahnideen zum Opfer gefallen? Waren die Thieles Freunde oder Feinde? Und immer wieder quälte sie der Gedanke, sie könnte, sobald sie in Schlaf sank, wieder von diesem entsetzlichen Heulen geweckt werden, dessen Bedeutung sie jetzt verstand.

Bis um ein Uhr nachts machte sie vergebliche Versuche, zur Ruhe zu kommen. Dann, als sie merkte, dass es mit dem Einschlafen endgültig nichts werden würde, setzte sie sich im Bett auf, schaltete das Licht ein und griff nach dem Buch auf dem Nachttisch. Vielleicht verschaffte ihr die trockene Lektüre der *Toxine in Umwelt und Ernährung* die nötige Ausgeglichenheit zum Einschlafen. Was gab es Prosaischeres als den möglicherweise Krebs erregenden Acrylamid-Gehalt von Pommes frites, die Gefährdung durch Aflatoxine, Schwefel und Schwermetalle?

Die altmodische Lampe neben dem Bett erwies sich als ein sehr ungeeignetes Leselicht, also knipste Juliane sie wieder aus und holte aus ihrer Reisetasche den praktischen kleinen Würfel, aus dem beim Aufklappen klares Licht strömte. Sie stellte ihn auf den Nachttisch und zog sich mit ihrem Buch in den winzigen, aber ausreichend hellen Lichtkreis zurück.

Die Lektüre wirkte. So unappetitlich sie war, die Beschäftigung mit dem Prüfungsstoff versetzte Juliane zurück nach München, in ihr gemütliches Zimmer in Gretchens Wohnung, in eine Welt, in der keine schattenhaften Gefahren sie bedrohten. Es dauerte nicht lange, bis sie völlig versunken war. Ein Kollegblock lag neben ihr im Bett, und sie kritzelte eifrig ihre Notizen. Herbizide, Insektizide, Hormone, Steroide, Salmonellen, Haushaltsgifte …

In ihrem Eifer überlas sie die Stelle beim ersten Mal, ohne ihre Bedeutung wirklich zu erfassen. Erst als sie schon mitten im Schreiben war, stockte sie plötzlich und las das Geschriebene noch einmal.

Die Erkrankten haben eine auffällig fahle Hautfarbe … Schleichender Beginn mit Kopfschmerzen, Müdigkeit, Reizbarkeit, Appetitlosigkeit … Schließlich greifen die Giftstoffe auch das Gehirn an und hinterlassen dortbleibende Schäden. Das typische Krankheitsbild heißt Magersucht, Abgeschlagenheit, Reizbarkeit, Paranoia, Konzentrationsverlust, Unfähigkeit, klare Entscheidungen zu treffen.

Die Symptome passten auffällig zum Zustand ihres Onkels, wie Adam und die beiden Schwestern ihn ihr geschildert hatten. Sie erklärten auch, warum er in einer warmen Juninacht eine wollene Skimütze getragen und so unnütze Dinge wie einen Ordner mit längst abgelaufenen Abrechnungen und das Porträt seiner Frau mit sich geschleppt hatte, als er im Stockfinstern in den tödlichen Turm stolperte.

Aber wie war das möglich? Das Gift war so ungebräuchlich, dass es kaum denkbar war, dass jemand zufällig damit in Berührung kam. In ihrem Buch war es nur der Vollständigkeit halber aufgeführt, weil es in früherer Zeit eine große Rolle gespielt hatte. Entweder sie irrte sich und die starke Ähnlichkeit der Symptome beruhte auf einem Zufall, oder jemand hatte ihm das Gift mit Absicht verabreicht!

Irritiert stand sie auf. Wenn sie über irgendetwas scharf nachdachte, musste sie sich bewegen, musste auf und abgehen. Sie hatte nie das Kunststück des Sherlock Holmes zustande gebracht, lethargisch in einem Ohrensessel lümmelnd geistige Rätsel zu lösen. Mit einer ungeduldigen Bewegung griff sie nach ihrem Bademantel, der auf einem Stuhl lag, zog zu heftig daran und kippte den Stuhl, um dessen Lehne sich der Gürtel des Bademantels geschlungen hatte. Mit lautem Krach fiel er auf die Terrakottafliesen und streifte Julianes nackte Zehen, so schmerzhaft, dass sie einen lauten, wütenden Schrei ausstieß. Wie ein Echo antwortete ein zweiter Aufschrei hinter der Wohnzimmertür, dann ein hohl hallendes Geräusch, weiter entfernt: Schritte auf dem Korridor, die in nervöser Eile davonhasteten.

Juliane schnellte hoch wie eine Feder. Mit zwei Sprüngen war sie im Wohnzimmer, drehte den Schlüssel im Schloss und spähte hinaus auf den Korridor. Es war stockdunkel draußen. Blitzschnell zog sie den Kopf zurück – in der schwach erleuchteten Türöffnung war sie eine Zielscheibe für jeden, der im Schutz der Dunkelheit lauern mochte. Sie reagierte keine Sekunde zu früh. Etwas sauste durch die Luft, knapp an ihrem Gesicht vorbei, zerschellte mit dumpfem Geräusch an der Ziegelwand des Flurs, und Schwaden eines ätzenden Nebels durchwölkten die Luft, zogen sogar durch die Ritzen der Tür, die sie zwischen sich und der gefährlichen Dunkelheit zuschlug. Mit angehaltenem Atem drehte sie den Schlüssel im Schloss. Dann stürzte sie zum französischen Fenster, riss die Läden auf, beugte sich vor und atmete tief die frische Nachtluft ein. Obwohl nur der äußerste Saum der Wolke sie gestreift hatte, tränten ihre Augen und ihre Kehle brannte.

Sie spürte, wie der Schweiß ihr übers Gesicht sickerte. Der Geruch war unverkennbar der von Salmiakgeist, und hätte die Flasche sie getroffen und ihren ätzenden Inhalt über ihr Gesicht und ihren Körper versprüht, wäre sie jetzt von oben bis unten mit Säurewunden bedeckt. Bei dem Gedanken knickten ihre Knie ein, und sie musste sich am Rand des Fensterladens festhalten. Angst überschwemmte sie, eine Welle eiskalter Angst, in der sie zu ertrinken glaubte. Sie konnte sich im Kampf verteidigen, aber dieser Angriff war aus dem Hinterhalt erfolgt, heimtückisch, lautlos. Wäre sie nicht so ungeschickt gewesen, den Stuhl umzuwerfen, so hätte die Kreatur da draußen sich Zutritt zu ihrem

Zimmer verschafft, wo sie Juliane zweifellos tief schlafend wähnte – was sonst sollte jemand um halb zwei Uhr morgens tun! Das Licht des Lesewürfels hatte sie nicht sehen können. Und als sie – oder er – sich dann ertappt glaubte, hatte sie/er die Flasche geworfen, sei es in der Absicht, sie zu treffen, oder in einer sinnlosen Geste frustrierter Wut.

Was für ein Schwachkopf war sie, dass sie nicht auf den Gedanken gekommen war, es gäbe mehr als nur einen Schlüssel zu den Zimmern des Hauses! Auf jeden Fall konnte sie nicht hierbleiben. Und sie konnte das Haus auch nicht auf dem üblichen Wege verlassen, denn ihr heimtückischer Feind war zweifellos ein Bewohner des Hauses und mochte unten in den finsteren Räumen lauern. Blieb nur das Fenster.

Sie schlüpfte hastig in ihren Jogginganzug, steckte ihr Handy, ihre Brieftasche, die Schlüssel und den Pass ein und schwang sich über das kniehohe Gitter vor dem französischen Fenster. Draußen war alles still. Große fahle Flecken Mondschein breiteten sich über den Rasen. Die glatte Fläche des Swimmingpools schimmerte geisterhaft. Juliane turnte lautlos an der Mauer nach unten, landete federnd auf dem Rasenstreifen. Das Haus schien in völliger Stille und Dunkelheit hinter ihr zu liegen, als sie den Plattenweg entlanglief, an der heimtückisch lächelnden Amphisbaena vorbei zum Tor, es aufschloss und hinausschlüpfte.

Sie atmete freier, als sie die Straße vor sich sah.

Sie musste die Polizei verständigen, aber sie brauchte einen Dolmetscher. Wenn sie mitten in der Nacht auf der Polizeistation auftauchte und die Männer mit unverständlichem Gejammer überfiel, würden sie sie eher für verrückt halten, als ihr zu Hilfe kommen. Jetzt war sie froh, dass sie Jens' Angebot, ihr seine Handynummer zu geben, akzeptiert hatte. Das war seine Gelegenheit zu zeigen, ob er das Angebot, ihr in jeder Stunde zu Hilfe zu kommen, ernst gemeint hatte.

Das Handy klingelte ein halbes Dutzend Mal, ehe eine verschlafene Stimme sich meldete. „Ja? Thiele? Was ist denn?"

„Juliane spricht. Jens, es ist etwas passiert, du musst mir helfen – sofort! Ich muss unbedingt zur Polizei."

„Aber was ist denn ..."

„Jemand hat versucht, mir Salmiak ins Gesicht zu schütten. Alles Weitere erzähle ich dir später. Ich warte an der Stelle auf dich, wo die Auffahrt der Villa Verbena auf die Bergstraße stößt – bitte beeil dich!"

„Bin sofort da."

Sie atmete auf. Im nächsten Augenblick jedoch hielt sie den Atem an und duckte sich hastig hinter das Steinmäuerchen, das sie gegen die Straße zu abschirmte. In der Dunkelheit tauchten Scheinwerfer auf. Motorengebrumm wurde hörbar. Der Wagen kam näher – fuhr er auffallend langsam oder bildete sie sich das nur ein? – und sie fürchtete schon, er würde anhalten, aber anscheinend war der Fahrer nur entweder ängstlich oder unerfahren im Umgang mit Bergstraßen, denn er zockelte vorsichtig weiter und verschwand um die Kurve. Das Licht der Scheinwerfer verblasste, aber Juliane blieb noch eine ganze Weile regungslos hocken, ehe sie sich vorsichtig wieder aufrichtete und über die Mauerkrone spähte. Die Nacht breitete sich still und voll duftender Süße um sie herum aus.

Jens hatte sich tatsächlich mächtig beeilt, denn kaum zehn Minuten waren vergangen, als sie Scheinwerfer auf dem Feldweg aufleuchten sah und gleich darauf das Brummen des Motors hörte. Der rote Mazda kam die Bergstraße herunter, hielt an der Kreuzung an. Jens stieg aus. Das T-Shirt hatte er unordentlich in den Hosenbund gestopft, die Schnürsenkel seiner Laufschuhe schleiften lang hintennach. Sein braunes Haar stand zausig nach allen Richtungen.

„Juliane?", rief er leise. „Bist du da?"

Sie tauchte hinter der Mauer auf, lief auf ihn zu und fiel ihm spontan um den Hals. „Ich bin so froh, dass du da bist. Bring mich zur Polizei, bitte, schnell!"

„Was ist denn eigentlich passiert?", fragte er, sobald sie beide im Wagen saßen. „Jemand hat dich attackiert? Mit Säure?"

„Ja. Du hörst gleich die ganze Geschichte, sieh zu, dass wir zur Polizei – warum hältst du nicht vor dem Posten?"

„Weil da nachts niemand ist. Wir sind hier in einem Dorf, hast du das vergessen?" Er wandte sich um und lächelte sie verschmitzt an. „Ich habe die Dottoressa schon angerufen – der Postenkommandant ist nämlich ihr Untermieter. Nebstbei auch Geliebter, aber das geht uns nichts an. Schau! Da sind wir."

Tatsächlich brannte im Haus der Ärztin Licht hinter einem Fenster im Erdgeschoß. Als die beiden jungen Leute klingelten, öffnete ihnen ein Mann in Pyjama und Schlafrock – eine Aufmachung, zu der die Dienstkappe einen absurden Kontrast bildete. Mit seinem Doppelkinn, dem Schnauzer und dem finster rollenden

Blick hätte er in *Don Camillo und Peppone* gepasst. Hinter ihm erschien die Dottoressa im roten Nickisamt-Hausanzug und mit offenem Haar.

„Guten Abend, Dottoressa, guten Abend, Brigadiere Fabbri", sagte Jens.

Der so seltsam ausstaffierte Mann richtete sich würdevoll auf und schritt ihnen voran in ein altmodisch eingerichtetes Wartezimmer. Die Wände waren teils getäfelt, teils mit grünem Rips tapeziert. In der Mitte thronte ein mächtiger runder Tisch, auf dem Zeitschriften lagen, an den Wänden aufgereiht stand ein Sammelsurium von Stühlen aus den verschiedensten Stilepochen von Thonet bis zum Plastikklappstuhl. Eine offene Flügeltür gab den Blick frei in die Ordination. Die plastikbezogene weiße Liege und die gläsernen Instrumentenschränke hoben sich von einem Hintergrund ab, der aus dem 18. Jahrhundert stammen musste: Über drei Wände des Raumes zog sich ein bis zur Decke reichender Verbau aus glänzend poliertem, schwarzem Holz, wie man Ähnliches auch in altmodischen Apotheken sieht, mit zahllosen Laden, die alle Porzellanknöpfe und Porzellanschilder aufwiesen.

Jens knuffte sie in die Seite. „Komm, erzähl schon, ich kann's auch nicht erwarten."

Juliane nickte. „Also, ich habe noch spät gelesen ..." Sekundenlang war sie nahe dran, von ihrer Entdeckung in dem Prüfungslehrbuch zu berichten, aber der ungeduldige Ausdruck auf dem Gesicht des Polizisten warnte sie, dass sie besser alles nicht unbedingt zur Sache Gehörende weglieβ. Hastig fuhr sie fort: „Gegen halb zwei Uhr stand ich auf und wollte meinen Bademantel holen ..." Sie berichtete in allen Einzelheiten, was geschehen war, und sah, wie der Postenkommandant die Augen zusammenkniff. Hieß das, dass er ihr nicht glaubte?

Verärgert fragte sie Jens: „Meint der Signor Fabbri etwa, ich wecke ihn mitten in der Nacht auf, um ihm Märchen zu erzählen?"

Die Dottoressa mischte sich beschwichtigend ein. „Nein, das tut er sicher nicht. Er wird morgen mit Ihren Verwandten reden und ihnen Fragen stellen."

Die junge Frau fuhr herum. „Morgen? Nachdem der Täter mehrere Stunden Zeit gehabt hat, alle Spuren zu beseitigen? Und was will er mit ihnen reden? Sie höflich fragen, ob sie zufällig zu meiner Tür geschlichen sind und mir Salmiak ins Gesicht schütten wollten? Wenn er sofort mit seinen Männern hinfährt ..."

Fabbri sagte etwas, was Jens mit sichtlichem Unbehagen übersetzte. „Er meint, es sei der Signora ja nichts passiert."

„Nichts passiert?" Juliane sprang auf. „Sag diesem ... diesem Provinzpolizeikasper, dass mir nur deshalb nichts passiert ist, weil ich schnell reagiere! Wer immer dort im Finstern an meiner Tür herumfummelte, hatte eine Flasche Salmiakgeist bei sich, und wozu wohl? Um die Fliesen zu putzen? Die Flasche flog ein paar Millimeter an meiner Nasenspitze vorbei!"

„Nicht so schnell!", protestierte Jens. „Ich übersetze ja schon."

Der Beamte lauschte, nickte würdevoll und gab schließlich seine Entscheidung bekannt.

„Er sagt", dolmetschte der junge Mann, „er sähe keinen Grund, warum du ihn mitten in der Nacht aus dem Bett jagst, wenn dir gar nichts passiert ist, und du sollst nach neun Uhr auf den Posten kommen und offiziell Anzeige erstatten. Dann wird er sich um alles kümmern, wie es im Gesetz vorgesehen ist."

Juliane, die vor Wut kochte, wandte sich an die Ärztin. „Können Sie ihm vielleicht klarmachen …"

Die Frau wehrte entschieden ab. „Das ist nicht meine Kompetenz. Ich kann Filippo nichts befehlen." Sie lachte heiser auf. „Ich will auch nicht, dass er mir befiehlt, wem ich eine Spritze geben darf. Sein Beruf, mein Beruf."

„Sagen Sie mal –"

Jens ergriff warnend ihren Arm. „Lass gut sein, Juliane, das bringt nichts. Wir machen es, wie der *Brigadiere* gesagt hat: um neun Uhr morgens erstattest du eine offizielle Anzeige." Er sagte etwas zu dem Beamten, offenbar eine Wiederholung des eben Gesagten, dem er eine servile Entschuldigung für die nächtliche Ruhestörung anhängte.

Die Ärztin geleitete sie durch den schmalen, stark nach Chemikalien riechenden Flur zur Haustür. Unterwegs beugte sie sich zu Juliane und flüsterte ihr ins Ohr: „Das war es ja, was ich Ihnen sagen wollte, Ragazza! Auf dem gesetzlichen Wege erreichen Sie hier gar nichts, es sind allen die Hände gebunden. Sehen Sie zu, dass Sie in Sicherheit kommen, Poverina, es steht schlecht für Sie." Im nächsten Moment schob sie sie mit unhöflicher Eile zur Haustür hinaus und schloss hinter ihnen ab.

Juliane war außer sich vor Wut, aber sie wusste, dass es keinen Sinn hatte – und höchst unfair gewesen wäre – diese Wut an Jens auszulassen. Schließlich war er ihretwegen mitten in der Nacht aus dem Bett gesprungen und hatte ihr nach dem Verlassen des Doktorhauses angeboten, sie zu seinem Onkel zu bringen. „Es ist völlig unmöglich, dass du jetzt in die Villa Verbena zurückkehrst“, erklärte er ihr. „Sie sind in der Überzahl, du wärst deines Lebens nicht mehr sicher. Komm zu uns und beruhige dich erst einmal.“

Rolf Thiele erwartete sie in der Küche des bunten Hauses. Er war voll angekleidet, frisiert und rasiert und hatte die Espressomaschine in Gang gesetzt. Er lauschte aufmerksam, während Juliane ihm von dem heimtückischen Attentat erzählte.

„Wer kann das gewesen sein?“, fragte sie. „Haben Sie eine Vorstellung? Sie können doch so gut in die Menschen hineinschauen.“

Er schüttelte den Kopf. „Ein Psychiater kann Ihnen – mit Vorbehalt – sagen, wer die Neigung zu einer bestimmten Tat hat, aber er kann Ihnen nicht sagen, wer diese Tat im juristischen Sinne begangen hat. Das ist Sache der Kriminalpolizei.“

„Die ist großartig kompetent, das haben wir ja soeben erlebt.“

„Der *Brigadiere* ist ein Nachtwächter, das stimmt schon, aber wenn ein Mordversuch oder der Versuch schwerer Körperverletzung geplant war, ist er gar nicht zuständig. Die Kriminalpolizei hat ihr Büro in Prato, und dort werden wir morgen früh anrufen – nachdem wir die deutsche Botschaft in Florenz informiert haben. Ohne offiziellen Druck erreichen wir gar nichts. Wenn Sie hier eine Anzeige deponieren, macht Fabbri Papierflieger draus. Er hat viel zu viel Angst, Dr. Ponte zu verärgern.“

„Dr. Ponte wird es nicht erspart bleiben, sich zu ärgern,“ sagte sie. Der starke Kaffee und die beruhigende

Gesellschaft der beiden Männer hatte sie wieder ins Gleichgewicht gebracht. „Ich glaube nämlich, mein Onkel ist keinem Unfall zum Opfer gefallen, sondern ermordet worden."

Beide starrten sie überrascht an. Jens fragte unsicher: „Ermordet? Du meinst, jemand hätte ihn in den Zwinger hineingestoßen?"

„Nein, etwas ganz anderes." Sie begann zu erzählen, wie sie in der Nacht versucht hatte, ihren im Kreis jagenden Gedanken Einhalt zu gebieten, indem sie sich mit dem Prüfungsstoff beschäftigte. „Das Thema ist Toxine im Haushalt. Dabei bin ich auf etwas gestoßen, das mir sehr zu denken gab. Ich erzähle es Ihnen erst mal, Sie können nachher leicht im Internet nachprüfen, ob die medizinischen Lexika bestätigen, was ich sage. Also: Dass Blei giftig ist, haben Sie ja sicher gewusst – in früherer Zeit gab es viele Bleivergiftungen, weil das Schwermetall zur Auskleidung von Wasserleitungen verwendet wurde. In jüngster Zeit kommen Bleivergiftungen kaum noch vor. Glücklicherweise, denn das Gift ist ungemein heimtückisch. Zum einen wird es, wie alle Schwermetalle, nicht wieder ausgeschieden, sondern lagert sich im Körper ab – in allen Organen, aber, was für uns wichtig ist, besonders im Gehirn. Dort ruft es eine Menge bösartiger Symptome hervor, vor allem aber beeinträchtigt es den Verstand. Die Opfer verblöden buchstäblich. Sie treffen unter seinem Einfluss absurde, lebensgefährliche Entscheidungen."

„Zum Beispiel", fiel der ältere Thiele rasch ein, „die Entscheidung, im Juni eine Wollmütze aufzusetzen, alte Aktenordner herumzuschleppen und – vor allem –

in einen Zwinger voll rasender Hunde hinunterzusteigen?"

„Ja, genau das."

Sie schwang auf dem Drehhocker herum und blickte die beiden Männer voll an. „Die Symptome würden also mit den unerklärlichen Beschwerden übereinstimmen, die meinen Onkel vor seinem Tod plagten. Nun ist es aber so, dass Bleivergiftungen in hoch zivilisierten Ländern praktisch nicht mehr vorkommen. Das Gesetz verbietet die Verwendung von Blei in Farben und Glasuren. Die einzige Möglichkeit wäre, dass es in alten Häusern immer noch Wasserleitungen aus Blei gibt."

„In dem Fall hätte aber doch die ganze Familie erkranken müssen, und das schon vor langer Zeit", wandte Jens ein.

„Ja, das stimmt. Ich bin daher zu der Ansicht gekommen, dass das Gift mit Absicht verabreicht wurde, dass mein Onkel ermordet wurde."

Jens fragte: „Könnte er nicht irrtümlich eine größere Menge von dem Gift geschluckt haben?"

„Nein. Die Symptome einer *akuten* Bleivergiftung sind andere. Er ist einer *schleichenden* Bleivergiftung erlegen. Jemand muss ihm immer wieder kleine Mengen des Gifts verabreicht haben. Und das muss von langer Hand geplant gewesen sein, denn die einzige Art, wie man Blei unauffällig verabreichen könnte, ist in Form von Bleiazetat – Bleizucker – der im normalen Handel nicht erhältlich ist."

„Entschuldige, wenn ich einfältige Fragen stelle", mischte Jens sich ein. „Aber gestorben ist er doch ganz eindeutig an Hundebissen."

„Letzten Endes ja. Aber, dass er überhaupt die Käfigtüren geöffnet hat und dann in den Zwinger hinuntergestiegen ist, war eine Folge der Vergiftung. Bei klaren
Sinnen hätte er das nie getan, haben mir alle versichert,
aber er war eben nicht bei klaren Sinnen. Charakteristische Folgen einer Bleivergiftung sind unter anderem
Sinnestäuschungen, irrationale Handlungen, Wahnideen, das habe ich dir doch gerade erklärt."

Jens protestierte beleidigt. „Na schön, bei mir dauert
das Verstehen eben länger als bei Onkel Rolf, der hat
schließlich Medizin studiert. Aber ja, jetzt verstehe ich."

Sein Onkel wandte ein: „Nur: Wer kommt da als Mörder infrage? Doch nur ein Mitglied seines Haushalts,
denn ein Fremder hätte wohl kaum Gelegenheit gehabt, ihm regelmäßig Gift ins Essen zu mischen. Seine
Kinder hatten ein Motiv, das stimmt, aber sie kannten
seine Gewohnheit, immer wieder das Testament zu ändern – bei einer so langfristigen und schleichenden
Vergiftung mussten sie damit rechnen, dass genau das
geschah, was dann auch geschehen ist: dass er nämlich
zum unrechten Zeitpunkt starb. Und die anderen? La
Signora Bertoldi? Die hatte natürlich die beste Gelegenheit, das Essen zu vergiften, aber was hätte sie damit erreicht? Was sie an dem Mann liebte, war seine Vitalität,
seine Potenz noch in späten Jahren, sie brauchte ihn lebendig und gesund. Paolo Quentini hätte überhaupt
nichts vom Tod des Príncipe profitiert, im Gegenteil, er
musste fürchten, unter einem neuen Herrn alles zu verlieren. Die drei Kinder mochten ihn nicht, Dorothea
und Emilia wären sogar bereit gewesen, sich mit Allessandri zu versöhnen und ihn als Kellermeister anzu

stellen, um Bonaparte mit seinen lüsternen Pfoten loszuwerden. Nicht zu vergessen die hilfreiche Nichte des Pfarrherrn, Signora Mariella, die den alten Schurken nicht weniger gehasst hat als seine Kinder. Wir haben also mindestens drei Verdächtige, denn wenn sie es getan haben, war auch Dorothea mit im Bund."

Er richtete sich entschlossen auf. „Mit Ihrem Einverständnis, Juliane, machen wir Folgendes: Sie legen sich noch ein bisschen aufs Ohr, damit Sie morgen frisch sind, wir tun dasselbe, und um neun Uhr, sobald die Botschaft aufmacht, rufen wir dort an. Die sollen mit der Questura reden und durchzusetzen versuchen, dass sie uns einen Kriminalbeamten schicken, der keine Angst vor Niccolo Ponte und seinem Rattenschwanz von Handlangern hat. Einverstanden?"

„Ja, gute Idee." Sie war froh, dass er die Zügel in die Hand nahm. Nach der schlaflosen Nacht und dem Schrecken hatte sie eine lähmende Müdigkeit überfallen, die ihr das Denken und Planen unmöglich machte. Aber sie war noch wach genug, dass sie eine SMS an Dr. Morensky sandte, die der Münchener Anwältin abenteuerliche Nachrichten für den nächsten Morgen ankündigte.

Die Kommissarin

Juliane wurde weitaus früher als erwartet geweckt, und zwar von einem energischen Klopfen an der Vordertür des bunten Hauses. Noch während sie ihre Sinne zu sammeln versuchte, erschien Jens im Türrahmen. „Bist du wach?", fragte er. „Die Polizei ist da und will dich sprechen."

Hat Fabbri seinen lahmen Arsch also doch noch vom Sessel gelüpft, dachte Juliane, während sie sich hochrappelte und das kurze Haar mit den Fingern zurechtkämmte. Sie sah mächtig zerknittert aus, wie ein Blick in den Spiegel verriet, aber Fabbri war es nicht wert, sich seinetwegen das Gesicht zu waschen. Ohne auch nur die Schnürsenkel zuzubinden, schlurfte sie hinunter ins Wohnzimmer, wo die beiden Thieles bereits auf sie warteten – und noch jemand.

„Polizei aus Florenz", erklärte Jens und deutete auf den schlaksigen Mann im schneeweißen Sommeranzug, der mit lässig gekreuzten Beinen an der Tür lehnte. Er war um die dreißig, und obwohl sein Gesicht alle Anzeichen langer Arbeitsstunden an sich trug, war es sonnengebräunt; er kam also viel an die frische Luft. Der glatt zurückgekämmte, üppige Haarschopf war ebenholzschwarz, und er hatte feuchte, dunkle Augen voll südländischen Feuers. Juliane spürte, wie ein unbestimmter Schauder der Beunruhigung sie durchfloss.

Der Mann machte einen klugen und kompetenten Eindruck, allerdings auch den eines Menschen, der sehr ungeduldig werden konnte, wenn man ihm ein X für ein U vorzumachen versuchte.

„Guten Morgen", grüßte Juliane zögernd. Der Beamte aus Florenz beeindruckte sie weitaus mehr, als sie sich selbst gegenüber eingestehen mochte. „Sie sind ..."

Er trat einen Schritt vor und streckte ihr mit einer betont schlaffen Geste – als sei es ihm nicht der Mühe wert, sie zu begrüßen – die Rechte hin. Seine Stimme hatte einen Klang wie ein Cello, als er den Satz in klarem, fast akzentfreiem Deutsch beendete: „Ich bin Kommissarin Fabrizia Orlandini von der Kriminalpolizei Florenz. Sie sind Juliane Emser? Guido Wewelmanns Nichte, die Erbin seines Vermögens?"

Juliane hörte die beiden Fragen wie durch einen schalldämpfenden Vorhang hindurch. Fabrizia? Ihr Blick glitt über den Körper unter dem weißen Anzug, aber das lose, am Hals offene Herrenhemd ließ weder weibliche Formen noch das Fehlen derselben eindeutig erkennen. Jedoch fehlte am Hals der vorspringende Adamsapfel, das deutliche Kennzeichen männlichen Geschlechts, und die Hände und Füße waren zierlicher als die eines Mannes.

Ohne sich um die Musterung – die sie zweifellos bemerkt hatte – zu kümmern, fuhr die Kommissarin fort: „Auf dem Revier erzählte man mir, dass ich Sie hier finde. Ich brauche einige Auskünfte von Ihnen, was die verstorbene Gräfin Luchini betrifft."

Juliane starrte sie verdutzt an. „Wieso die Gräfin Luchini, was hat die denn damit zu tun?"

„Das Fragen überlassen Sie mir, ja?", kam es in sehr kühlem Ton zurück. „Kommen Sie jetzt bitte? Mein Wagen steht draußen."

Juliane folgte ihr vors Haus, immer noch zu verdattert, um klar denken zu können. Sie bekam gerade noch mit, wie Jens ihr nachrief, er würde im Café *La Marionetta* gegenüber der Polizeistation auf sie warten und sie nachher zur Casa Variopinta zurückfahren. Dann saß sie neben der Kommissarin im Wagen und brauste durch die helle morgendliche Landschaft zum Polizeiposten hinunter. Tausend Fragen lagen ihr auf der Zunge, aber sie war klug genug zu schweigen, anstatt sich einen weiteren Rüffel einzuhandeln.

Fabrizia Orlandini hielt den Wagen an, warf einem jungen Polizisten, der vor dem Haus stand, die Schlüssel zu, wie die Helden in einem Mantel-und-Degen-Film dem Stallburschen die Zügel ihrer feurigen Rosse zuwerfen, und deutete auf den Parkplatz. Dann sprang sie die Betonstufen hinauf, wobei ihr schlaksiger Körper sich lose pendelnd bewegte. Juliane registrierte die Bedeutung dieser Art von Bewegung. Die Frau war in guter körperlicher Kondition, trainierte wahrscheinlich jeden Tag. So bewegte sich nur jemand, der täglich seine Muskeln dehnte und seine Gelenke schmierte. In ihr Staunen mischte sich wohlwollender Respekt.

Fabbri hockte drinnen im Wachzimmer hinter seinem Schreibtisch, was offenbar einen Versuch bedeutete, diese letzte Bastion seiner Herrschaft gegen den plötzlichen Einbruch einer fremden Eroberin zu verteidigen. Die Kommissarin warf ihm nur einen flüchtigen Blick zu, beorderte einen der verlegen herumstehenden Jungpolizisten, ihr Kaffee zu machen und setzte sich dann an den zweiten Schreibtisch, während sie Juliane den Stuhl daneben anbot. Sie zog das Keyboard des Computers an sich heran, rückte es ungeduldig hin und her, bis es genau ihren Wünschen entsprach, und begann dann ohne weitere Präliminarien mit ihren Fragen. „Haben Sie erwartet, die Fattoria Le Querce zu erben? Waren Sie schon früher hier? Standen Ihre Eltern und Ihr Onkel einander sehr nahe? Kennen Sie den Anwalt Dr. Niccolo Ponte?“

Juliane schielte auf den Bildschirm und sah, dass ihre kompletten Personalien einschließlich der Passnummer und ihrer Münchner Adresse am Anfang des Dokuments eingetragen waren, zusammen mit einem langen Absatz in italienischer Sprache, der von Fragezeichen nur so wimmelte.

„Hatten Sie häufig Kontakt mit Ihrem Onkel? Was veranlasste ihn, Ihnen das Gut zu hinterlassen? Kannten Sie die Gräfin Luchini? Befassen Sie sich mit Weinbau?“

Juliane beantwortete die Fragen nach bestem Wissen und Gewissen, obwohl sie keine Ahnung hatte, worauf die Beamtin hinauswollte.

Nach einem halbstündigen Verhör schob die Kommissarin das Keyboard von sich, lehnte sich in den Stuhl zurück und begann an einem Kugelschreiber zu kauen, während sie Julianes Gesicht aufmerksam studierte. Dann, wie als Antwort auf eine unausgesprochene Frage, zog sie den Stift zwischen den Zähnen hervor, legte ihn weg und erklärte: „Ich bin dabei, das Rauchen aufzugeben. Fällt mir nicht leicht, aber es muss sein.“

„Verstehe. Haben Sie Atembeschwerden beim Training?“

Die Kommissarin sah überrascht aus. „Ja“, gestand sie. „Aber woher wissen Sie, dass ich trainiere?“

„Das sieht man doch. So geschmeidig ist kein Stubenhocker.“

„Mir sieht man es garantiert weniger an als Ihnen. Sie haben eine sehr ... beachtenswerte Figur. Sportstudentin, ja. Das sieht man. Aber zurück zum Geschäft.“ Sie schlug die Beine übereinander und fuhr fort, den Blick auf die Spitzen ihrer weißen Tennisschuhe gerichtet: „Ich gehöre der Mordkommission der Questura Florenz an. Wir untersuchen einige verdächtige Todesfälle vermögender alter Damen, die zufälligerweise allesamt Klientinnen von Herrn Ponte waren.“

„Dann ist die Contessa Luchini also wirklich ermordet worden!“

„Über Einzelheiten darf ich nicht sprechen. Was Sie sich zusammenreimen, ist Ihre Sache. Signora Emser, es wird einige Schwierigkeiten geben, bevor Sie Ihr Erbe antreten können. Zurzeit ist noch offen, ob nicht zumindest ein Teil davon zu Unrecht in den Besitz des Erblassers gekommen ist.“

„Die Schwierigkeiten haben bereits begonnen, Kommissarin. Ich dachte ursprünglich, Sie wären meinetwegen gekommen – wegen des Anschlags, der letzte Nacht auf mich verübt wurde. Jemand versuchte, mir Salmiakgeist ins Gesicht zu schütten.“

Die Beamtin sah überrascht auf. „Berichten Sie.“

Also erzählte Juliane ihr alles und vergaß auch nicht zu vermelden, wie gleichgültig Fabbri sich ihr gegenüber benommen hatte. Aus dem Augenwinkel beobachtete sie, wie der Dicke sich hinter seinem Schreibtisch vor schlechtem Gewissen krümmte – umso mehr, als die florentinische Beamtin das nächtliche Attentat sehr ernst nahm.

„Sie müssen ernstlich befürchten, dass jemand Ihnen nach dem Leben trachtet, Signora," erklärte sie. „Dieses Erbe ist ein Unglück für Sie."

Juliane beschloss, reinen Tisch zu machen. „Kann ich unter vier Augen mit Ihnen sprechen?"

Fabbri und die beiden herumlungernden Polizisten wurden ins Nebenzimmer geschickt. Sobald sie allein waren, erzählte Juliane der Kommissarin von ihrem Verdacht, ihr Onkel sei einer Bleivergiftung zum Opfer gefallen. Sie googelte die Seite im medizinischen Lexikon, und wiederholte, was die Geschwister und die beiden Thieles ihr über die merkwürdigen Zustände erzählt hatten, unter denen Guido Wewelmann vor seinem Tod gelitten hatte.

Sie sprach auch von ihren eigenen Überlegungen. „Es ist heute praktisch unmöglich, zufällig und irrtümlich zu einer chronischen Bleivergiftung zu kommen. Jemand muss ihm das Gift verabreicht haben, und zwar jemand aus seiner unmittelbaren Umgebung. Bitte glauben Sie nicht, dass ich aus persönlichen Gründen jemanden in Verdacht bringen möchte ..."

Fabrizia Orlandini machte eine unwirsche Handbewegung, die den Einwand wegwischte. „Es zählen nur die Fakten. Um festzustellen, ob Ihr Verdacht berechtigt ist, müssten die Überreste Ihres Onkels obduziert und speziell auf Bleivergiftung untersucht werden."

„Ich weiß, es ist nur … entschuldigen Sie, wenn ich das so sage, aber es ist nicht mehr viel da, was man obduzieren könnte, sagte man mir. Nicht, nachdem zwei Dutzend ausgehungerte Kampfhunde über ihn hergefallen waren."

„Das würde einen Gerichtsmediziner nicht schrecken, Signora Emser."

„Also werden Sie eine Exhumierung veranlassen?"

„Ich muss mir das erst durch den Kopf gehen lassen und auch mit meinem Vorgesetzten besprechen. Auf keinen Fall wollen wir hier auf einen unbestimmten Verdacht hin eine gewaltige Aufregung auslösen." Sie beugte sich vor und legte der jungen Frau, während sie ihr eindringlich in die Augen starrte, die Hand auf die Schulter. „Es ist Ihnen doch klar, dass man den Verdacht eines Giftmordes nicht leichtfertig äußert?"

„Natürlich."

„Gut. Es ist mir lieb, dass Sie noch ein paar Tage hierbleiben, ich werde Sie noch brauchen. Werden Sie weiterhin bei den Thieles wohnen?"

„Ich weiß nicht. Lieber nehme ich mir ein Zimmer im Albergo. Ich kenne die beiden ja kaum."

„Nein? Ich kenne sie inzwischen schon recht gut." Fabrizia Orlandini stand auf und strich die flatternde Leinenhose um die männlich kantigen Hüften herum glatt. „Ich habe Recherchen über jeden Ausländer in der Umgebung von Le Querce angestellt, und über einen prominenten Arzt wie Dr. Thiele ist es leicht, etwas zu erfahren."

Juliane streckte unwillkürlich die Hand aus und fasste die Kommissarin am Handgelenk. „Sagen Sie mir bitte, ob ich den beiden Thieles vertrauen kann."

Die Beamtin lachte trocken. „Vertrauen Sie grundsätzlich nie einem Mann, sie sind alle nichts wert. Aber wenn Sie meinen, ob die beiden im Verdacht finsterer Umtriebe stehen – nein. Das Schlimmste, was man über Dr. Thiele sagen kann, ist, dass er abscheulich kitschige Bilder malt." Sie fasste Julianes Hand und schob sie von ihrem Gelenk weg, mit einer Bewegung, die viel sanfter und langsamer war, als der Anlass gerechtfertigt hätte. Dann fragte sie plötzlich: „Sie gehen sicher jeden Tag joggen, nicht wahr?"

„Genau das würde ich im Moment tun, wenn Sie mich nicht abgeholt hätten."

„Ich laufe auch, so oft ich Gelegenheit habe, und würde gerne wenigstens am Abend meine übliche Runde schaffen, aber ich kenne die Wege hier nicht. Hätten Sie Lust, mich auf Ihre Runde mitzunehmen?"

„Klar. Wann wollen Sie denn?"

„Achtzehn Uhr? Ich hole Sie bei den Thieles ab. Und jetzt werde ich einmal mit Ihren Verwandten reden."

***

Jens hatte getreulich im Café *La Marionetta* gegenüber der Polizeistation gewartet, sichtlich ein wenig besorgt, was die fremde Beamtin von Juliane wollte. Er atmete auf, als die junge Frau unbeschadet das Café betrat und ihm zurief, sie könnten heimfahren.

„Es freut mich, dass du die Casa Variopinta schon als Zuhause betrachtest", sagte er, während er ihr die Tür des Mazdas aufhielt. „Aber jetzt erzähl, was wollte sie eigentlich von dir?"

„Sie hat mich gebeten, sie beim Joggen zu begleiten, weil sie die Wege hier nicht so gut kennt."

Jens starrte sie verdutzt an, dann lachte er. „Da hast du ja ein Herz im Sturm erobert. Soll ich jetzt eifersüchtig sein?"

„Du hast keine Besitzansprüche auf mich."

„Wenn du auf Frauen stehst, sag's gleich, bevor ich mich ganz ernsthaft in dich verliebe."

Sie zuckte die Achseln. „Ich weiß nicht. Ehrlich gesagt, mich regt Sex in keiner Form besonders an. Und sag jetzt bloß nicht, ich hätte nur noch nicht den richtigen Mann getroffen. Ich habe schon ein paar die Treppe hinuntergeworfen, die mir gesagt haben, ich würde anders denken, wenn sie nur erst Gelegenheit gehabt hätten, mir ihre Kunststücke zu zeigen."

Er lachte nicht, sondern erwiderte nachdenklich: „Du bist wie Onkel Rolf. Der bringt einfach kein Interesse an Sex auf. Dabei ist er ein gutaussehender Mann, findest du nicht? Eine Menge Frauen hätten ihn mit Handkuss genommen. Die Familie dachte lange, er sei vielleicht schwul und traue sich nur nicht, es zuzugeben, aber seit ich ihn näher kenne, weiß ich, dass es das auch nicht ist. Er ist Männern gegenüber ebenso gleichgültig wie Frauen. Und dabei ist er nicht irgendwie verklemmt oder prüde. Wir gehen sogar nackt im Pool schwimmen."

Sie kicherte. „Ich weiß. Mein Vetter Adam hat es mir mit tiefster moralischer Entrüstung mitgeteilt."

„Dein Vetter Adam hat es gerade nötig, sich über irgendjemand moralisch zu entrüsten", fuhr der junge Mann hitzig auf. „Der Kerl säuft wie ein Bürstenbinder und versetzt seine Schwestern in Angst und Schrecken damit, dass er Haus und Hof zu verspielen droht!“

„Dann ist er also ein Spieler, genau wie sein Vater?“

„Das weiß ganz Dormiani. – Aber hier sind wir, komm, du musst dich erst mal entspannen.“ Er grinste süffisant. „Nach dieser furchtbar aufregenden Begegnung mit Fabrizia Orlandini.“

Die Arena der Gladiatoren

Fabrizia Orlandini war pünktlich. Schlag sechs Uhr stand sie vor der Casa Variopinta in Laufschuhen, Leggings und einem bis zu den Knien hängenden T-Shirt, einen Mini-Rucksack auf dem Rücken. Sie lehnte es ab, hereinzukommen, und trat ungeduldig wie ein Rennpferd vor dem Start auf der Stelle, während Juliane sich in aller Eile von ihren Gastgebern verabschiedete.

Gleich darauf trabten die beiden Frauen Seite an Seite den Feldweg entlang. Glücklicherweise wurden Julianes Fähigkeiten als Pfadfinderin auf keine harte Probe gestellt. Die Thieles hatten ihr erklärt, dass der Feldweg noch ein ganzes Stück weit über die Hügelkuppen führte, bis bei einem Bildstock ein Pfad abzweigte, der den Südhang der Colline di Montalbano hinunter und dann waagrecht durch die Weinberge führte, um nahe der Autostraße wieder auf den ursprünglichen Weg zu stoßen.

Der Abend war herrlich. Juliane spürte, wie der Stress des Tages von ihr abfiel, als sie in langsamem Aufwärmtrab neben der Kommissarin herlief. Sie merkte sofort, dass die Frau keine Gelegenheitsjoggerin war, sondern eine geübte Läuferin wie sie selbst. Ohne ein Wort zu wechseln, verfielen sie in denselben Rhythmus. Als sie hinreichend aufgewärmt waren, steigerten sie das Tempo, liefen sich ein, bis Juliane das warme Wohlgefühl spürte, das ihr Körper immer empfand, wenn er in Form war, wenn sie das Gefühl hatte, dass sie jetzt Stunden und Tage so weiterlaufen könnte. Fabrizia blieb an ihrer Seite, obwohl sie größer war und längere Schritte machte. Sie sprachen nicht miteinander, sondern konzentrierten sich auf den Lauf. Juliane fühlte, wie eine Welle sinnlicher Lust sie überschwemmte, das Gefühl, eine körperliche Einheit zu bilden, ein Zwillingswesen, das seinen Doppelleib in mühelosem Gleichklang steuerte. Obwohl sie einander nicht einmal zufällig berührten, meinte sie, Fabrizias hageren, männlichen Körper zu spüren wie ihren eigenen.

Sie erreichten den Bildstock und bogen in den abwärts führenden Pfad ein. Das Tal des Arno lag in der ganzen Schönheit der Abendsonne vor ihnen. Blaue Schatten breiteten sich über die Teile der Hügel, die das Sonnenlicht nicht mehr erreichte, der Rest schimmerte kupfern und golden und im Smaragdgrün der üppigen Vegetation. Nicht einmal die Industriestädtchen konnten den Reiz des Bildes stören.

Die Villa San Sebastiano kam in Sicht. Aus einem der Schornsteine stieg Rauch, was wohl bedeutete, dass Paolo Quentini zu Hause war.

„Sieh an, der Lustmolch ist daheim", bemerkte auch prompt die Kommissarin.

„Sie kennen Quentini?", fragte Juliane überrascht.

„Aber natürlich. Ich kenne jeden, der mit Ihrem Onkel näher zu tun hatte. Hat er Ihnen schon unsittliche Anträge gemacht?"

„Nein, aber er schien sehr nahe dran zu sein. Ich bin ihm erst einmal begegnet, aber er sah mich von oben bis unten mit diesem Blick an: Zieh dich aus, ich möchte alles über dich wissen."

Sie lachten beide.

„Genug für heute." Die Kommissarin verlangsamte ihr Tempo und blieb stehen. „Sie könnten zweifellos noch weiterlaufen, aber mir reicht es." Sie trat an den Rand des Weges und begann die abschließenden Dehnungsübungen zu machen.

Juliane tat es ihr gleich, obwohl sie tatsächlich noch ein ganzes Stück hätte weiterlaufen können.

Fabrizia zog das durchschwitzte T-Shirt über den Kopf und enthüllte, als sie sich damit die Achselhöhlen trocknete, einen gut proportionierten Oberkörper mit so kräftigen Brustmuskeln, dass der eigentliche Busen kaum als solcher zu erkennen war. Sie schlüpfte aus Hose und Slip und zog ein trockenes Höschen an. Wenn sie nackt war, wirkte ihr gesamter Körper weiblicher als in dem weißen Herrenanzug, hager und sehnig zwar, aber mit eleganteren Formen, einer weicheren Silhouette als ein männlicher Körper. Der Haarbusch zwischen ihren Schenkeln war zu einer Irokesenbürste rasiert. Sie stieg lässig in die Leggings, rollte sie hoch und setzte sich dann auf die zerbröckelnde Mauer am Wegrand.

Ohne sich um die Zuschauerin zu kümmern, wühlte sie aus ihrem Rucksack ein frisches T-Shirt und eine leichte Weste und zog beides an. Dann förderte sie eine Trinkflasche und eine Tafel Schokolade zu Tage und bot Juliane davon an. „Wollen wir uns fünf Minuten setzen?"

„Sofort. Ich bin gleich umgezogen. Ich hasse nichts so sehr wie feuchte Unterwäsche auf den Nieren, Sie nicht auch?" Sie fühlte sich merkwürdig hin und hergerissen zwischen dem Bedürfnis, auf die Herausforderung zu antworten, und nun ihrerseits ihren sportlichen Körper zur Schau zu stellen, und einer kleinmädchenhaften Scheu, das vor den Augen einer Frau zu tun, die so offensichtlich darauf wartete. Nicht, dass sie Angst gehabt hätte, sich begutachten zu lassen. Es war eher so, als wartete die Kommissarin auf ein weiteres Erkennungszeichen nach dem gemeinsamen Lauf, ein weiteres Band, das sie zwischen ihnen knüpfen konnte. Zeigte sie sich, so sprach sie damit ein Losungswort aus, das sie vertrauenswürdig machen konnte, wenn es akzeptiert wurde.

Sie holte tief Atem, warf die Bluse ab und streckte sich mit nacktem Oberkörper in lässiger Pose. Sie konzentrierte sich darauf, nichts anderes zu tun als sonst auch. Raus aus der feuchten Wäsche, mit dem mitgebrachten Handtuch abtrocknen, trockenes Zeug anziehen. Wortlos knüpfte sie die Schnürsenkel auf, schlüpfte aus der Jogginghose und dem durchschwitzten Slip, zog einen frischen Slip an und schlüpfte, nachdem sie sich gründlich die Beine abgetrocknet hatte, wieder in die lange Hose.

Fabrizia beobachtete sie von ihrem Sitzplatz auf der Mauer aus, ohne sich zu bewegen.

Juliane setzte sich in einiger Entfernung ebenfalls hin, trank aus ihrer eigenen Flasche und nahm dankend eine Rippe Schokolade an. Schließlich ergriff sie das Wort. „Dann ist die arme alte Contessa also ermordet worden, nachdem Dr. Ponte und mein Onkel ihr ihren Besitz abgeluchst hatten. Sie haben sie in dieses Sanatorium verschleppt und umgebracht, damit sie keinen Krach mehr schlagen konnte. Und sie war nicht die einzige hilflose alte Klientin, der Ponte so übel mitgespielt hat."

Fabrizia Orlandini kaute hingebungsvoll an ihrem Stück Schokolade. Achselzuckend und mit vollem Mund antwortete sie: „Sie wissen doch, dass ich Ihnen keine Auskünfte über eine laufende Ermittlung geben darf. Kann schon sein, dass Sie recht haben, aber ich darf Ihnen nichts dazu sagen."

„Ja, ich weiß. Ich mache mir auch nur so meine Gedanken. Sie sind nach Dormiani gekommen, weil Sie dachten, ich sei eine heimliche Komplizin meines Onkels und hätte deshalb das Gut geerbt. Aber das stimmt nicht. Er hat es aus purer Bosheit getan. Wie Adam sagte: Er hätte es auch einem Katzenheim in Napoli hinterlassen können. Es war Zufall, dass er mich auswählte."

„Vielleicht. Oder tat er es zum Gedächtnis an ihren Vater, an dessen Tod er ja nicht ganz unschuldig war?"

Juliane starrte sie an. „Mein Vater? Was hat sein Tod denn mit der ganzen Sache zu tun? Er ist seit vielen Jahren tot, und er starb bei einem Autounfall."

„In gewisser Weise ja."

„Was heißt *in gewisser Weise*? Es gab nie irgendwelche Zweifel an der Tatsache!"

„Keine, die man Ihnen mitgeteilt hätte. Sie waren ja auch noch ein halbes Kind – gerade dreizehn Jahre alt, zu jung, um in einen Skandal mit hineingezogen zu werden. Die Untersuchung verlief im Sande, also dachte ihre Mutter zuletzt wohl, es sei klüger, schlafende Hunde ruhen zu lassen. Aber Polizisten haben die Eigenschaft, auf solchen alten Geschichten sitzen zu bleiben und sie bei Gelegenheit wieder auszugraben, und diese Gelegenheit ergab sich, als Ihr Onkel in Verdacht geriet, Kampfhunde nicht nur abzurichten, sondern auch selber illegale Hundekämpfe zu veranstalten. Es war wieder einmal sein altes Laster – die Leidenschaft am Spielen und Wetten, je riskanter, desto besser. Ihr Vater war ein Opfer derselben Leidenschaft, deshalb ließ er sich seinerzeit leicht von seinem Bruder überreden, an einem illegalen Autorennen teilzunehmen, bei dem exorbitante Summen auf den Gewinner gesetzt wurden. Er ging das Risiko ein – und kam ums Leben. Wie ein Gladiator in der Arena.“

Juliane schluckte schwer an dieser Eröffnung, aber noch bevor sie eine Frage stellen konnte, fuhr die Kommissarin fort: „Man sollte doch denken, die bittere Tatsache, dass er zumindest eine Teilschuld am tragischen Tod seines eigenen Bruders trug, hätte ihren Onkel bewegt, sich vom Spiel abzuwenden, aber keine Rede davon. Vielleicht war es sogar der Umstand, dass Ihr Vater bei einem solchen Rennen tödlich verunglückte, der ihn letztendlich auf den Gedanken brachte, auf Tod und Leben zu wetten. Wer einmal Blut geleckt hat, will es immer wieder schmecken, sagt man. Karten, Würfel, Roulette interessierten ihn längst nicht mehr. Er ließ sich auf immer riskantere Wetten ein. Hähne gegen Hähne. Hunde gegen Hunde. Hunde gegen Menschen. Menschen gegen Menschen.“

Juliane begriff nicht gleich. „Menschen?“

Fabrizia fuhr herum, und ihre großen schwarzen Augen flammten leidenschaftlich auf. „Ja, meinen Sie, jemand der zusehen kann, wie zwei vor Angst und Wut rasende Hunde einander zerfleischen, bis beide tot zusammenbrechen, hat noch Skrupel, dasselbe auch bei Menschen zu sehen? Er – und übrigens auch Ihr Vater – war Mitglied eines Zirkels, der sich *Circo della Morte* nennt, Zirkus des Todes. Die Mitglieder, die verstreut in ganz Italien und zum Teil auch im angrenzenden Ausland leben, veranstalten reihum Gladiatorenkämpfe, bei denen ungeheure Summen gesetzt werden. Sie können sich vorstellen, wenn ein ausgebildeter Kampfhund runde 150.000 Euro wert ist, wie viel dann ein menschlicher Gladiator wert ist.“

Juliane schrie sie an. „Und Sie haben jahrelang nichts unternommen?“ Sie sprang auf. In ihrer Wut und ihrem Entsetzen war sie nahe daran, auf die Beamtin einzuschlagen.

„He, bleiben Sie cool.“ Fabrizia packte sie mit beiden Händen an den Armen und zwang sie mit beachtlicher Kraft, sich wieder hinzusetzen. „Bis solche Dinge ans Tageslicht kommen, dauert es eine Zeit lang. Meinen Sie, so etwas klärt man auf wie einen Einbruch in einer Würstchenbude? Derartige Zirkel sind sehr verschwiegen, ihre Mitglieder sind reiche und einflussreiche Leute. Wir hatten einen gewissen Verdacht, aber wäre Ihr Onkel nicht von seinen eigenen Hunden getötet worden, so hätten wir keine Handhabe gehabt, nähere Nachforschungen anzustellen. Es ist nicht verboten, Hunde scharf zu machen, und wenn sie misshandelt werden, geht das erst einmal den Tierschutzverein an.

Erst der Tod Guido Wewelmanns erhärtete den Verdacht, dass er Kampfhunde nicht nur dressierte, sondern auch selbst verbotene Kämpfe veranstaltete. Und auch dann fiel die Sache vorerst nicht in meine Kompetenz, denn Tiere zu Tode zu hetzen, alarmiert nicht die Mordkommission. Ich wurde erst eingeschaltet, als der Verdacht auftauchte, dass es viel weiter ging. Hunde gegen Hunde, Hunde gegen Menschen, Menschen gegen Menschen. Allerdings kann das Gesetz einen Toten nicht verfolgen, und wir können nur hoffen und beten, dass die Pfarrer recht haben und es eine Hölle gibt, *molto caldo, molto nero, molto profondo* – sehr heiß, sehr schwarz, sehr tief.“

Juliane fühlte sich schwindlig. „Und Sie dachten, ich hätte mit dieser Scheiße etwas zu tun, ja?“

Die Kommissarin zuckte lässig die Achseln. „Nun ja, dass er Ihnen die Fattoria hinterließ, war schon ein gewisser Verdachtsgrund. Tale il Padre, tale il Figlio, sagt man hier – wie der Vater, so der Sohn. Ihr Vater war ein Spieler und ein Mitglied des *Circo della Morte*, warum sollten Sie es nicht auch sein? Ihr Vater unternahm immer wieder heimliche Reisen zu seinem Bruder, warum sollten Sie nicht dasselbe getan haben, während Sie angeblich brav und bieder in München Sport studierten?“

„Verstehe. Und hegen Sie diesen Verdacht immer noch? Wenn nein, warum nicht?“

„Ich würde nicht hier sitzen, wenn ich Sie noch in Verdacht hätte. Warum nicht? Weil seit Guido Wewelmanns Tod eine Menge Beamter in München und Florenz am Computer und am Telefon gesessen haben und fleißig wie die Bienen waren. Wir haben kontrolliert, ob Sie jemals in Italien waren, legal oder illegal, wir haben Sie nach allen Richtungen durchleuchtet, und wenn Sie Ihrem Onkel nur den kleinen Finger gegeben hätten, dann wären Sie jetzt in Haft. Aber Sie sind okay. Sie sind wirklich, was Sie zu sein scheinen – eine harmlose Sportstudentin, die in diese Schlangengrube hineingeraten ist, ohne zu wissen, wie."

„Dann war das Verhör heute Morgen nur Bluff?"

„Sagen wir, es gab meinen Untersuchungen den letzten Schliff. Ich wollte noch einmal checken, ob ein persönliches Gespräch mit Ihnen neue Gesichtspunkte ergäbe – und ich wollte einfach sehen, wer und wie Sie sind."

Juliane stand auf, spreizte die Beine und stemmte die Fäuste in die Hüften. „Nun, hier bin ich, sehen Sie mich gut an, Kommissarin."

Die Frau lächelte. „Das habe ich schon getan." Sie hob mit einer abbittenden Geste die Hände. „Juliane, es gehört zu meinem Job, alle und jeden zu verdächtigen. Jetzt bin ich einerseits froh, dass Sie nichts mit diesen Scheußlichkeiten zu tun haben. Andererseits bin ich natürlich enttäuscht, denn jetzt gibt es ein Verbindungsglied weniger zu dem Spielerzirkel, den ich sehr gerne ausheben würde. Diese Leute sind nicht nur kriminelle Spieler, sie sind nichts Besseres als Mörder, auch wenn sie nicht selbst die Hand erheben. Sie sind die Zuschauer in der Arena der Gladiatoren, die Leute, die den Daumen nach unten drehen, wenn einer um Gnade bittet."

Juliane blickte zu Boden. „Adam", murmelte sie kaum hörbar. „Aber das wussten Sie doch sicher, oder?"

„Adam …" Die Kommissarin ließ den Namen auf der Zunge zergehen. „Ja, natürlich. Wir könnten ihn zum Verhör laden, aber ich glaube nicht, dass er uns viel erzählen würde. Er weiß genau, dass sein Leben nichts mehr wert wäre, wenn er seine feinen Freunde verrät. Das ist bei allen diesen Typen das Problem. Eine der Regeln des *Circo della Morte* lautet: Wer nicht dichthält, landet selbst in der Arena."

Sie blickte zu den Wipfeln der Bäume auf, als hätte sie Julianes Gegenwart völlig vergessen. „Nein, man müsste das ganz anders anpacken. Eine Falle stellen – eine, der Adam nicht widerstehen kann. Man müsste ihn damit ködern, dass man ihm vorgaukelt, er könne auf einen Schlag genug Geld verdienen, um alle seine Spielschulden zurückzuzahlen. Ein Kampf … ein ganz besonderer Kampf, bei dem exorbitante Beträge gesetzt werden, ein Kampf, für den er sagenhaft hohe Eintrittsgelder verlangen kann. Wir beobachten das Ereignis und wenn all die Ratten versammelt sind, schlagen wir zu."

Juliane schüttelte den Kopf. „Und was soll das für ein Kampf sein?"

Die Kommissarin blickte weiter an ihr vorbei in die Baumkronen. „Sie gegen Rabon", sagte sie.

Juliane schlenderte wie betäubt den staubigen Pfad zwischen den Weingärten entlang. Sie hörte nur mit halbem Ohr zu, was Fabrizia sagte; die Beamtin musste es immer mehrmals wiederholen, ehe sie begriff.

„Natürlich nur zum Schein, wir lassen es nicht so weit kommen. Sie müssen lange genug mitspielen, um sicherzugehen, dass das gesamte Pack versammelt ist …

meine Leute sind immer in der Nähe, es kann Ihnen nichts geschehen."

„Wo wollen Sie Rabon herkriegen? Der ist verschwunden."

„Nein, ist er nicht. Er ist bei Cesare Allessandri, was Sie sich leicht hätten denken können. Er hat den Hund schon einmal bei sich versteckt und es jetzt wieder getan. Außerdem ist es ganz egal, wo der Hund ist, weil er überhaupt nicht in Erscheinung treten wird. Ich rede mit Allessandri. Wir werden ein kleines Video drehen, das Adam seinen Freunden vorspielen kann, um ihnen Appetit zu machen."

Sie redete weiter und weiter. Mit jedem Schritt, den die beiden Frauen nebeneinander hergingen, nahm der Plan Gestalt an. „Sie bringen Adam auf den Gedanken, indem Sie eine Bemerkung machen in dem Sinne, gegen Ihre Selbstverteidigungstechniken hätte ein Hund keine Chance, nicht einmal ein Monster wie Rabon. Dann sagen Sie, Sie würden es dem schwarzen Bastard gerne heimzahlen, was er Ihrem Onkel angetan hat."

„Hey, das klingt sehr plausibel! Adam weiß, dass ich Onkel Guido keine Träne nachweine."

„Ist doch egal! Wichtig ist nur, dass er anbeißt, dass die Idee in ihm Gestalt annimmt. Was für ein Spektakel! Die schwarze Bestie, die seinen Vater zerfleischt hat, kämpft gegen eine unbewaffnete, nackte Frau!"

„Nackt?!"

Fabrizia wischte den Einwand ungeduldig weg. „Sie müssen Adam diese Idee einflüstern. Je aufregender der Kampf zu werden verspricht, desto eher werden sie alle angelaufen kommen, und dann machen wir den Sack zu."

„Mannomann", flüsterte Juliane. „Haben Sie öfter solche Ideen?"

Keine Antwort.

Juliane setzte von Neuem an. „Hören Sie, Kommissarin, ich glaube nicht, dass das klappt. Adam wird mir nie abkaufen, dass ich im Ernst gegen diesen Monsterhund antreten würde."

„Nein, natürlich nicht. Er wird denken, dass Sie nur prahlen. Aber Ihre Prahlerei bringt ihn auf eine gute Idee. Er wird Sie beim Wort nehmen und zu diesem Kampf zwingen."

„Super! Und wenn dann von mir nur noch so viel übrig ist, dass es nicht einmal für eine Obduktion reicht, setzen Sie mir im Hof der Questura Florenz ein Denkmal, ja?"

„Seien Sie nicht kindisch. Ich sagte Ihnen doch, ich passe auf Sie auf."

„Danke, große Schwester."

Fabrizia Orlandini zuckte die Achseln. „Denken Sie darüber nach. Und sprechen Sie mit niemandem darüber." Dann wechselte sie abrupt das Thema. „Ich habe mit dem Institut für Rechtsmedizin gesprochen. Sie haben mir bestätigt, dass die Symptome sehr gut auf eine Bleivergiftung passen würden, und dass Ihr Verdacht gerechtfertigt ist, dass das Gift mit Absicht verabreicht wurde. Die Pathologen sagten mir, die einzigen Leute, die heutzutage noch Bleivergiftung bekommen, seien Junkies, die gewohnheitsmäßig an verbleitem Benzin schnüffeln, und das traf auf Herrn Wewelmann ja wohl nicht zu. Bei all den vielen Leuten in seiner Umgebung, die ein brisantes Motiv hatten ihn umzubringen, ist der Gedanke an Mord nicht allzu fernliegend.

Schade, dass Sie die ganze Zeit in München waren, Juliane, Sie hätten eine exzellente Hauptverdächtige abgegeben." Sie lachte. Es klang, als rollten Kiesel über ein Blechdach.

„Ich mag Leute, die Humor haben", kommentierte Juliane frostig. „Also werden Sie die Gruft öffnen lassen?"

„Ja. Der Staatsanwalt gibt seinen Sanctus dazu. Heute Abend um neun Uhr. Es sollte eigentlich diskret vor sich gehen, aber nachdem der Pfarrer in Kenntnis gesetzt werden musste, weiß es wahrscheinlich schon das ganze Dorf."

„Und Sie meinen, die Ärzte können aus den Überresten noch entnehmen ..."

„Aber sicher. Denen genügen viel kleinere Restchen. Sie kennen doch wohl die berühmte Geschichte des deutschen Papstes Clemens im 11. Jahrhundert? Nein? Sie sorgte vor etwa vierzig Jahren für erhebliche Spannungen zwischen Italien und Deutschland. Als der deutsche Bischof Heinrich von Bamberg unter dem massiven Druck des deutschen Kaisers und gegen den Willen der Italiener zum Papst gewählt wurde, munkelten die Kenner der Kirchenszene, dass Seiner Heiligkeit Clemens II. kein langes Leben beschieden sein würde. Zu verhasst war den Italienern diese Marionette Heinrichs III., durch dessen manipulierte Wahl dem deutschen Kaiser die Papstkirche in die Hände gespielt werden sollte. Nun, die Italiener sahen da kein Problem. Ein Papst mochte unfehlbar sein, aber unsterblich war er nicht, und in Rom florierte das Gewerbe der Giftmischer. Es überraschte niemanden, dass Clemens II. recht kurz nach seinem Amtsantritt starb. Ein Zeitzeuge vermerkte, dass der Papst von seinen Widersachern vergiftet worden sei.“

„Und? Stimmt das?“

„Warten Sie noch einen Augenblick. Als man im Jahre 1957 entdeckte, dass Clemens II. nicht in Rom, sondern in seiner heimatlichen Residenz Bamberg bestattet worden war, ergriff ein Team von Wissenschaftlern die einmalige Gelegenheit, diese Frage zu beantworten. Kriminalisten, Gerichtsmediziner und Toxikologen untersuchten die Überreste.“

„Was! Nach neunhundert Jahren? Was war denn da von seiner Heiligkeit noch übrig?“

„Nicht viel. Einige mumifizierte Gewebeteile, eine stark geschrumpfte Rippe, einige Kopfhaare und Knochenreste.“

„Und damit konnten sie tatsächlich noch etwas anfangen?“

„Ja. Es war die Rippe, die den Ausschlag gab. Organische Gifte wie Belladonna oder Opium wären nach fast einem Jahrtausend natürlich nicht mehr nachzuweisen gewesen. Aber metallische Gifte lagern sich in den Knochen ein. Man unterzog die Knochenreste also Tests auf verschiedene, damals gebräuchliche Gifte, und bei Plumbum, Blei, schlug die Glocke an. Aus der einen kleinen Rippe konnte man natürlich nur hochrechnen, wie viel Blei sich im gesamten Körper befunden hatte, aber es muss auf jeden Fall eine lebensgefährliche Menge gewesen sein. Der Sarkophag und die winzigen Fetzen Stoff und Leder, die man bei den Überresten gefunden hatte, waren jedoch absolut bleifrei. Was freilich noch kein Beweis ist, dass der unerwünschte Papst an einer Bleivergiftung *gestorben* war, denn die unmittelbare Todesursache hätte ja eine ganz andere, heute nicht mehr feststellbare sein können, beispielsweise ein Dolchstoß zwischen die Rippen. Die Mediziner sprachen also vorsichtig nur von einer großen Wahrscheinlichkeit. Aber so, wie die Dinge standen, ist die Frage: *Wurde Papst Clemens II. vergiftet?*, doch wohl mit Ja zu beantworten. Verabreicht wurde ihm das Gift vermutlich in der damals üblichen Form als sogenannter Bleizucker, dessen süßer Geschmack keinen Verdacht erregte. Sie sehen, ein guter Pathologe kann noch aus winzigen Überresten eine ganze Mordgeschichte herauslesen." Sie grinste sardonisch. „Meinen Landsleuten war es natürlich ungemein peinlich, dass dieses uralte Verbrechen aufgedeckt worden war, und die Pathologen beider Länder stritten eine ganze Weile um des Kaisers Bart – des Papstes Rippe, in diesem Fall. Aber wie sagt man? Es ist nichts so fein gesponnen, dass es nicht kommt ans Licht der Sonnen."

Die Exhumierung

Der Friedhof war abgesperrt worden, um zu verhindern, dass Scharen von Neugierigen zwischen den Gräbern herumliefen und sich um die Gruft drängten. Freilich konnte diese Maßnahme nicht verhindern, dass so ziemlich jeder in Dormiani, der nicht in der Wiege oder auf dem Sterbebett lag, vor der Friedhofsmauer wartete und seine Kommentare abgab. Nicht erschienen waren die Geschwister Wewelmann. Sie ließen ausrichten, dass sie das würdelose Spektakel verabscheuten und es für unter ihrer Würde hielten, an einer makabren Volksbelustigung teilzunehmen.

Die Kommissarin stellte Juliane einen korpulenten, fröhlich aussehenden Mann mit Brille vor, der sich als Gerichtsmediziner der Questura Florenz entpuppte. „Dr. Aldo Ambrogi, Pathologe, er ist spezialisiert auf toxikologische Analysen. Er wird uns in kürzester Zeit sagen können, ob an dem Verdacht etwas dran ist."

Der Arzt, der nur italienisch sprach, nickte Juliane zu. Sie fragte sich, wie ein Pathologe so frisch, rund und gut gelaunt aussehen konnte – Dr. Ambrogi schien sich nachgerade zusammenreißen zu müssen, um den dem Anlass gebührenden Ernst an den Tag zu legen.

Der Pfarrer erschien, gefolgt von den beiden Totengräbern. Der Name Beniamino passte gut zu ihm. Er sah wirklich aus wie jemand, der in kürzester Zeit der Liebling aller wurde – stattlich, glatt, freundlich, gerade attraktiv genug, um einen angenehmen Anblick zu bieten, aber auch wieder nicht so attraktiv, dass er Eifersucht unter seinen Schäfchen entzündet hätte.

Juliane sah zu, wie die äußere Tür des schwarzen Kubus geöffnet wurde. Ein flaues Gefühl machte sich in ihrer Magengrube breit. Sie hoffte sehr, der Pathologe würde den geschlossenen Sarg mitnehmen und nicht an Ort und Stelle den Deckel öffnen und hineinschauen.

Das Innere der Gruft war kahl, schmucklos bis auf zwei bronzene Leuchter, die links und rechts des Sarkophags standen. Es war ein moderner Sarkophag, ein glatter, massiver Trog ohne alle Schnörkel, aus schneeweißem Carrara-Marmor, der im Halbdunkel des fensterlosen schwarzen Würfels aus sich heraus zu leuchten schien.

Juliane hielt den Atem an, als die beiden Totengräber zupackten und den massiven Deckel erst beiseiteschoben und dann an den Sockel lehnten. Sie hatte erwartet, die Überreste Guido Wewelmanns in dem steinernen Trog liegen zu sehen, stattdessen sah sie einen weiteren Sarg aus poliertem Holz, das bereits stumpf und fleckig geworden war. Aufatmend trat sie näher.

Die Kommissarin legte die Hand auf ihre Schulter und flüsterte ihr zu: „Halten Sie sich lieber im Hintergrund, sonst kotzen Sie, wenn der Deckel aufgemacht wird. Es riecht wie schimmlige Scheiße.“

Juliane nahm sich den Rat zu Herzen und zog sich an die Marmorwand zurück, hinter den Pfarrer, dessen breite Schultern den unerfreulichen Anblick verdeckten. Sie hörte, wie der Holzsarg herausgehoben und auf den Boden gestellt wurde, hörte Schraubenzieher im

Holz knirschen und schließlich das dumpfe Klappern, als der Deckel abgehoben wurde. Der Geruch, der aus dem geöffneten Behältnis aufstieg, verschlug ihr den Atem. Sie spürte, wie ihr Magen plötzlich in der Kehle saß und drängte sich durch die Umstehenden, um hinauszukommen, ehe sie ihren Mageninhalt in der Gruft hinterließ. Aber bei diesem Drängen und Stoßen musste sie am Sarg vorbei, und der Kobold der Perversion, den E.A. Poe so erschreckend beschrieben hatte, trieb sie, genau das zu tun, was sie absolut nicht hatte tun wollen – einen Blick in den offenen Sarg zu werfen.

Der Schock war so heftig, dass er den Brechreiz verschwinden ließ. Alles in ihr erstarrte in einem Grauen, als versinke sie in einem nachtschwarzen, eisigen Meer. Was da auf dem von widerlichen Absonderungen durchtränkten Bett aus weißem Atlas lag, waren Hände und Füße und dazwischen ein paar schwammige Fleischsäcke – wolkige, formlose, achtlos mit groben Stichen zu menschenähnlicher Form zusammengeheftete Brocken von Fleisch und Fett, überzogen von der grünlichen Blässe der Fäulnis und bedeckt von einem schattenhaften Netz schwärzlicher Adern, die an der Oberfläche des Leichnams durchschlugen. Das Entsetzlichste aber war das von schmutzig verklebten weißen Haaren umrahmte Gesicht, das am oberen Ende dieses rudimentären Fleischhaufens lag – ein riesiges, faltiges, in sich zusammengerutschtes Gesicht, schlaff und fahl wie eine leere Gummimaske, mit einem offen gähnenden Mund ...

Juliane flüchtete ins Freie und knickte auf dem Marmorsockel des Luchini-Grabes zusammen. Wie durch einen Schleier hindurch sah sie vier Männer herbeieilen, die einen Metallbehälter trugen und damit in der Gruft verschwanden. Der Geruch – dieser entsetzliche Geruch, der sie durch alle Träume verfolgt hatte, stieg ihr in die Nase, klebte in ihrem Rachen, verpestete ihren Mund, haftete an ihr, als wolle er sie nie mehr verlassen: der Geruch faulenden menschlichen Fleisches!

Jemand berührte Julianes Schulter. „Brauchen Sie Hilfe?“

Sie blickte auf und sah die Dottoressa neben sich stehen. „Nein, danke. Ich habe das Schlimmste schon hinter mir. Der Gestank war entsetzlich.“

„Ja, disgustoso, was? Man gewöhnt sich nie daran.“ Die Frau setzte sich neben ihr nieder und bot ihr Pfefferminzpastillen an. „Nehmen Sie, das vertreibt den Geschmack im Mund. Nicht mehr viel vorhanden von Il Príncipe, eh?“

„Immer noch genug, dass ich wünschte, ich hätte es nicht gesehen.“

Die Ärztin schnalzte bedauernd mit der Zunge. „Poverina! Sie sind jung und gesund, Sie sollten so etwas nicht sehen. Sie sollten lebendige Körper sehen, junge, schöne, sportliche – wie Signor Thiele ... der Jüngere.“ Sie zwinkerte ihr zu und versetzte ihr einen aufmunternden Rippenstoß.

Dumpfes Gerumpel wurde von drinnen hörbar. Dann erschienen die Träger wieder mit dem jetzt viel schwereren Behältnis, gefolgt von dem molligen Pathologen, der munter hinter ihnen her watschelte.

Das Friedhofstor wurde geöffnet um die Träger mit ihrer Last durchzulassen. In dem Augenblick, in dem sie der Menge draußen sichtbar wurden, ertönte ein

Schrei – der wahnwitzig gellende Aufschrei einer einzelnen Frauenstimme. Was sie sagte, verstand Juliane nicht, es schien eine Mischung aus Wehklagen und Flüchen zu sein. Gleichzeitig drängte eine schwarz verschleierte Person mit solcher Gewalt durch das Tor, dass die Träger und Carabinieri alle Hände voll zu tun hatten, den Transportsarg vor einem Fall zu bewahren. Die Frau – eine große, breitschultrige Frau, von Kopf bis Fuß in tiefer Trauer – stolperte ungehindert herein. Heulend und jammernd, mit beiden Armen fuchtelnd stürmte sie geradewegs auf die Gruft zu. „Maledetta!“, schrie sie, als sie Juliane entdeckte, schwang herum und kam auf unsicheren Beinen, aber mit erschreckender Geschwindigkeit auf sie zu.

Juliane starrte sie an, sah etwas in ihrer erhobenen Hand im letzten Sonnenlicht aufblitzen und reagierte blitzschnell. Sie riss dem Pathologen, der verdutzt das Spektakel angaffte, die Aktentasche aus der Hand und schleuderte sie der heranstürmenden Frau entgegen. Die kreischte auf, als die schwere Tasche gegen ihre Brust und ihr Kinn prallte, stolperte und fiel rücklings zu Boden. Das glänzende Ding flog aus ihrer Hand, zerbrach an der Marmoreinfassung der Gruft, und beißende Dünste stiegen aus den glitzernden Scherben auf.

„Attenzione!“, brüllte jemand. Umstehende sprangen erschrocken zurück, hielten Kleiderzipfel vor Mund und Nase, während sie aus dem Einflussbereich der Dämpfe flohen.

Die Carabinieri eilten herbei und packten die Frau, die wie ein monströser schwarzer Käfer auf dem Rücken lag, Arme und Beine schwach in der Luft herumbewegte und einen lang gezogenen, entsetzlichen Klageton ausstieß. Sie wurde gewaltsam auf die Füße gestellt, der Hut mitsamt dem Trauerschleier fiel herunter. Zum Vorschein kam das verschwollene, von der Raserei des Wahnsinns verzerrte Gesicht der Signora Bertoldi. Sie blickte Juliane starr an und geiferte unverständliche Beschimpfungen.

„Was sagt sie?“, fragte Juliane.

„Sie sagt“, übersetzte die Dottoressa, „Sie seien eine Bestie, eine Diebin, die ihr das versprochene Erbe gestohlen hat, und nun würden Sie auch noch die Leiche des armen gnädigen Herrn verunehren und gemeine Lügen über ihn in Umlauf setzen.“

Fabrizia Orlandini, die im Inneren der Gruft den Tumult mitgehört hatte, kam herausgeeilt, ließ sich von den Carabinieri einen kurzen Bericht geben und erteilte brüske Befehle auf Italienisch. Juliane verstand, dass Signora Bertoldi auf den Polizeiposten gebracht werden, dass die Ärztin mitgehen sollte, und dass Anweisungen gegeben wurden, die Spuren des Attentats zu sichern. „Sie“, wandte sie sich dann auf Deutsch an Juliane, „kommen auch mit, ich brauche eine Aussage von Ihnen.“

Juliane war zutiefst erleichtert, dass Jens sie begleitete und dass sie nicht in dasselbe Büro gebracht wurden wie Frau Bertoldi. Die Haushälterin hatte offenbar eine Beruhigungsspritze bekommen, denn sie schrie und klagte nicht mehr, sondern schlurfte in sich zusammengesunken hinter den Carabinieri her in ein Nebenzimmer, während Juliane mit ihrem Begleiter im Wachzimmer wartete.

Jens umsorgte sie liebevoll. Er holte ihr Kaffee vom Automaten, besorgte einen Teller Tramezzini aus dem Café gegenüber und hielt sich so dicht an ihrer Seite, als müsste er sie vor Räubern und Mördern beschützen.

Juliane entschuldigte sich verlegen. „Ich bin sonst keine solche Zimtzicke, aber der Anblick in dem Sarg war grauenhaft – und diese Frau hat mir dann den Rest gegeben. Sie muss vollkommen übergeschnappt sein."

„Sie war schon die ganze Zeit seit dem Tod ihres Geliebten nicht mehr sie selbst", sagte Jens. „Sie hat ihn leidenschaftlich geliebt, obwohl jeder in Dormiani wusste, dass er sie wie ein Stück Dreck behandelte."

Die Kommissarin kam herein, beide Hände in den Taschen ihres weißen Leinenanzugs. „Erledigt", sagte sie. „Nach dem Anschlag heute Abend konnte sie das frühere Säureattentat auf Sie nicht mehr gut abstreiten. Arme Frau – hat die Vorstellung nicht verkraftet, dass ihr wieder einmal eine Jüngere, Schönere vorgezogen wurde. Wewelmann hatte ihr versprochen, ihr alles zu hinterlassen, was nicht Pflichtteil seiner Kinder war, und sie ist fest überzeugt, dass Sie, Juliane, ihm das Erbe irgendwie abgeluchst haben. Dabei bin ich ziemlich sicher, dass der alte Schuft ihr von Anfang an nur leere Versprechungen gemacht hat. Nun, einen Teil unserer Probleme können wir abhaken."

Sie lehnte sich an die Wand, ließ den Kopf in den Nacken sinken und schloss die Augen. Ein paar Sekunden verharrte sie so, dann öffnete sie die Augen wieder. „Sie können jetzt gehen, danke, ich habe keine Fragen mehr."

Die beiden jungen Leute verließen Hand in Hand den Polizeiposten. Die Dunkelheit war hereingebrochen.

Riesige kristallene Sterne schienen zum Greifen nahe am Himmel zu hängen. Juliane fühlte sich erschöpft nach all den Aufregungen, sie war froh, dass sie das gemütliche Dachzimmer in der Casa Variopinta erwartete.

Jens fragte: „Sollen wir zu Fuß gehen? Du brauchst jetzt frische Luft und Bewegung."

Als sie die steile Straße hinaufgingen, sagte er: „Hast du gewusst, dass Bleivergiftungen früher bei Winzern so häufig vorkamen, dass man sie als Winzerkrankheit bezeichnete?"

„Wieso das?"

„Wenn der Wein zu sauer war, versuchte man ihn künstlich zu süßen. Zucker und Honig waren dabei als Zusätze zu kostbar, um große Mengen Wein aufzubessern, so dass das gesamte Mittelalter hindurch das billige Blei als Zuckerersatz in den Wein gemischt wurde. Bleizuckerstücke wurden in den Wein eingelegt und später wieder entfernt. Inzwischen konnte der Wein die süßlichen Zusatzstoffe des Bleis aufnehmen. Man wusste schon seit römischen Zeiten, wie gefährlich Plumbea Vina – verbleite Weine – waren, aber betrügerische Winzer wandten den Trick immer wieder an, um schwer verkäufliche saure Weine süßer, klarer und farbintensiver zu machen."

„Willst du damit sagen, mein Onkel sei an gepanschtem Wein gestorben?"

„Nein, das nicht. Onkel Rolf hat sich im Internet kundig gemacht und sagte mir, heute würden Weine von kriminellen Winzern und Wirten zwar immer noch gepanscht, aber nicht mehr mit Bleizucker. Das war nur

zu einer Zeit möglich, als toxikologische Nachweisme-
thoden zu wenig bekannt waren und Bleitinktur wegen
ihrer vielseitigen Wirksamkeit sogar als Arznei emp-
fohlen wurde. Vor allem wäre dein Onkel dann ja nicht
der Einzige gewesen, der Vergiftungssymptome auf-
wies."

Juliane lächelte dünn. „Also verdanken wir den modernen Lebensmittelkommissionen immerhin die Sicherheit, dass wir keinen verbleiten Wein mehr vorge-
setzt bekommen."

„Ja, das schon, aber weißt du, was mir Onkel Rolf erzählte? Dass die Panscher heute noch viel ekelhafteres
Zeug hineinmischen. Frostschutzmittel zum Beispiel,
Glykol, das ebenfalls süß schmeckt. Wenigstens ist es
nicht so giftig wie Schwermetalle, aber ich bin doch
froh, dass ich und du meistens einen weiten Bogen um
jeden Alkohol machen." Er blieb stehen und legte beide
Arme um Julianes Schultern. „Wir haben so viel gemeinsam, findest du nicht?"

Sie nickte, aber dann löste sie seinen Arm von ihren
Schultern und ging in einigem Abstand neben ihm weiter.

Süß schmeckt der Tod

Dr. Ambrogi hatte schnelle Arbeit geleistet. Schon am folgenden Tag erhielt Juliane einen Anruf der Kommissarin. „Ich habe zwei Nachrichten für Sie, Juliane, eine gute und eine schlechte. Die gute heißt: Sie hatten recht. In Guido Wewelmanns Leichnam wurde eine sehr beträchtliche Konzentration von Blei festgestellt. Die schlechte: Sie werden wahrscheinlich durch die Finger schauen, was Ihre Erbschaft betrifft."

„Wieso denn das? Sie verdächtigen mich doch nicht, etwas mit seinem Tod zu tun zu haben?"

„Nein, ich meinte etwas anderes. Symptome von Bleivergiftung sind, wenn Sie sich an das medizinische Lexikon erinnern, Bewusstseinsstörungen und delirante Zustände, eine Art Demenz. Das heißt, er hat das Testament, das Sie zur Erbin einsetzte, zu einer Zeit geschrieben, als er nicht mehr im Vollbesitz seiner geistigen Kräfte war."

„Sie meinen, Niccolo Ponte wird es anfechten? Denn wenn Adam sein Schuldner ist – oder der seiner Kumpane – ist es ja in seinem Interesse, dass Adam erbt."

Fabrizia Orlandini lachte kurz auf. „Herr Dr. Ponte wird in nächster Zeit mehr damit beschäftigt sein, seinen eigenen Hals aus der Schlinge zu ziehen. Aber jeder andere Anwalt, der die jungen Wewelmanns vertritt, wird dasselbe tun – darauf pochen, dass Wewelmann seit Monaten zunehmend geistig verwirrt war. Dafür gibt es ja jede Menge Zeugen. Sie können natürlich Ihre Anwältin Einspruch erheben lassen, aber meiner Erfahrung nach müssen Sie mit einem jahrelangen juristischen Hickhack rechnen, wenn Sie nicht gutwillig nachgeben. Traurig, schöne junge Frau?"

„Ich bin nur traurig, dass das nicht schon viel früher herausgekommen ist, nämlich bevor ich hierhergefahren und in diese ganze Chose geraten bin. Ich ... da unten läutet jemand Sturm. Kommissarin, wenn Sie mich nicht mehr brauchen, mache ich jetzt Schluss, das hört sich an, als sei etwas passiert."

So war es auch. Als sie die schmale Treppe hinunterlief, stieß sie unten auf die beiden Thieles und die Pfarrersnichte mit den giftgrünen Haaren – eine hochrote, atemlose Mariella in klatschnassen Shorts und T-Shirt, die ihr Fahrrad vor dem Haus in den Straßenstaub geworfen hatte und hysterisch eine Flut von Worten hervorkreischte, in denen sich drei ständig wiederholten: *Adam, Pinocchio* und *morte, morte, morte!*

Rolf Thiele wandte sich mit entsetztem Gesichtsausdruck zu Juliane um. „Sie sagt, wir sollen schnell zu Hilfe kommen, Adam ist ein Unfall zugestoßen." Er wandte sich wieder der völlig aus der Fassung geratenen jungen Frau zu, während Jens hinauslief, um den Wagen zu starten. Pinocchio, erinnerte sich Juliane, war Mariellas schwarzweißer Zwergspitz, aber sie kam nicht dazu zu fragen, was er mit dem Unfall zu tun hätte. Der ältere Thiele hatte alle Hände voll zu tun, Mariella zu beruhigen, und sprach nur Italienisch. Also lief sie den beiden Männern nach, die Mariella in ihr Auto bugsierten, und stieg selbst ein.

Ein paar Minuten später hatten sie die Zufahrt der Villa Verbena erreicht und fuhren an der heimtückisch grinsenden Amphisbaena vorbei zum Haus. Wütendes Hundegekläff schallte gedämpft aus dem Inneren. Was auch passiert sein mochte, Pinocchio hatte es bei bester Gesundheit überstanden.

Sie eilten ins Haus und fanden dort im Wohnzimmer Emilia und Dorothea, eng aneinander gekauert und in einem solchen Zustand panischen Entsetzens, dass sie kaum fähig waren, ein Wort zu sprechen. Schließlich raffte Dorothea sich so weit auf, dass sie mit ausgestreckter Hand zum hinteren Garten deutete. „Beim Pool", flüsterte sie.

Jens Thiele blieb bei den beiden Schwestern, während Rolf und Juliane hinter Mariella hinausrannten.

Adam lag, in einen triefnassen Geschäftsanzug gekleidet, auf den rosaroten Terrakottafliesen neben dem Swimmingpool. Sein graublaues, aufgedunsenes Gesicht war nach oben gewandt, die engstehenden grünen Augen starrten glasig in den Himmel. Mariella sprudelte eine endlose Serie von unverständlichen Erklärungen hervor, während sie neben dem Mann stehenblieb und zusah, wie der Arzt sich mit Wiederbelebungsversuchen abmühte. Umsonst.

„Erklären Sie mir endlich, was passiert ist!", stieß Juliane hervor, als er resigniert aufstand.

„Mariella weiß es auch nicht genau. Sie kam zu Besuch und stellte fest, dass dicke Luft herrschte. Adam saß hier und hatte schon beträchtlich mehr getrunken, als ihm guttat." Er wies auf das Tischchen unter dem

Sonnenschirm, auf dem zwei Flaschen Wein und eine Flasche Grappa standen. „Sie fuhr dann ins Dorf, um ein paar Kleinigkeiten aus dem Supermarkt zu holen, nachdem Signora Bertoldi ja nicht mehr da war. Als sie zurückkam, hörte sie die beiden Schwestern verzweifelt um Hilfe schreien und Pinocchio wie verrückt kläffen. Sie stürmte hinein und fand beide völlig geschockt vor. Emilia war nicht ansprechbar, Dorothea war genug bei Sinnen, um ihr zu erzählen, dass der volltrunkene Adam völlig ausgerastet war, als er den Spitz sah, den Mariella für die Zeit ihres Einkaufs im Haus gelassen hatte. Pinocchio war in den Garten hinausgelaufen und hatte Adam angebellt, wie er es immer tat. Der sprang auf und verpasste ihm einen Tritt, und daraufhin biss der Hund ihn in den Knöchel.“

Er kauerte sich nieder und schob das durchnässte Hosenbein des Toten hoch. Über dem Sockenrand zeichneten sich die Spuren kleiner, scharfer Zähne ab.

„Adam schüttelte ihn ab, sprang auf und torkelte hinter dem zeternden Hund her, um ihn zu packen, und dabei rutschte er auf den Fliesen aus und stürzte in den Pool. Dorothea schrie nach Emilia, die im Oberstock beschäftigt war. Die hörte sie allerdings eine ganze Weile lang nicht. Schließlich kam sie, sprang ins Wasser und versuchte Adam herauszuziehen, aber er war bereits auf den Grund gesunken und war viel zu schwer für sie. Er muss gute zwanzig Minuten im Wasser gewesen sein, ehe Mariella zurückkehrte. Sie sprang in den Pool, und gemeinsam mit Emilia – die aber so durcheinander war, dass sie nicht viel nütze war – schaffte sie es schließlich, ihn auf den Beckenrand zu hieven und

Wiederbelebungsversuche zu machen. Als sie keinen Erfolg hatte, sprang sie aufs Fahrrad und fuhr zu uns."

„Hat denn niemand daran gedacht, um Hilfe nach Dormiani zu telefonieren?"

Rolf Thiele wies mit einer Kopfbewegung auf die beiden Schwestern, die sich wie Sterbende aneinanderklammerten, beide aschgrau im Gesicht und mit wirren Augen. „Schauen Sie sie doch an, die können jetzt noch keinen klaren Gedanken fassen. Mariella sagte, sie sei zu uns gekommen, weil ich Arzt bin. Meine Telefonnummer kannte sie nicht, also nahm sie das Fahrrad." Er wandte sich seinem Neffen zu, der jetzt herausgelaufen kam und neben dem Toten niederkniete.

„Ja, einen Psychiater braucht Adam jetzt dringend."

Rolf schüttelte den Kopf. „Ein Psychiater hat ein abgeschlossenes Medizinstudium, also war die Idee gar nicht so dumm."

Jens blickte auf. „Ich habe sofort nach der Dottoressa und der Polizei telefoniert. Wartet, ich glaube, da kommt schon jemand."

Motorengeräusch wurde hörbar, und gleich darauf erschien die Dottoressa, begleitet von Brigadiere Fabbri, mehreren Carabinieri und zwei jungen Männern in weißen Sanitäteruniformen, die eine Rollbahre schoben. Die Ärztin beugte sich über Adam, befühlte seine Halsschlagader, leuchtete ihm mit einer Stablampe in die Augen und schüttelte dann den Kopf. Auf ihre Anordnung hin hoben die Sanitäter den schlaffen Körper auf die Bahre und schnallten ihn fest. Die Dottoressa wandte sich an Juliane. „Ich lasse ihn nach Prato ins Krankenhaus bringen, weil man bei Ertrunkenen nie weiß – vielleicht können die ihn ja noch reanimieren, aber meine Meinung ist, dass es keinen Sinn mehr hat. Ich kümmere mich jetzt besser um Dorothea. Sie ist kränklich und schwach und sie hat so viel Schreckliches erlebt. Und Emilia wird auch ärztliche Hilfe brauchen. Juliane, es wäre besser, wenn Sie heute Nacht bei Ihren Kusinen bleiben könnten, Mariella scheint mir viel zu durcheinander zu sein, um auf die beiden achtzugeben."

Juliane sagte zu, obwohl sie sich nicht sonderlich wohlfühlte bei dem Gedanken. Adams Tod lastete auf ihr. Sie hatte ihn nur sehr kurz gekannt und was sie von ihm wusste, war nicht dazu angetan gewesen, ihn ihr sympathisch zu machen, aber als sie ihn da neben dem Pool liegen gesehen hatte, war ihr bitter bewusstgeworden, wie zerbrechlich das menschliche Leben war.

Wenig später tauchte Fabrizia Orlandini auf, sah sich um und ließ sich Bericht erstatten. Juliane sah ihr an, dass sie enorm schlecht gelaunt war. Adams Tod bedeutete natürlich, dass ihre Chancen, den *Circo della Morte* in eine Falle zu locken, auf null gesunken waren. Sie schlenderte im Garten hin und her, besah den Pool, besah das Tischchen, an dem Adam sein letztes Glas Wein – oder Grappa – getrunken hatte, ließ sich von der verstörten Mariella noch einmal erzählen, was geschehen war, und zuckte schließlich die Achseln. Mit einem Blick auf Pinocchio, der sich erschöpft vom Kläffen auf dem Schoß seiner Besitzerin zusammengerollt hatte, murmelte sie: „Eh, da ist er ja – Il piccolo Assassino, der kleine Mörder! Er hat Adam Wewelmann umgebracht, letzten Endes, nicht wahr? Wie doch das Leben so spielt!“

Die Villa Verbena wirkte still wie ein Grab, nachdem die gesamte medizinische und kriminalistische Entourage mitsamt den beiden Thieles verschwunden war. Mariella hatte, ehe sie das Haus verließ, ein paar Buchenholzscheite in den Kamin im Wohnzimmer gelegt und ein winziges Feuer entzündet, das bei dem warmen Abend nicht unbedingt gebraucht wurde, aber Behaglichkeit um sich verbreitete. Dorotheas Rollstuhl stand dicht daneben. Emilia saß wie immer eng an der Seite ihrer Schwester und wartete darauf, dass die Kranke irgendetwas brauchte oder wünschte. Wie sie sich da im matten roten Feuerschein aneinanderdrängten, erschienen sie Juliane wie ein Doppelgeschöpf, das nur gemeinsam funktionierte.

Sie fragte unsicher: „Soll ich euch etwas zu essen oder zu trinken richten?“

Dorothea, die reglos wie eine Puppe in ihre Decke gehüllt dalag, antwortete mit einem schwachen Lächeln: „Ein Glas Vin Santo wäre gut. Das stärkt Körper und Geist.“ Sie erklärte Juliane, wo sie die Flasche finden würde.

„Und wo sind die Gläser?“

Dorothea zögerte einen Moment mit der Antwort. „Die Gläser“, wiederholte sie leise mit ihrer fadendünnen Kinderstimme. Dann richtete sie sich zu einer halbsitzenden Stellung auf. Emilia griff sofort zu, um ihr behilflich zu sein. „Nein, heute trinken wir nicht aus Gläsern“, sagte sie. „Das ist ein zu besonderer Tag. Wir wollen heiligen Wein für ganz besondere Anlässe trinken und aus einem ganz besonderen Gefäß. Juliane? Nimm den Schlüsselbund hier. Der kleine Schlüssel öffnet die Vitrine in Vaters Arbeitszimmer zu. Hol das Trinkgefäß, das im mittleren Regal auf einem roten Samtpodest steht. Wir wollen heute aus dem Papstkelch trinken.“

Juliane nahm den Schlüsselbund entgegen. Wortlos stieg sie die Treppe zum Oberstock hinauf. Es dämmerte bereits, und fledermausähnliche Schatten nisteten in den Türnischen des langen Flurs. Nur ein einziger Gedanke fand in ihrem Kopf Platz. *Sie haben Adam umgebracht, und das ist ihre Art, es mir zu sagen –, dass sie den heiligen Wein aus dem Kelch trinken, der vor langer Zeit vielleicht einem Papst gehört hat.*

Sie fühlte die Augen des Gemäldes im Rücken, als sie, rascher als nötig, den langen Raum durchquerte und auf die Vitrine zuging, deren Spiegel matt im Zwielicht schimmerten. Der Kelch war leicht zu erkennen, nicht nur wegen des roten Samtdeckchens, das ihn als etwas Besonderes kennzeichnete – es war auch eindeutig derselbe Kelch wie auf dem Gemälde. Ein plumpes, geradezu primitiv anmutendes Gefäß aus einem dunkelgrauen Metall, mit ein paar geschliffenen Steinen verziert. Sie nahm es vorsichtig aus der Vitrine und trug es aus dem Raum, verfolgt von den bösen Augen in dem breiten, missfarbenen Altmännergesicht. In ihrer Vorstellung wandelte es sich zu der schlaffen Fratze, die sie im Sarg gesehen hatte.

Wir trinken auf deinen Tod, Adam, dachte sie, während sie die Treppe wieder hinunterstieg, *auf den erfolgreichen Mord, den deine beiden Schwestern begangen haben. Ich wüsste gerne, wie sie es gemacht haben.*

War alles von Anfang an geplant? Oder war tatsächlich der zornige Pinocchio *Il piccolo Assassino,* wie ihn die Kommissarin genannt hatte, der winzige Rächer all der misshandelten Hunde, und die Schwestern hatten einfach die Gelegenheit genutzt, als Adam volltrunken in den Pool stürzte, rührten keinen Finger, sahen zu, wie er hilflos ertrank? War Mariella auch dabei? Die treue Freundin, die barmherzige Christin, die ergebene Helferin? Hatte sie seinen schwächlichen Todeskampf schweigend beobachtet und war erst in den Supermarkt gefahren, als sie sicher sein konnte, dass Adam ertrunken war?

Ich werde sie nicht fragen, dachte Juliane. *Und auch die Kommissarin wird sie nicht fragen, obwohl sie sich ihre eigenen Gedanken zu machen scheint, diese kluge Frau.*

Sie trat mit dem Kelch ins Wohnzimmer. Emilia hatte ein Tischchen an den Kamin geschoben, das mit weißem Damast gedeckt war, und die Flasche mit dem heiligen Wein daneben gestellt, dieselbe Flasche, aus der Adam das Willkommen auf Julianes Besuch getrunken hatte.

Dorothea blickte Juliane aus starren Froschaugen an. „Uns hat viel Unglück betroffen, Kusine Juliane … zuerst der Tod unseres Vaters, dann der Verlust des Erbes, die Verhaftung unserer Haushälterin und nun auch noch der Tod unseres Bruders. Wollen wir darauf trinken? Schenk ein, Emilia."

Alle drei Frauen sahen zu, wie der schwere, duftende Wein den Kelch füllte.

In Dorotheas Stimme klang jetzt unverhohlen der Hohn mit, als sie fortfuhr: „Man trinkt nicht oft aus einem Kelch, der einem Papst gehört hat, nicht wahr? Es muss schon etwas ganz Besonderes geschehen sein … ein Höhepunkt, ein Wendepunkt im Leben. Vater feierte seinen Triumph über die Contessa Luchini auf diese Weise."

Emilia fiel ein: „Ja, und er konnte nicht genug davon bekommen. Seit er ihr das Gut entrissen hatte, saß er jeden Abend in seinem Arbeitszimmer, füllte den kostbaren alten Kelch, der Generationen von Luchinis gehört hatte, mit dem kostbaren alten Wein aus deren Kellerei und trank daraus auf seinen Sieg über die Contessa. Er hatte …"

Juliane starrte sie an. „Jeden Abend?"

„Ja, von Dezember angefangen bis zu seinem Tod im Juni. Das war seine kleine, böse Zeremonie, die ihm immer wieder von Neuem Spaß machte. Wir dachten, er würde das Spiel nie satt bekommen."

Juliane fühlte, wie ein eisiger Finger ihr Rückgrat entlangstrich. Viele einzelne Erinnerungen schlossen sich zu einem sinnvollen Ganzen zusammen. Als Dorothea die Hand nach dem Kelch ausstreckte, sagte sie mit fester, ruhiger Stimme: „Tu das nicht. Die Rache würde dich genauso ereilen wie deinen Vater."

„Was meinst du? Was soll das heißen?", fragten beide Schwestern gleichzeitig.

„Dieser Kelch ist aus Blei – wie so viele altertümliche Trinkbecher. Dein Vater trank jeden Abend daraus, und jeden Abend löste die Weinsäure mehr von dem

Blei auf und transportierte es in seinen Organismus, bis er daran starb. Niemand ist auf den Gedanken gekommen, dass er sich selbst unwissentlich vergiftete, denn niemand trinkt heute mehr aus Bleigefäßen. Selbst die Kommissarin und die Ärzte waren überzeugt, dass ihm das Gift von fremder Hand verabreicht wurde."

„Wovon redest du? Vergiftung! Das ... klingt erstaunlich", murmelte Dorothea und warf einen misstrauischen Blick auf den Papstkelch. „Bist du sicher?"

„Ja. Ich fand in meinem Lehrbuch über Toxine einen Hinweis darauf, dass die Symptome einer Bleivergiftung große Ähnlichkeit mit Onkel Guidos rätselhaften Verwirrungszuständen hatten. Als ich den beiden Thieles davon erzählte, stöberten sie im Internet herum und fanden eine Menge Informationen über Bleivergiftungen, unter anderem auch, dass manche Wissenschaftler die Degeneration der Römer und den Untergang ihres Reiches auf ihre Gewohnheit zurückführten, ihren Wein aus Bleihumpen zu trinken. Dr. Thiele erzählte mir auch einen Fall, von dem in einem medizinischen Forum die Rede war. Die Patientin war eine junge Frau, die ihren Zitronentee aus einer im Orient gekauften, bleiglasierten Porzellantasse zu trinken pflegte und schwer krank wurde. Ich brachte das alles nicht mit Onkel Guidos Tod in Verbindung, aber als ihr mir erzählt habt, dass er monatelang jeden Abend aus diesem Kelch trank ..."

Emilia bemerkte mit einer Emotion, die aus tiefster Brust kam: „Der alte Narr! So hat er sich selbst den Tod eingeschenkt, als er sich am meisten über seinen Sieg freute!"

„Ja, nicht wahr?" Juliane blickte bedeutungsvoll von einer zur anderen. „Vielleicht sollte man Siege nicht so offensichtlich feiern."

„Du hast ganz recht", stimmte Dorothea zu. „Würdest du das da", sie wies auf den Papstkelch, „auf die Kommode stellen? Und dann die Kommissarin anrufen? Ich glaube, wir sollten ihr sofort von diesem Kelch erzählen, bevor das Gerede weiter um sich greift, dass Vater einem Mord zum Opfer gefallen sei."

Die Kommissarin kam, besah den Kelch, hörte sich die Geschichte an und nahm das altertümliche Trinkgefäß in einem mit „Beweismittel" gekennzeichneten Plastikbeutel mit, als sie ging. Juliane begleitete sie zum Tor.

„Seltsam, nicht wahr?", bemerkte Fabrizia Orlandini, während sie auf die Aktentasche klopfte, in der sie den Kelch verstaut hatte. „Da feiert ein Schuft seinen niederträchtigen Sieg und *trinkt sich das Gericht*, wie es in der Bibel heißt, steigt im Delirium in den Zwinger hinunter und wird von den Hunden zerfleischt, die er so grausam misshandelt hat. Und sein Sohn, der Mitschuld am Elend der Tiere trägt, wird ausgerechnet von einem Zwergspitz in den Tod getrieben – wobei natürlich auch sein exzessiver Hang zum Wein eine Rolle gespielt hat. Finden Sie nicht, dass das Stoff für eine griechische Tragödie wäre? Die beiden armen Frauen, die in so kurzer Zeit so viel verloren haben! Da ist es auch kein Trost, dass sie jetzt das schöne Gut für sich allein haben, keinen Vater, der sie tyrannisiert, keinen Bruder, bei dem sie jederzeit befürchten mussten, dass er alles verspielt." Sie lächelte mit schmalen Lippen, so rätselhaft wie die steinerne Amphisbaena.

Sie blieb noch einen Augenblick im offenen Tor stehen und legte die freie Hand auf Julianes Schulter. „Sie waren mir sehr sympathisch, Signora Emser, und ich sage das nicht leichthin – ich bin sehr geizig mit meiner Anerkennung."

„Ich danke Ihnen. Kommissarin ... haben Sie noch fünf Minuten Zeit für mich? Ich habe ein Problem, bei dem Sie mir vielleicht helfen könnten."

Die Beamtin hielt inne und beobachtete sie aufmerksam. „Aber bitte, wenn ich Ihnen von Nutzen sein kann."

Sie setzten sich bei der Amphisbaena ins Gras und lehnten die Rücken an den kalten, rauen Stein.

„Also, schießen Sie los."

Juliane schüttete der Beamtin ihr Herz aus. Sie erzählte ihr in allen Einzelheiten von dem geheimnisvollen Besuch in früher Kindheit, der so völlig aus ihrem Gedächtnis verschwunden war. „Es quält mich, dass ich so unfähig bin, diese Erinnerung wiederzufinden. Der Gedanke macht mich verrückt, dass etwas Grauenhaftes in meinem Leben geschehen ist, das ich mir nicht ins Bewusstsein zurückrufen kann. Rolf Thiele sagte mir, dass ich eine traumatische Erinnerung völlig verdrängt habe."

„Das ist gut möglich, aber wie soll ich Ihnen helfen? Sie würden eher einen Psychiater brauchen."

Juliane schüttelte entschlossen den Kopf. „Nein. Ich brauche die Ärztin, die damals gerufen wurde, um mich zu behandeln. Ich brauche Ihre Hilfe, um sie ausfindig zu machen – für Sie ist das doch gewiss eine Kleinigkeit – und ich brauche Ihre Hilfe dabei, dass sie mir die Wahrheit sagt. Mein Onkel und mein Vetter sind tot, das sollte es ihr erleichtern, offen zu sprechen."

Fabrizia Orlandini legte den Kopf in den Nacken und blickte in den Himmel hinauf. „Wenn ich Sie recht verstehe, Juliane, soll ich diese Frau so weit einschüchtern, dass sie keine Mucken mehr macht?"

„Wenn Sie es so formulieren wollen. Aber ich kann mir vorstellen, dass ein Gespräch mit ihr auch für Sie einiges Interessante ergibt. Sie war eine enge Vertraute Guido Wewelmanns."

„Ja, das wird wohl stimmen. Gut. Ich tue, was ich kann."

Die Grube

Fabrizia Orlandini hielt Wort. Sie rief am nächsten Nachmittag an. „Ich habe die Frau, die Sie suchen, Juliane", sagte sie. „Und ich habe sie ein bisschen durchgebeutelt, damit sie ihre Erinnerungen auffrischt. Zu Lebzeiten von Guido Wewelmann hätten wir wohl kein Wort aus ihr herausbekommen, aber jetzt, wo er unter der Erde ist, hat sie mehr Angst vor mir als vor ihm. Ich habe einen Gesprächstermin arrangiert."

„Soll ich nach Florenz kommen?"

„Nein, wir kommen nach Le Querce. Ich dachte, es wird besser sein, wenn Sie Ihre vergrabenen Erinnerungen vor Ort wieder ausbuddeln. Und ich sage jetzt schon: Machen Sie sich auf einen Schock gefasst."

Juliane schluckte nervös. „Dann wissen Sie bereits, was geschehen ist?"

„Teilweise. Und es war nichts Schönes, was ich gehört habe, aber inzwischen wird Sie wohl nichts mehr wundern, was Ihre Familie angeht."

Juliane fiel auf, dass sie *Ihre Familie* gesagt hatte, nicht *Ihr Onkel*. Also bezog sich die Enthüllung, die ihr bevorstand, auf ein anderes Familienmitglied? Ihre Kusinen vielleicht? Aber die waren doch damals auch noch Kinder gewesen? Nun, es hatte keinen Sinn, sich jetzt den Kopf zu zerbrechen, wenn sie in kurzer Zeit alles wissen würde.

Jens, den sie umgehend anrief und informierte, erschien sofort in der Villa Verbena. Er bestand darauf, sie zu begleiten. „Du weißt nicht, was dir bevorsteht, Juliane“, warnte er sie. „Du brauchst einen treuen Freund an deiner Seite.“

Sie lächelte matt. „Und du bist ein treuer Freund?“

Er griff nach ihrer Hand. „Ich möchte gerne einer sein, wirklich. Ich weiß, ein arbeitsloser Sportlehrer ist nichts besonders Großartiges, aber ich habe das Gefühl, wir passen wunderbar zusammen, meinst du nicht?“

„Irgendwie schon“, gab sie fast widerwillig zu.

„Na, siehst du. Ich meine, es ist genug Gemeinsames da, um es einmal zu probieren. Und … bitte halte mich jetzt nicht für einen Typen, der nur Geld im Kopf hat, aber ich denke schon die ganze Zeit darüber nach, dass sich dein Projekt mit dem Sportgeschäft leichter zu zweit verwirklichen ließe als allein. Wenn du es allein machst, müsstest du dein Studium aufgeben oder könntest es nur sehr eingeschränkt fortführen. So könnte ich im Geschäft stehen, während du an der Uni bist, und ich könnte ein paar private Tennisstunden geben, während du im Geschäft bist. Was meinst du?“

Sie gab zu, dass das verlockend klang. „Die Frage ist nur, ob ich überhaupt genug Geld haben werde, um den Laden aufzumachen. Das alles baute ja auf Onkel Guidos Erbschaft auf und von der werde ich jetzt nicht viel sehen.“

„Ach was, das schaffen wir auch ohne das schmutzige Geld deines Onkels. Wir mieten ein kleines, billiges Lokal und …“ Er verlor sich in Zukunftsträumen, und Juliane stellte fest, dass er sich schon eine ganze Weile sehr

intensiv mit dem Thema befasst haben musste, so aus-
gefeilt waren seine Pläne inzwischen. Wollte er so unbedingt mit ihr beisammen sein oder sah er nur eine
Chance, wieder Arbeit zu finden, und dazu gleich als
Geschäftsführer? Vielleicht war es eine Mischung von
beiden. Und es war ja auch egal. Sie verstanden sich jedenfalls gut.

Gemeinsam gingen sie hinunter zum Polizeiposten
und erreichten ihn gleichzeitig mit dem Wagen der
Kommissarin.

Fabrizia Orlandini bremste ihren BMW in gewohnt
kühnem Schwung vor dem Polizeiposten, stieg aus und
wartete auf eine Frau, die im Fond des Wagens gesessen hatte. Eine stattliche blonde Walküre war es, ein
sehr ähnlicher Typ wie Maria Pia Bertoldi, mit knapp
über den Ohren abgeschnittenem Haar und einem bleichen Gesicht, das zu zart und wächsern für den massi-
gen Körper wirkte. Sie trug ein tintenblaues Schneider-
kostüm, das teuer aussah, ihr aber nicht wirklich gut
stand.

„Das ist Dottoressa Carolina Bottesi", stellte die Kommissarin sie vor. „Sie spricht kein Deutsch, aber ich
sehe, Sie haben Ihren Dolmetscher mitgebracht." Ein
leicht spöttisches Lächeln streifte Jens Thiele. „Und ich
kann Ihnen ja auch aushelfen. Gehen wir hinein."

Signora Bottesi grüßte kurz und unfreundlich. Ihr Ge-
habe ließ deutlich erkennen, dass sie mit Gewalt zu diesem Gespräch geschleppt worden war und etwas dafür
gegeben hätte, es nicht führen zu müssen.

Die Kommissarin forderte sie mit einer abrupten
Handbewegung zum Sprechen auf. Die Ärztin begann
erst nur sehr zögernd zu sprechen. Offensichtlich

lähmte eine lange Gewohnheit des Schweigens ihre Zunge. Immer wieder warf sie die Schultern hoch und ließ in Gesten und Mimik erkennen, dass sie nicht verstand, warum sie die Geschichte erzählen sollte. Juliane entnahm dem auf Italienisch geführten Wortwechsel zwischen ihr und der Kommissarin, dass sie wiederholt Ausflüchte machte und wiederholt aufgefordert wurde, zu sprechen. Schließlich stieß sie einen zornigen Ausruf aus – vermutlich ein Äquivalent zu Ach, hol's der Teufel! – und begann fließend zu erzählen.

Nach einer Weile befahl ihr Fabrizia Orlandini mit einer kurzen Geste, innezuhalten, und gab den Inhalt des Gesagten wieder. „Sie war damals die Ärztin ihres Onkels – und, off the record, scheint sie auch seine Geliebte gewesen zu sein, er hatte ein Faible für diesen blonden Opernsängerinnen-Typ, wie Sie ja an der unglücklichen Signora Bertoldi gesehen haben. Auf jeden Fall wurde sie in der fraglichen Nacht gegen zwei Uhr morgens in die Villa Verbena gerufen. Sie fand dort ein etwa fünfjähriges Mädchen vor, das schwer unter Schock stand. Offenbar hatte es einen Unfall erlitten, denn es war von oben bis unten zerkratzt, zerschunden und dreckig, voll Moder und Spinnweben. Das Kind war in einem schrecklichen Zustand, sagt sie, und konnte weder sprechen noch weinen, es saß einfach da, starrte mit großen Augen ins Leere und begann zu zittern, wenn sich irgendjemand näherte. Sie gab ihm eine Beruhigungsspritze und zog es dann aus, um zu sehen, was es für Verletzungen davongetragen hatte. Das meiste waren nur Abschürfungen, aber am Hals hatte es blaue Druckstellen und am Oberarm waren alle fünf Finger einer enorm starken Hand abgedrückt. Sie fragte den Príncipe danach, aber er fuhr sie an, sie sollte sich nicht darum kümmern, das sei bei dem Bemühen passiert, die Kleine aus der Höhle zu ziehen. Druckstellen am Hals!" Sie lachte kurz und zynisch auf. „Aber unsere Dottoressa hier war Ihrem Herrn Onkel so ergeben, dass sie gehorsam darauf verzichtete, sich darüber Gedanken zu machen."

Signora Bottesi, die wohl am Tonfall und dem Lachen gemerkt hatte, dass sie nicht gut wegkam, warf mit trotzigem Ausdruck ein paar Worte hin, die Fabrizia Orlandini übersetzte: „Sie sagt, sie hätte Ihnen das Leben gerettet und dafür sollten Sie ihr dankbar sein."

„Mit ihrer ärztlichen Behandlung damals? Aber ich war doch nur leicht verletzt?"

„Nein, sondern damit, dass sie Ihrem Onkel und Ihrem Vater versicherte, Sie würden keine klare Erinnerung daran behalten, was geschehen war. Die beiden erkundigten sich nämlich auffallend eindringlich, ob Sie sich, wenn Sie aus der Schreckstarre erwachten, an den Anlass dieses Schreckens erinnern würden."

Wieder wurden italienische Worte gewechselt, die Beamtin stellte eine Frage, auf die Signora Bottesi erst mit heftigen Protesten und Widerworten, dann reichlich zahmer antwortete. Schließlich erklärte Fabrizia Orlandini: „Sie will es nicht rundheraus zugeben, aber es scheint ziemlich klar, dass die beiden Herren damals vorhatten, Sie umzubringen, wenn die Gefahr bestand, dass Sie sich erinnern könnten, was geschehen war."

„Mein Vater und mein Onkel?"

„Jawohl, Ihr Vater und Ihr Onkel", wiederholte die Kommissarin gnadenlos.

„Aber ich verstehe das nicht ... warum sollte ein Unfall gleich ein Grund sein, mich umzubringen? Nur damit meine Mutter nichts davon erfuhr, dass ich in Le Querce gewesen war? Das ist doch absurd."

„Nein, sondern damit Sie nicht ausplaudern konnten, was Sie auf diesem nächtlichen Ausflug gesehen hatten. Sie kletterten aus dem Fenster, um Ihren Vater zu suchen, und Sie waren überzeugt, ihn beim roten Turm zu finden, denn Sie hörten seine Stimme aus dieser Richtung oder sahen Lichter – genau weiß ich es auch nicht, aber etwas muss Sie veranlasst haben, zum Turm zu gehen. Sie huschten lautlos durch die Nacht, barfuß, fast unsichtbar. Niemand bemerkte Ihr Kommen, bis Sie plötzlich vor drei sehr überraschten und entsetzten Männern standen – Ihrem Onkel, Ihrem Vater und dem Kellermeister Quentini. Einer der drei packte Sie an der Kehle und wollte Sie an Ort und Stelle umbringen, ein anderer griff ein und stieß Sie in ein provisorisches Gefängnis, in dem Sie saßen und zuhören mussten, wie die drei berieten, was sie mit der unerwartet aufgetauchten Zeugin machen sollten."

Wiederum ließ sie ihr zynisches Lachen hören. „Vermutlich erwogen sie die beste Art und Weise, Sie umzubringen. Aber Bonaparte hatte ein weiches Herz – oder auch nur die Hosen voll – und überzeugte die beiden anderen, dass ein Mord keine gute Lösung sei, dass es ihnen leichtfallen würde, alles auf Albträume oder kindliche Fantasien zu schieben und ihnen keine wirkliche Gefahr von einem so kleinen Kind drohte. Es dauerte eine Weile, aber schließlich setzte er seine Meinung durch und Sie wurden wieder aus dem Schacht gezogen."

Jens Thiele mischte sich auf Deutsch ein: „Aber woher können Sie das alles wissen, Kommissarin?"

Die Frau warf ihm einen verächtlichen Blick zu. „Nun, von wem wohl? Strengen Sie Ihr hübsches Köpfchen an, Ragazzo! Sofort nach meinem Gespräch mit Signora Bottesi haben wir uns Paolo Quentini geholt und ihn eine Weile gegrillt. Er ist kein Held, ohne seine mächtigen Beschützer Guido Wewelmann und Niccolo Ponte war er nicht mehr viel wert. Ob er damals wirklich der Gute war oder sich nur jetzt, wo die beiden Brüder Wewelmann tot sind, als edler Retter darstellt, ist schwer zu sagen. Guido Wewelmann jedenfalls war sicher nicht derjenige, der dafür votierte, Sie am Leben zu lassen." Sie legte Juliane mit einer zarten Berührung die Hand auf den Arm. „Ein schwacher Trost bleibt Ihnen, povera Ragazza – es *könnte* auch Ihr Vater gewesen sein, der sich dagegen aussprach, Sie zu ermorden."

Juliana nahm die Welt um sich durch einen Schleier wahr. „Aber was", fragte sie mit schwerer Stimme, „was war es denn nun eigentlich, was ich gesehen habe?"

Fabrizia Orlandini erhob sich. „Kommen Sie, ich werde es Ihnen zeigen. Meine Männer sind schon fleißig an der Arbeit."

Sie durchquerten den Garten.

Schon aus einiger Entfernung hörte Juliane Männerstimmen, Zurufe und das Klirren von Werkzeugen auf Stein. Sie passierten das Wäldchen und traten auf die Aussichtsplattform hinaus, unter der sich das Panorama des Arno-Tales erstreckte. Aber niemand kümmerte sich um die Landschaft, die in goldene Sonnenstrahlen getaucht vor ihnen lag. Das Dutzend Männer in italienischen Polizeiuniformen starrte auf einen Fleck, um den sie alle im Kreis herumstanden.

Fabrizia Orlandini ergriff ihren Arm und zog sie mit sich in den Kreis, und jetzt sah Juliane, was die Männer angestarrt hatten. Zwischen der Balustrade und dem Podium befand sich eine eiserne Falltür, die bislang unter einer knöcheltiefen Lage von Erde und verrottetem Laub versteckt gewesen war.

„Va Forzata! Aufbrechen!", befahl die Kommissarin.

Ein kräftiges Schloss hielt die Tür geschlossen, aber als das erst einmal zerbrochen war, öffnete sie sich überraschend leicht an gut geölten Angeln. Fauliger Erdgeruch stieg aus dem viereckigen Loch, das im Boden gähnte.

Die Kommissarin ließ sich eine Taschenlampe geben, trat hin und leuchtete in die Öffnung. „Das scheinen die Ruinen von Gewölben zu sein, die zum roten Turm gehörten. Alles halb mit Erde verschüttet." Sie winkte Juliane herbei und ließ sie einen Blick in die Tiefe tun. Das Gewölbe zu ihren Füßen war so uralt, dass die feuchten Ziegelmauern zu bröckeln begonnen hatten. Eine zottige Tapete von Schimmel, Schleim und Spinnweben überzog sie. Wie tief der Kellerraum ursprünglich gewesen war, war schwer zu sagen. Eine Öffnung – vermutlich eine Art Durchreiche – in der Mauer, die sich etwa zwei Fuß hoch über dem jetzigen Boden erhob, hatte sich früher wahrscheinlich in Brusthöhe befunden. Undeutlich waren Bogenöffnungen erkennbar, die in weitere Gewölbe führten.

„Es sieht aus wie ein offenes Grab“, flüsterte Juliane. Ihr war zumute, als türmte sich vor ihrem Verstand immer höher und höher eine Flutwelle auf, die auf sie herabstürzen und sie vernichten wollte.

„Es ist tatsächlich ein Grab“, bestätigte die Kommissarin in ihrer brüsken Art. „Sie überraschten damals drei Männer dabei, wie sie die Überbleibsel ihrer teuflischen Wetten verscharrten.“

„Die toten Kampfhunde?“

Fabrizia Orlandini zögerte kurz, dann stimmte sie zu. „Ja, es waren wohl tote Kampfhunde.“

Juliane starrte sie an. Ihr begann zu dämmern, was dieses Zögern bedeutete. „Sie müssen mich nicht schonen“, sagte sie mit schwerer Stimme, innerlich schwankend unter dem Ansturm dieser schwarzen Flutwelle, die sie jeden Augenblick mit sich fortreißen konnte. „Sprechen Sie offen. Die Männer haben eine menschliche Leiche vergraben, nicht wahr?“

„Ja. Und zwar nicht die erste und einzige an dieser Stelle. Schließlich war der rote Turm ein ausgezeichneter Platz, nicht wahr? Wenn man schon einmal nachgrub und Menschenknochen fand, würde man sie für Überbleibsel des historischen Massakers halten, das sich bekanntermaßen an diesem Ort abspielte, und kein großes Geschrei erheben. Wie uns Quentini gestand, hatte Ihr Onkel immer wieder Gelegenheiten genutzt, im Rahmen des *Circo della Morte* Wetten auf Leben und Tod von Menschen abzuschließen. Die Methoden waren verschieden. Einmal verschleppte er einen Landstreicher in den Turm und ließ ihn vor geladenen Gästen, die jeder den Gegenwert von zehntausend Euro bezahlt hatten, um an dem makabren Wettspiel teilnehmen zu dürfen, unter drei Flaschen Wein wählen, von denen eine vergiftet war. Ein anderes Opfer wurde mit einem Kampfhund in den Zwinger gesperrt und bekam drei Pistolen zu Auswahl, von denen aber nur eine geladen war. Wewelmanns Erfindungsreichtum war unerschöpflich. Quentini schwört natürlich tausend Eide, dass er nur unter Zwang mitgemacht habe, dass Ihr Onkel ihn mit einigen unsauberen Weibergeschichten, von denen er Kenntnis hatte, erpresste – aber ich habe da meine Zweifel. Der kleine Bonaparte würde seine eigene Großmutter an Guido Wewelmann verkauft haben, wenn er ausreichend Bargeld dafür bekam."

Sie ergriff die junge Frau stützend am Arm, offenbar in der Sorge, sie würde ohnmächtig zusammensinken. „Die Grube hier, in der die Männer Sie einsperrten, war voll von tierischen und menschlichen Überresten, von denen viele noch ziemlich frisch waren. Wir werden sie finden, sobald wir uns genauer in den Ruinen umgesehen haben."

Juliane blickte vor sich hin. Sie fühlte den lauen Wind an den Schläfen, hörte die fremdsprachigen Bemerkungen um sich herum und das Rascheln der Blätter im Wind, sog den süßlichen Duft der Robinienblüten ein. Sie wunderte sich, dass sie jetzt, wo der lang verschüttete Schrecken offen vor ihr lag, so gar nichts empfand, weder Grauen noch Wut, nicht einmal Abscheu vor der Leichengrube, die zu ihren Füßen gähnte. Eine vage Zufriedenheit überkam sie, dass jetzt alles klar war, alle Fragen beantwortet und alle Rätsel gelöst. Endlich wusste sie, warum sie zeitlebens diese kalte Abneigung gegen ihren Vater empfunden hatte, warum sie Gräber und Gruben und alle unterirdischen Räume mit einem solchen Grauen erfüllten, warum ihr Gedächtnis sich geweigert hatte, die Erinnerung zuzulassen. Vielleicht, sinnierte sie, lag hier sogar der tiefste Grund, warum sie sich so intensiv um ihren Körper kümmerte, hier in der Erinnerung an alle die halb verwesten Kadaver, die ein zu Tode verängstigtes kleines Mädchen angrinsten.

„Ist alles in Ordnung mit Ihnen?", fragte die Kommissarin besorgt.

„Ja, ich glaube schon. Scheußliche Sache." Ihre Stimme klang ruhig und unbewegt.

Die Beamtin beäugte sie misstrauisch. „Gehen Sie jetzt lieber mit dem Ragazzo da", sagte sie, wobei sie mit einer sehr herablassenden Bewegung auf Jens Thiele wies, „nach Hause und legen Sie sich nieder, wahrscheinlich kommt der Schock später heraus."

Juliane hielt diese Fürsorge für übertrieben. Sie fühlte sich wohl. Aber sie wusste inzwischen, dass Fabrizia Orlandini eine Frau war, die ihre Anordnungen erfüllt sehen wollte, also verabschiedete sie sich und ging gehorsam mit Jens mit.

Sie musste lachen, als sie ihm ins Gesicht blickte: Er war grau um die Nase und sah aus, als würde er sich jeden Augenblick übergeben.

„Warum zum Teufel lachst du?", fragte er empört.

„Ach, du siehst aus, als wäre es dir passiert und nicht mir."

„Warte nur, die Kommissarin hat wahrscheinlich recht: Der Schock kommt später heraus. Sehen wir zu, dass wir nach Hause kommen."

Er sollte recht behalten. Juliane fühlte sich zwar ein wenig schwindlig, aber ansonsten völlig ausgeglichen, als sie mit ihm nach Hause fuhr, sich dort mit ihm und Rolf Thiele auf die Veranda setzte und dem Psychiater erzählte, was sie erlebt hatte. Dann, obwohl sie nur ein einziges Glas Wein in vorsichtigen Schlucken getrunken hatte, überkam sie plötzlich das Gefühl, volltrunken zu sein. Sie fröstelte, ihr wurde übel, ihr Kopf drehte sich. Jens musste ihr helfen, die Toilette zu erreichen. Sie erbrach sich krampfhaft, und ein heftiger Schüttelfrost setzte ein. Dann drehte sich alles vor ihren Augen.

Sie behielt später nur sehr verschwommene Erinnerungen an die Nacht, in der die beiden Thieles abwechselnd an ihrem Bett saßen und ihr beruhigend zuredeten. Am deutlichsten im Gedächtnis blieb ihr die entsetzliche Kälte, die ihren Körper umklammert hielt. Wie sie sich auch drehte und wendete und die Decke um sich wickelte, sie konnte nicht warm werden. Sie zitterte am ganzen Leib und krampfte sich immer wieder in Spasmen zusammen, wenn eine neue Ladung Eiswasser durch ihre Adern flutete. Jens rieb ihr die Hände warm, rieb ihr den Rücken, massierte ihre Füße, aber viel nützten all diese Bemühungen nicht.

Noch schlimmer als die Kälte waren die Panikattacken, die plötzlich über sie hereinbrachen. Das gemütliche Dachzimmer, in dem sie lag, die beiden freundlichen Männer an ihrem Bett, alles nahm ein dämonisches Aussehen an, schien mit einmal von einer diabolischen Niedertracht erfüllt, ohne, dass sich das Äußere sichtbar veränderte. Sie hatte Angst, furchtbare Angst. Alles, was die beiden sagten und taten, war von einem geheimen, äußerst bedrohlichen Sinn erfüllt. Der heiße Tee, den Jens ihr immer wieder einflößte, weil süßer, heißer Tee gut gegen Schock war, schmeckte vergiftet. In den Blicken der beiden glühte ein kaum sichtbares, tückisches Feuer. Alle Ecken und Winkel des Dachzimmers waren von affenhaften Schattengeschöpfen erfüllt, die aufs Bett zu springen drohten.

Allmählich wirkten der Tee und die Tabletten. Die Panik ließ nach, ebenso die arktische Kälte in ihren Gliedern. Sie döste unbehaglich ein und wanderte in Albträumen.

Reise durch die
Nacht II

Juliane schreckte aus unruhigem Schlaf hoch. Es dauerte ein Weilchen, bis ihr Kopf wieder einigermaßen klar wurde. Der Zug stand in einem neonbeleuchteten Bahnhof, dessen Namen sie nicht lesen konnte. Sie rappelte sich mühselig auf, schob das Fenster hinunter und spähte hinaus. Eisige Bergluft schlug ihr entgegen. Waren sie schon am Brenner? Der Zug rollte wieder an. Sie hatte vorgehabt, am Fenster stehen zu bleiben, bis sie eines der Schilder sah, auf denen die Namen der Bahnhöfe verzeichnet standen, aber dann übermannte die Erschöpfung sie wieder. Sie schloss das Fenster und verkroch sich von Neuem in einem Winkel, während der Zug immer schneller und schneller werdend in die Finsternis glitt.

Nicht einmal verabschiedet hatte sie sich von Dorothea und Emilia. Als sie am Morgen nach dieser Albtraum-verpesteten Nacht erwacht war, hatte sie die Thieles bestürmt, sie augenblicklich zum Bahnhof in Florenz zu bringen. Sie musste fort, das war das Einzige, was ihr helfen konnte – zurück in ihr normales Leben, ihre gewohnte Umgebung, zurück zu Gretchen, zu ihren Kommilitonen an der Universität, zu Dr. Gabriele Morensky. Jede Stunde, die sie in Dormiani verbrachte, vergiftete sie noch weiter. Jens hatte ihr, als sie sich nicht zum Bleiben bewegen ließ, sogar angeboten, sie nach München zu begleiten, aber sie hatte abgelehnt. Später würde sie sich freuen, ihn zu sehen, aber jetzt wollte sie nichts bei sich haben, was in irgendeiner Weise mit Dormiani verbunden war.

Es hatte freilich noch den ganzen Tag gedauert, bis sie sich soweit erholt hatte, dass sie auf eigenen Beinen stehen konnte und ihr nicht bei jeder Bewegung der kalte Schweiß ausbrach. Erst abends hatte sie die Kraft gehabt, die Autofahrt nach Florenz zu überstehen.

Die Tür ihres Abteils wurde mit einem entnervenden Laut aufgerissen, der schmutzig-gelbe Vorhang beiseite gezogen, das unfreundliche Licht angedreht. „Jemand zugestiegen?", fragte eine Stimme auf Deutsch.

Sie blickte blinzelnd auf. „Wo sind wir denn?"

„Kurz hinter Innsbruck." Der deutsche Zugbegleiter betrachtete sie argwöhnisch. „Alles in Ordnung mit Ihnen? Sie sehen ziemlich schlecht aus."

„Ich habe nicht viel geschlafen, das ist alles."

Er lächelte sie aufmunternd an. „Verstehe. In ein paar Minuten kommt der Buffetwagen durch, wenn Sie einen heißen Kaffee brauchen."

Juliane blickte ihn an, und eine solche Welle der Erleichterung durchströmte sie, dass sie zu lachen begann.

„Ja", sagte sie. „Ja, den brauche ich. Und jetzt ist alles in Ordnung mit mir, danke."

Wiedersehen mit Jens Thiele

Am Ende des Sommers kehrten die beiden Thieles nach Hamburg zurück. Jens machte einen Zwischenstopp in München, um Juliane zu erzählen, was sich in der Zwischenzeit alles in Dormiani getan hatte – und natürlich, um zu sondieren, welche Chancen auf Erwiderung seine Zuneigung hatte.

„Dorothea hat jetzt erst so richtig gezeigt, was in ihr steckt", berichtete er. „Mit einem Schlag ist sie die Chefin geworden. Sie hat mit Allessandri vereinbart, dass er das Weingut gegen Gewinnbeteiligung für sie und E-milia übernimmt, und dass er zu ihnen nach Le Querce zieht – was den alten Burschen überglücklich gemacht hat, seither stolziert er herum wie ein Hahn im Hühnerhof, und es tut ihm nur leid, dass Quentini in Florenz in Haft sitzt und er ihm deshalb nicht mehr unter die Nase reiben kann, wer letztendlich der Sieger in ihrem Streit geblieben ist. Mariella zieht auch dort ein, als neue Haushälterin. Und, ach, dass ich es nicht vergesse: Mit dem Kellermeister Allessandri ist auch Rabon gekommen, der jetzt ganz offiziell ihm gehört. War ein bisschen misstrauisch am Anfang, aber inzwischen liebt er sie alle. Er scheint zu denken, Dorothea sei so eine Art Baby, denn er bewacht sie Tag und Nacht. Er ist wirklich geradezu unwahrscheinlich klug; er hat sehr schnell gelernt, ihr Dinge zu bringen, auf die sie zeigt und die sie bei Namen nennt. Emilia meint, ihre Schwester würde sie bald nicht mehr brauchen. Nicht ernst gemeint – sie ist einfach ein bisschen eifersüchtig auf Rabon. Der Torre rosso wurde abgebrochen und die Gewölbe darunter zugeschüttet. Dabei kamen Unmengen uralter Skelette und Waffen zum Vorschein, das mit der niedergemetzelten Räuberbande scheint also die richtige Version zu sein, denn manche Waffen gehörten eindeutig Soldaten, andere waren eher hausgemacht. Der Rest waren Hundegerippe und … nun ja, ein paar menschliche Skelette aus jüngster Zeit. Übrigens wurde auch das Zimmer des Príncipe ratzekahl ausgeräumt und sein Porträt vernichtet. Den Papstkelch haben die Schwestern an ein Museum in Prato verkauft, dort ist man wenigstens klug genug, nicht daraus zu trinken. Die Kommissarin hat immer noch die Nase auf der Fährte des ‚Zirkus des Todes‘, und nicht nur sie allein, sondern auch verschiedene Sokos der italienischen, deutschen und österreichischen Polizei. Die gute alte Amphisbaena wundert sich gewaltig, was da alles an Neuem gekommen ist.“

„Ich habe nichts von Emilia und Dorothea gehört, nicht einmal eine SMS habe ich von ihnen bekommen. Weiß nicht warum.“

Jens blickte sie ernst aus seinen klugen braunen Augen an. „Ich glaube, ihnen ist nicht ganz wohl dabei, dass du ihnen auf die Schliche kommen könntest – oder vielleicht schon gekommen bist. Adams Tod war immer ein wenig mysteriös. Okay, der Spitz hat ihn gebissen, und dass er betrunken in den Pool gefallen ist, halte ich auch für wahrscheinlich. Aber mir scheint, sie haben sich alle drei sehr viel Zeit gelassen, ihn zu retten, als sie erst merkten, dass er alleine nicht mehr herauskam. Ich meine, wann ist es denn je vorgekommen, dass Emilia eine halbe Stunde lang außer Rufweite ihrer Schwester gewesen wäre? Und dass die sonst so aufgeweckte Mariella nicht auf den Gedanken kam, sofort die Dorfärztin zu Hilfe zu rufen, sondern mit dem Fahrrad den langen Weg über die Hügel zu Onkel Rolf fuhr? Jedenfalls gibt es so allerlei Gemurmel in Dormiani, aber da niemand den alten Wewelmann und seinen Sohn vermisst und niemand gegen zwei hilflose, behinderte Frauen und die barmherzige Nichte des Pfarrers vorgehen möchte, wird es beim Gemurmel bleiben. Ich wette, die Kommissarin kennt die Wahrheit, aber sie hat andere Prioritäten. – Und nun, nachdem ich dir alle brandheißen Neuigkeiten aus der Toskana berichtet habe, können wir über uns beide sprechen?"

„Ich bin es nicht gewohnt, über meine Gefühle zu sprechen."

„Schön, dann sprechen wir über Termine. Wann gründen wir unseren Sportartikelladen, und wann heiraten wir?"

Juliane lachte verlegen, aber sie antwortete: „Kannst ja mal einen Vorschlag machen. *THIELE & EMSER, SPORTARTIKEL* ... das klingt wirklich gut. Und was das andere angeht ..." Sie legte die Hände auf seine Schultern und küsste ihn zärtlich. „Lass uns noch Zeit. Wir haben einander in einer Extremsituation kennengelernt, jetzt ist die Frage, wie es im Alltag mit uns klappt. Aber ich glaube, die Chancen stehen ganz gut."

Nachwort

„Ich bin Juliane Emser, die Protagonistin in diesem Buch. Ein paar von euch können vielleicht nicht ganz nachvollziehen, weshalb ich mich so sehr auf Sport und Wettbewerbe fokussiert habe. Hier kommt meine Erklärung für euch: Wegen meines Vaters habe ich lange daran gearbeitet, einen naiven Eindruck zu machen. Ich mochte ihn nie – schon lange, bevor alle die schrecklichen Ereignisse ans Licht kamen. Ich wollte mit ihm und seinen Geschäften nie etwas zu tun haben. Genau das aber hätte er gerne erreicht. Eine schöne Tochter, die ihn zu Geschäftsterminen begleitet. Nein, nicht mit mir. Und weil offene Rebellion nichts gebracht hätte, habe ich mich ganz einfach dumm gestellt. Konnte über nichts anderes reden als Sport, Diät und Wettbewerbe. Das hat ihn sehr schnell davon abgebracht, mich seinen Geschäftsfreunden vorzustellen. Mein Glück, sonst wäre ich am Ende auch noch in alle diese Verbrechen verwickelt worden! Also, wie ihr seht – meine Taktik ist aufgegangen! Eure Juliane.